U0506697

中国古代名著全本译注丛书

六朝文絜

译注

［清］许 梿 编选　曹明纲 译注

图书在版编目（CIP）数据

六朝文絜译注／（清）许梿编选；曹明纲译注. —
上海：上海古籍出版社，2019.4（2023.6重印）
（中国古代名著全本译注丛书）
ISBN 978－7－5325－9176－3

Ⅰ. ①六… Ⅱ. ①许… ②曹… Ⅲ. ①骈文—作品集
—中国—六朝时代②《六朝文絜》—译文③《六朝文絜》
—注释 Ⅳ. ①I222.5

中国版本图书馆 CIP 数据核字（2019）第 060276 号

中国古代名著全本译注丛书

六朝文絜译注

［清］许　梿　编选
曹明纲　译注
上海古籍出版社出版发行
（上海市闵行区号景路159弄1-5号A座5F　邮政编码 201101）
（1）网址：www.guji.com.cn
（2）E-mail：guji1@guji.com.cn
（3）易文网网址：www.ewen.co
江阴市机关印刷服务有限公司印刷
开本 890×1240　1/32　印张 9.875　插页 5　字数 217,000
2019 年 4 月第 1 版　2023 年 6 月第 3 次印刷
印数：5,151—6,200
ISBN 978－7－5325－9176－3
I·3369　定价：42.00 元
如有质量问题,请与承印公司联系

前　言

　　骈文是与散文相对而言的一种特殊文体。其特点是主要采用字词句排比偶对的方式来行文构篇，从而与在这方面毫无拘束的散文分境划界。同时，它一般不取韵文于句末押韵的形式（个别体裁如赋、颂、铭、赞等例外），但成熟定型的作品又通常讲究文句上下之间平仄的相对相衔，有如格律诗赋。由于充分利用了汉字单音只义易于组词成对的便利，骈文在词句的排列相对方面宛如织锦；又由于吸收并借鉴了韵文创作运用平仄变化和双声叠韵等经验，骈文的韵律节奏也十分和谐优美。因此可以说骈文的写作和由此形成的固定样式，最充分、最集中地利用和体现了汉字在读音和表义方面所具有的特长。

　　作为骈文基因的偶对，最初只是一种便于记诵的修辞手法，如我们在先秦和秦汉大多数典籍中所时常见到的那样。随着这一手法的普遍运用，人们逐渐领悟了它在表达文意、组织词汇、变换声韵、整饬形式时独具的美感，于是采取的范围由文中的句子向片断延伸，又由片断向全篇扩展，久而久之，这种以偶对为主要表现形式的特殊文体便得以形成。而这个演变过程，几乎花去了我国从有文字记载到东汉末年这样一段漫长的历史时间。进入魏晋以后，骈文才在真正意义上开始出现，并以前所未有的速度得到了迅猛的发展。而这一时期由质重向轻情转化的文风、偏安江左柔山媚水的社会状况，以及南齐永明声律说的创立等等，无不对此起了推波助澜的促进作用。六朝骈文于是盛极一时，并在文学史上取得了可与汉赋、唐诗、宋词等媲美的成就和地位。

　　六朝在历史上既是一个时段性的概念，同时又是一个地域性的限定。先后建都于建康(今南京)的东吴、东晋，南朝宋、齐、梁、陈六个朝代，文学创作极其繁荣，而骈文的勃然兴盛，又是其中最引人瞩目的亮点。这主要表现在以下几个方面：一、作家云蒸霞蔚，层出不穷。这一时期凡是著名的文学家，无一不是写作骈文的高手，如陆机、鲍照、江淹、徐陵、庾信等都是如此。二、骈体风行，无所不施。当时上至皇帝的诏令、官府的公文，下至文人的奏折序论、日常应酬，凡作为文章，必以骈体出之。三、名作林立，风格多变。所作无论抒写情思、刻画景物，还是记事立论、赞颂酬答，或凝重深沉，或慷慨激昂，或柔婉委曲，或苍凉悲壮，大多足以传世垂范，沾溉来者。四、声情并茂，美轮美奂。其文常"气转于潜，骨植于秀。振采则清绮，陵节则纤徐。缋类新奇，会比兴之义；穷形抒写，极绚染之能"(孙德谦《六朝丽指》)，具有很高的艺术水准。

尽管从唐代起，六朝骈文即被作为浮靡文风的载体而不断受到有识之士的非议鞭挞，唐、宋、明几代都有以复兴先秦两汉古文相号召的文学运动展开，但那时一些有影响的散文大家如韩愈、柳宗元、欧阳修、苏轼以及宋濂、方孝孺等人的作品，大多带有浓郁的骈俪色彩或径用骈体。即骈文的代称"四六"，亦出自柳宗元的"骈四俪六，锦心绣口"(《乞巧文》)之说，而李商隐更把他的章表奏记编成《四六甲乙集》。况且从南宋至金、元、明、清，四六骈俪之文又由官方文书进入民间院本、杂剧、传奇、说唱曲艺、小说的创作，影响极为深广。另外，明、清两代科举盛行的八股文的基本形制，也由骈文发展演变而来。骈文创作在清代再次受到广泛的重视，甚至被作为复古的重要内容而大加提倡。一些著名作家如陈维崧、袁枚、汪中、王闿运等，骈文佳作叠出，深受论者好评；而几部收录六朝骈文的总集如《骈体文钞》(李兆洛)、《骈文类纂》(王先谦)等，也都出现在清代。

这本由许梿(字叔夏，浙江海宁人，道光进士)编选的《六朝文絜》，即是清代多种六朝骈文选本之一。它以有便初学为编纂宗旨，选录 36 位作家 72 篇作品，体裁包括赋、诏、敕、令、教、策问、表、疏、启、笺、书、移文、序、论、铭、碑、诔、祭文共 18 类。所收虽然偏重小品，数量也远不及李兆洛的《骈体文钞》，但六朝骈文的精华，已大体备集。集中颜延之《陶征士诔》为陶渊明写照存品，鲍照《芜城赋》描绘战乱后名城的荒凉凋敝，孔稚珪《北山移文》嘲讽以隐求仕的虚伪，江淹《恨》《别》二赋抒写人类共通的感受，庾信《小园赋》泣诉羁留北方、思念故国的痛楚，以及谢庄《月赋》、吴均《与宋元思书》等描写自然景色，何逊《为衡山侯与妇书》、伏知道《为王宽与妇义安主书》、庾信《为梁上黄侯世子与妇书》代人传情，梁元帝《郑众论》为名节之士鸣不平，徐陵《玉台新咏序》称叹女子才貌等等，都从各个侧面集中反映了六朝骈文的杰出成就。当然，集中也收有部分传摹女子矫情媚态的轻艳之作，由此可见当时一些文人的创作趣味。

这次译注，所据底本为清光绪间黎经诰十二卷笺注本。就注释而言，大致作了两方面的努力。首先，在旧注或取《文选》李善注，或用《庾子山集》倪璠注，或加自注、补注的基础上，择善而从。除去繁就简、力求准确简明外，对旧注的疏失时有补苴。如梁简文帝《与湘东王论王规令》的"金刀掩芒，长淮绝涸"、江淹《为萧拜太尉扬州牧表》的"徒怀汉臣伏阙之诚"，旧注均未出典，现予补入；又原注出典引文皆仅引书名，今加上相关篇名以示所自。其次，辨析讹误，予以修正。如江淹《为萧骠骑谢被侍中慰劳表》许梿评语谓"齐明帝尝为骠骑大将军"，经检《南齐书》帝纪及审表中"侍中、秘书监臣戢"语，知其误。因为何戢卒于建元四年(482)，而明帝萧鸾为骠骑大将军则在海陵王时(494)，许评显然与史不合；另查高帝萧道成在迎立宋顺帝后曾任骠骑大将军，江淹为其幕僚，而何戢此时正官侍中、秘书监，与表文所记正合。由此知表中萧骠骑为高帝萧道成，而非许评所指明帝萧鸾。又梁简文帝《与萧临川书》，许评已辩指萧子显之非，而注仍谓书中"分竹南川"是指西阳郡南川县(今属湖北)，与史载萧子云仕历不符，则注与评相抵牾。如书中萧临川指萧子云，此"南川"当指临川郡治所南城(今属江西)，方与史载吻合。另颜延之任始安太守时作《祭屈原文》于史明载，许评因误读《宋书·颜延之传》而误作"始平"，又据祭文知《宋书·颜延之传》所记湘州刺史张纪当作"张邵"(见《宋书》、《南史》张邵传及《南史·颜延之传》)，如此等等。就今译而言，自感困难重重。下笔时虽多踌躇，仍不免言不达意之憾，更难说已做到信、达、雅了。所可慰者，仅在于尽力和有待来者教我两点而已。

本书体例，除原文、注释和今译三项外，另于篇前列一"题解"，旨在交代创作背景或点评篇章内容，其中尽量采入许梿等前人的精彩赏析；凡遇首见之作者，则于该项内加以介绍，后重出时便予省略。

虽然骈文这种古老的文学样式随着岁月的迁移已离我们远去，但它在历史上确实留下过辉煌的业绩和宝贵的经验，而这些至今依然可以为文学创作提供除散文之外的又一种借鉴，即使对于提高文字表达能力、丰富词藻，亦不无裨益。这也许就是除欣赏研究之外，为什么现在还要向读者介绍和推荐这样一本骈文译注本的目的和意义所在。

本书初版于1999年，收入"中华古籍译注丛书"。这次重版，对部分译注和个别文字作了适当的修订。

曹明纲

2018年10月

目　录

卷　八

移文

序

卷　九

论

卷　十

铭

卷十一

碑

卷十二

诔

祭文

卷　一

赋

芜　城　赋

[宋] 鲍　照

【题解】

广陵(故城在今江苏扬州)自汉代以来，即以优越的地理条件成为东南的一个大都会。然而经过几代努力形成的繁华，却因刘宋元嘉二十七年(450)至大明三年(459)十年间两遭兵燹而变得破损不堪。其中又以后者最为惨烈，当时沈庆之讨平据广陵反叛的竟陵王刘诞，曾对城内军民大肆杀戮。当作者于大明三四年间客居江北登城而望时，这里已经面目全非，往日的殷盛早如过眼烟云，踪影难觅；入眼的只是满目荒芜，一片凄凉，于是写下了这篇千古传诵的《芜城赋》。

赋以昔日的繁盛和今日的荒凉作了鲜明的对比，既抒写了慨叹世道人间兴衰剧变的幽怨情怀，又深寓高墙深堑无助于叛逆为乱的讽谏之意；加之其"驱迈苍凉之气，惊心动魄之辞"，更臻"赋家之绝境"(《古文辞类纂》姚鼐评语)。而许梿所谓"极言其芜，于浓腴中仍见奇峭，绝不易得"，以及"收局感慨淋漓，每读一过，令人辄唤奈何"，也充分肯定了此赋特有的艺术感染力。

鲍照(约414—466)，字明远，东海(今江苏连云港东)人。出身寒微，在门阀制度的压抑下终生不得志。文辞赡逸，尤以古乐府杰出于时。历仕秣陵令、中书舍人等职，后为临海王刘子顼前军参军，故世又称鲍参军。

弥迤平原[1]，南驰苍梧涨海[2]，北走紫塞雁门[3]。柂以漕渠[4]，轴以昆冈[5]。重江复关之隩[6]，四会五达之庄[7]。当昔全盛之时，车挂轊，人驾肩[8]；廛闬扑地[9]，歌吹沸天。孳货盐田，铲利铜山[10]；才力雄富，士马精妍[11]。故能侈秦法[12]，佚周令[13]，划崇墉[14]，刳浚洫[15]，图修世以休命[16]。是以版筑雉堞之殷[17]，井幹烽橹之勤[18]，格高五岳[19]，袤广三坟[20]。崒若断岸[21]，矗似长云。制磁石以御冲[22]，糊赪壤以飞文[23]。观基扃之固护[24]，将万祀而一君[25]。出入三代，五百馀载[26]，竟瓜剖而豆分！

【注释】

〔1〕弥迤(mí yǐ 迷已)：地势平坦辽阔的样子。

〔2〕苍梧：汉置郡名，治所广信（今广西梧州）。　涨海：南海，此指南方极远之地。

〔3〕紫塞：指长城，因秦、汉时筑长城土皆紫色，故名(见崔豹《古今注·都邑》)。　雁门：秦置郡名，治所善无（今山西右玉南）。

〔4〕柂(duò 堕)：引导，沟通。　漕渠：即邗沟，今江都至淮安的运河，春秋时吴国所开。

〔5〕轴：车轴。　昆冈：又名阜冈，在广陵西北。

〔6〕隩：隐蔽纵深之处。

〔7〕庄：大道。《尔雅·释宫》："五达谓之康，六达谓之庄。"

〔8〕"车挂"二句：语本《史记·苏秦列传》"临淄之途，车毂击，人肩摩"。轊(wèi 卫)，铜制部件，套在车轴两端。

〔9〕廛(chán 缠)：居民区。　闬(hàn 汗)：里巷。　扑地：犹遍地。

〔10〕"孳货"二句：《史记·吴王濞列传》："吴有豫章郡铜山，濞则招致天下亡命者盗铸钱，煮海水为盐。"孳，滋生，繁衍。铲利，谓开采得利。

〔11〕精妍：精良。

〔12〕侈：扩张。

〔13〕佚：超过。

〔14〕划：规划，建筑。　崇墉：高墙。

〔15〕刳(kū 枯)：剖挖。　浚洫(xù 畜)：深沟。

〔16〕修世：永世。　休命：好运。

〔17〕版筑：古代筑墙用两板相夹，中间填土夯实。民间造房都用版筑，此比喻到处都在修筑城墙。　雉堞：即城垛，墙上短墙，状如齿轮。

〔18〕井幹：即"井榦"，井的围栏。井栏为寻常农家所皆有，此形容修造烽橹数量之多。　烽橹：以烽火报警的瞭望楼。

〔19〕格：规格。　五岳：五座名山，即东岳泰山、西岳华山、南岳衡山、北岳恒山、中岳嵩山的合称。

〔20〕袤(mào 冒)：指宽度。　三坟：三处河边高地，确指未详。

〔21〕崒(zú 族)：高峻险要。

〔22〕"制磁石"句：《三辅黄图》："阿房前殿以木兰为梁，磁石为门，怀刃入者辄止之。"

〔23〕赪(chēng 撑)壤：红土。　飞文：指绘饰花纹图案。

〔24〕基扃(jiōng 坰)：泛指城阙。　固护：牢固可靠。

〔25〕祀：年，商代称年为祀。　一君：一姓之君。

〔26〕"出入"二句：谓广陵自刘濞建城至作赋时已历汉、三国、晋三代，五百多年（实自刘濞受封至刘宋孝武帝大明年间已六百五十馀年，此概言或为避时忌，故略之）。

【今译】

　　广陵平原坦荡辽阔，南接苍梧和南海，北连长城与雁门。水上有漕河便于行舟，陆地有昆冈可供通车。既有江河关隘重重围护的幽深，又有条条大道四通八达的便捷。在过去全盛的时代，车水马龙轴轮交错，人来人往接踵摩肩。居民的住宅遍地都是，歌声和管弦响彻云天。生财致富有广大的盐田，聚物牟利靠开采铜山。人才物力丰富雄厚，兵马众多装备精良。所以建制能超越秦代的法规，胜过周朝的政令，筑起高高的城墙，挖了深深的沟垫，希望好运永世相伴。因此修筑城墙不嫌其多，建造望楼唯恐不勤。规格高如五岳名山，宽度广似三河土坡。壁直高峻就像断壁悬崖，矗立而上好比长云倚天。以磁石做门守御要冲，用红泥涂墙装饰华美。看那城阙的坚固可靠，可望以一姓之君传至万世。谁知只经历了三个朝代，五百多年，竟然被毁得像瓜剖豆分一般！

　　泽葵依井[1]，荒葛罥涂[2]。坛罗虺蜮[3]，阶斗麏鼯[4]。木魅山鬼[5]，野鼠城狐，风嗥雨啸[6]，昏见晨趋[7]。饥鹰厉吻[8]，寒鸱嚇雏[9]。伏虣藏虎[10]，乳血飧肤[11]。崩榛塞路[12]，峥嵘古馗[13]。白杨早落，塞草前衰。棱棱霜气[14]，蔌蔌风威[15]。孤蓬自振[16]，惊沙坐飞[17]。灌莽杳而无际[18]，丛薄纷其相依[19]。通池既已夷，峻隅又已颓[20]。直视千里外，唯见起黄埃。凝思寂听，心伤已摧。

【注释】
　〔1〕泽葵：莓苔。
　〔2〕葛：蔓生藤本植物。　罥(juàn 倦)：悬挂，缠绕。　涂：道路。
　〔3〕坛：祭坛，一说堂，中庭。　虺(huī 灰)：毒蛇。　蜮：一种生于水中、会含沙射影的短狐。
　〔4〕麏(jūn 君)：獐。　鼯(wú 无)：鼯鼠，能飞，昼伏夜出。
　〔5〕魅：鬼怪，古人以为由木石而变。
　〔6〕嗥(háo 豪)：吼叫。
　〔7〕见：同"现"。
　〔8〕厉吻：磨利嘴尖。
　〔9〕鸱(chī 痴)：鹞鹰。　嚇(hè 赫)：恐吓。此句语本《庄子·秋水》："鸱得腐鼠，鹓雏过之，仰而视之，曰'嚇'!"
　〔10〕虣(bào 暴)：古文暴字，或作虦，白虎。
　〔11〕乳：作动词，犹吮吸。　飧：晚食。　肤：指肌肉。
　〔12〕榛：丛生之木。

〔13〕峥嵘：阴森可怕的样子。　馗(kuí 逵)：道路。

〔14〕棱棱：形容寒气强劲。

〔15〕蔌蔌：象声词，谓风声劲疾。

〔16〕蓬：蓬草。　振：飞起。

〔17〕坐飞：无故而飞。

〔18〕灌莽：灌木密集丛生。　杳：深远。

〔19〕丛薄：野草丛杂。

〔20〕峻隅：城上高耸的角楼。　颓：倒塌。

【今译】

　　青黝的苔藓长满井壁，荒芜的藤蔓阻塞道路。庭堂内满是毒蛇水蛭，石阶前斗着山獐鼯鼠。山间林中的鬼怪，城内城外的鼠狐，在风雨中嚎叫狂吼，在晨昏时往来出没。饥饿的秃鹰磨着锐利的嘴尖，受冻的鸋鹰恐吓瘦弱的小鸟。猛兽恶虎潜伏躲藏，吮吸鲜血把肉撕咬。倒伏的大树堵住了道路，旧街上一片阴森可怕。白杨早早飘零凋落，塞上秋草提前干枯。严霜透出凛冽的寒气，疾风呼啸肆虐逞威。孤独的蓬草腾空而起，惊散的沙石无故而飞。灌木丛集苍茫无际，野草杂聚纷乱披靡。墙边的壕沟早被夷平，城上的角楼也已倾圮。放眼可及千里之外，只见黄尘漫天扬起。情思凝结潜然静听，内心已被伤感摧折。

　　若夫藻扃黼帐〔1〕，歌堂舞阁之基；璇渊碧树〔2〕，弋林钓渚之馆〔3〕，吴蔡齐秦之声〔4〕，鱼龙爵马之玩〔5〕，皆薰歇烬灭〔6〕，光沉响绝。东都妙姬〔7〕，南国丽人〔8〕，蕙心纨质〔9〕，玉貌绛唇，莫不埋魂幽石，委骨穷尘〔10〕。岂忆同舆之愉乐〔11〕，离宫之苦辛哉〔12〕！

　　天道如何？吞恨者多。抽琴命操〔13〕，为芜城之歌。歌曰："边风急兮城上寒，井径灭兮丘陇残〔14〕。千龄兮万代，共尽兮何言！"

【注释】

〔1〕藻扃：指雕饰华美的门窗。　黼（fǔ 辅）帐：刺绣精致的幕帐。黼，黑白相间的花纹。

〔2〕璇渊：玉池。璇，似玉美石。　碧：碧玉。

〔3〕弋林：射鸟的园林。

〔4〕吴：江浙地区。　蔡：河南上蔡。　齐：山东。　秦：陕西。此泛指全国各地。

〔5〕鱼龙爵马：指各种杂技。均见汉张衡《西京赋》。爵，同"雀"。

〔6〕薰：香气。　烬：焚烧后剩下的馀物。

〔7〕"东都"句：晋陆机《拟东城一何高》："京洛多妖丽，玉颜侔琼蕤。"汉称洛阳为东都。姬，指美女。

〔8〕"南国"句：语本魏曹植《杂诗》"南国多佳人，容华若桃李"。

〔9〕蕙心：犹芳心。　纨：丝织细绢，喻纯洁。

〔10〕委：弃置。

〔11〕同舆：指与皇帝同车的宠幸。

〔12〕离宫：指被疏弃后离居别宫。

〔13〕命操：弹奏琴曲。

〔14〕井径：水井道路，代指民居。　丘陇：坟地。

【今译】

　　至于那些雕花门窗刺绣帐被，轻歌曼舞的堂阁建筑；璇石水池碧玉宝树，射猎垂钓的园林宫馆，那些来自吴蔡齐秦各地的美妙音乐，鱼龙雀马等各种杂玩，一起都香气消散馀烬熄灭，没了光彩绝了声响。来自东都的美貌女郎，长在南国的红粉佳人，一个个芳心秀慧体质纯洁，容颜如玉唇口红润，无不香魂幽幽被埋石下，艳骨根根委弃尘埃，难道还能想起当时与君王同车的欢愉，和别居冷宫的辛酸吗！

　　试问天道究竟怎样？总是含怨抱恨的多。取出琴来弹奏乐曲，谱写了芜城之歌。歌中唱道："边地风吹得急啊城上凄寒，井田道路毁灭啊坟丘残破。历时千秋啊万代，同归于尽啊何话可说！"

月 赋

[宋] 谢 庄

【题解】

此赋系谢庄模仿谢惠连《雪赋》而作，但后出转精，以"写神"的"意趣洒然"较《雪赋》"写貌"的"描写著迹"略胜一筹，受到后人的广泛称颂。

用赋来描写某种自然现象，最初始于宋玉的《风赋》，那是一篇具有讽刺意义的作品；谢庄的《月赋》很好地继承了不局限于景物描写而别有寄托的传统，写成了一篇别具特色的优美的抒情之作。前人说它"只写月夜之情，非为赋月也"（《文选》孙批），即准确地指出了它的成功所在。赋借"陈王初丧应、刘"发端，以"白露暧空，素月流天"、"列宿掩缛，长河韬映。柔祇雪凝，圆灵水镜。连观霜缟，周除冰净"的美景作为衬托，抒写了"美人迈兮音尘阙，隔千里兮共明月"的一往情深，兴味悠然。末"以二歌总结全局，与怨遥伤远相应，深情婉致，有味外味"（许梿评语）。至于灵活地运用了不少关于月的典故，以及对偶整饬、用词精确，也都体现了骈赋典雅华丽的显著特色。

作者谢庄（421—466），字希逸，官至中书令，加金紫光禄大夫，人称"谢光禄"。能诗擅赋，《月赋》之外，又有《赤鹦鹉赋》和《舞马赋》，颇尽体物之妙，为当世所称。

陈王初丧应、刘[1]，端忧多暇[2]。绿苔生阁，芳尘凝榭〔3〕。悄焉疚怀〔4〕，不怡中夜〔5〕。乃清兰路〔6〕，肃桂苑〔7〕，腾吹寒山〔8〕，弭盖秋阪〔9〕。临浚壑而怨遥〔10〕，登崇岫而伤远〔11〕。于时斜汉左界〔12〕，北陆南躔〔13〕。白露暧空〔14〕，素月流天。沉吟齐章〔15〕，殷勤陈篇〔16〕。抽毫进牍〔17〕，以命仲宣〔18〕。

【注释】

〔1〕陈王：曹植，曹叡即位时封陈王。　应、刘：应玚、刘桢。曹丕《与吴质书》："昔年疾疫，亲故多离其灾：徐、陈、应、刘，一时俱逝。"

〔2〕端忧：闲居忧闷。

〔3〕榭：建在平台上的房屋，多临水。

〔4〕悄焉：忧戚的样子。　疚：病，伤感。

〔5〕不：一作"弗"。　中夜：半夜。

〔6〕兰路：长有兰草的道路。

〔7〕肃：清除，打扫。　桂苑：长有桂树的园子。

〔8〕腾：飞扬。　吹：吹奏。

〔9〕弭：停留。　盖：车盖。

〔10〕浚壑：深谷。

〔11〕崇岫：高山。

〔12〕汉：银河。　左界：位于东面。

〔13〕北陆：星名。　南躔(chán 缠)：向南移动。躔，日月星辰运行的度次，此用作动词。

〔14〕暧：充满。

〔15〕齐章：指《诗经·齐风·东方之月》，中有"东方之月兮"句。

〔16〕陈篇：指《诗经·陈风·月出》，中有"月出皎兮"句。

〔17〕抽毫：犹"援笔"。　进牍：递上纸。

〔18〕仲宣：王粲，字仲宣，"建安七子"之一。

【今译】

　　陈王曹植刚失去了应玚和刘桢，整日忧闷无所事事。楼阁内长出了绿苔，水榭上蒙集着尘埃。他一人心怀忧伤，半夜里闷闷不乐。于是就清理了长满兰草的道路，打扫了桂树飘香的园子，在清冷的山间吹起了管笛，在秋天的坡上停下了车马。来到深谷就哀怨生死遥隔，登上高山便感叹故人远逝。这时候天河横斜在东方，北陆星也已移向南天。空中布满了凉湿的白露，天上流动着皎洁的月光。他不禁沉吟起《齐风》中的华章，沉浸于《陈风》中的名篇。于是就拿来纸笔，下令王粲作赋吟咏。

　　仲宣跪而称曰："臣东鄙幽介[1]，长自丘樊[2]，昧道懵学[3]，孤奉明恩[4]。臣闻沉潜既义[5]，高明既经[6]，日以阳德[7]，月以阴灵[8]。擅扶光于东沼[9]，嗣若英于西冥[10]；引元兔于帝台[11]，集素娥于后庭[12]。朒朓警阙[13]，朏魄示冲[14]。顺辰通烛[15]，从星泽风[16]。增华台室[17]，扬采轩宫[18]。委照而吴业昌[19]，沦精而汉道融[20]。

【注释】

　　[1]东鄙：东方边远之地。王粲山阳（今山东邹县）人，故云。　幽介：指出身寒微。

　　[2]丘樊：指山林田园。樊，篱笆，此指村落。

　　[3]昧道：不明事理。　懵（méng 萌）学：不通学问。

　　[4]孤奉：谦词，犹言白白承受。孤，同"辜"。　明恩：明主之恩。

　　[5]沉潜：指地。　义：合宜。

　　[6]高明：指天。　经：纲常。　两句语出《尚书·洪范》："沉潜刚克，高明柔克。"

　　[7]日以阳德：谓日具有阳的德行。

　　[8]月以阴灵：指月具有阴的精华。

　　[9]擅：同"禅"，传位。　扶光：扶桑之光，指日光。　东沼：即汤谷，日出之处。

　　[10]嗣：接替。　若英：若木之英。传说中日落处的大树之华。西冥：即昧谷，日落之处。

　　[11]元兔：即玄兔，指月亮。

〔12〕素娥，即嫦娥，借指月亮。　后庭：王后的庭院。

〔13〕朒（rù 入）：月初形缺之月。　胱（tiǎo 窕）：月末形缺之月。阙：同"缺"。

〔14〕朏（fěi 匪）：初月的微光。　魄：通"霸"，月始生或将灭时的弱光。　冲：谦和不盈。

〔15〕顺辰：顺应十二月的时辰。　通烛：犹"普照"。

〔16〕从星泽风：语出《尚书·洪范》："月之从星，则以风以雨。"孔安国《尚书传》："月经于箕则多风，离于毕则多雨。"泽，湿润。

〔17〕台室：三台之室。三台，星名，主人间三公之位。

〔18〕轩宫：轩辕之宫。《淮南子》高诱注："轩辕，星名。"

〔19〕委：向下照耀。　照：指月光。　吴业昌：《吴录》载长沙桓王孙策，因母吴氏有孕，梦月入怀，生而使吴国昌盛。

〔20〕沦：向下投射。　精：指月光。　汉道融：《汉书》记元后母李氏，梦月入怀而生后，遂为天下母，佐治清明。

【今译】

　　王粲领命跪下称道："臣本东方边地的一介寒士，生长在山野小村，不明事理不通学问，白白承受了明主的深恩。臣听说地虽柔而有刚强之义，天虽刚而有怀柔之经，日具备了阳刚的德行，月具备了阴柔的精华。她在东方的汤谷让位给了初升的太阳，在西面的昧谷接替了若木的光华；把玉兔引向帝王的台榭，使嫦娥来到后妃的庭院。初出和将落时以形警缺，始生和欲落时以光示谦。顺着时辰普天照耀，随着星宿调播风雨。使三台之室平添华光，让轩辕之宫飞扬奇彩。清光下照而吴国帝业昌盛，神采焕发而汉代治道清明。

　　"若夫气霁地表[1]，云敛天末，洞庭始波[2]，木叶微脱。菊散芳于山椒[3]，雁流哀于江濑[4]。升清质之悠悠[5]，降澄辉之蔼蔼[6]。列宿掩缛[7]，长河韬映[8]。柔祇雪凝[9]，圆灵水镜[10]。连观霜缟[11]，周除冰净[12]。君王乃厌晨欢[13]，乐宵宴；收妙舞，弛清

县〔14〕；去烛房，即月殿〔15〕；芳酒登〔16〕，鸣琴荐。〔17〕

【注释】

〔1〕霁：原指雨过天晴，此指消散。

〔2〕洞庭：洞庭湖，在湖南北部、长江南岸。　本句与下句语出《九歌·湘夫人》"洞庭波兮木叶下"。

〔3〕山椒：山巅。

〔4〕流哀：指发出哀伤的鸣叫。　濑：浅水滩。

〔5〕清质：指明月。

〔6〕蔼蔼：柔和遍布的样子。

〔7〕列宿(xiù 袖)：群星。　缛：繁密。

〔8〕长河：指天河。　韬：掩藏。　映：光亮。

〔9〕祇(qí 其)：地神，此指大地。

〔10〕圆灵：天宇。

〔11〕连观：鳞次栉比的宫庭楼观。　缟：白色细绢。

〔12〕周除：所有的台阶。

〔13〕厌：通"餍"，满足。

〔14〕弛：解下。　清县：悬挂着的钟磬类乐器。县，通"悬"。

〔15〕即：至，来到。

〔16〕登：陈列。

〔17〕荐：进献。

【今译】

"至于地面蒸腾了水气，天边收敛了云雾，洞庭湖开始泛起波浪，树叶在风中开始飘落。山巅散布着菊丛的芳香，江边传送着大雁的哀鸣。清明的形质升起在悠悠的天地之间，澄净的光辉柔和遍布。群星掩去了繁密的光亮，天河藏起了清澈的光影。大地柔和得像白雪凝积，天宇空明得像水可照物。相连的宫观披上了霜一般的素缟，四处的台阶如冰一般的洁净。满足了白天欢娱的君王，于是喜欢上了夜宴。他收起了轻歌曼舞，解下了悬着的乐器；离开灯烛辉煌的内屋，来到明月映照的便殿；摆上了美味的酒肴，献进了悠扬的鸣琴。

"若乃凉夜自凄，风篁成韵[1]，亲懿莫从[2]，羁孤
递进[3]。聆皋禽之夕闻[4]，听朔管之秋引[5]。于是丝
桐练响[6]，音容选和[7]，徘徊《房露》[8]，惆怅《阳
阿》[9]。声林虚籁[10]，沦池灭波[11]。情纡轸其何
托[12]，愬皓月而长歌[13]。歌曰：

美人迈兮音尘阙[14]，隔千里兮共明月。临风
叹兮将焉歇，川路长兮不可越。

歌响未终，馀景就毕[15]。满堂变容，回遑如
失[16]。又称歌曰：

月既没兮露欲晞[17]，岁方晏兮无与归[18]。佳
期可以还，微霜沾人衣。"

【注释】
　〔1〕风篁：风吹竹林。篁，竹丛生。
　〔2〕亲懿：即懿亲，至亲。
　〔3〕羁孤：流落在外的孤客。
　〔4〕皋禽：指鹤，语本《诗经·小雅·鹤鸣》"鹤鸣于九皋"。皋，
水边高地。
　〔5〕朔管：即羌笛，因羌在北方，故称。　引：曲调。
　〔6〕丝桐：指琴。丝，一作"弦"。　练响：调好音响。
　〔7〕音容：指格调。　选和：选用与景相谐者。
　〔8〕《房露》：古曲名，又作《防露》，见晋陆机《文赋》。
　〔9〕《阳阿》：古曲名，又作《扬荷》，见《楚辞·招魂》。
　〔10〕声林：风中发声的树林。　虚籁：犹绝响。籁，天然声响。
　〔11〕沦池：泛着微波的水池。
　〔12〕纡轸：郁曲痛楚。
　〔13〕愬：向着。
　〔14〕迈：遥远。　音尘：音讯。　阙：通"缺"。
　〔15〕就：即将。
　〔16〕回遑：徘徊彷徨。

〔17〕晞：干。

〔18〕晏：晚。

【今译】

"遇上凉爽的秋夜本来凄清，风吹竹林自然成韵，至亲密友不再随从，羁旅的孤客则相继前来。既闻江边的野鹤夜来声声鸣叫，又听羌笛传出伤秋的阵阵哀音。于是调好了桐木琴的丝弦，选择与景相配的曲调，在悲伤的《房露》乐中徘徊，在和者甚寡的《阳阿》乐中惆怅。一时风中的林木不再出声，泛波的池水不再起波。心中郁抑悲痛的情感如何寄托，面对皓月慨然长歌。歌词唱道：

远去的美人呵音讯短缺，相隔千里呵共对明月。临风叹息呵怎能止歌，山高路长呵不可逾越。

歌声还没有停止，月夜的清景即将失去。满堂的宾客无不为之变容，徘徊彷徨如有所失。接着歌又唱道：

明月既落呵晨露将被晾干，岁时将暮呵无人与我同归。美好的时光还可以期盼，拂晓的轻霜已把人衣沾湿。"

陈王曰"善"，乃命执事〔1〕，献寿羞璧〔2〕。"敬佩玉音〔3〕，复之无斁〔4〕。"

【注释】

〔1〕执事：办事者，此指左右侍从。

〔2〕献寿：犹奉觞、进酒。 羞：一作"荐"，进献。

〔3〕玉音：对别人言词的敬称。

〔4〕复之无斁(yì 亿)：反复吟诵而不觉厌倦。此句活用《诗经·周南·葛覃》"服之无斁"。斁，厌倦。 以上二句续完陈王前语。

【今译】

陈王称赞说"好"，于是令左右侍从，献上酒和玉璧。"真敬佩先生的妙语玉音，使我反复吟诵也不觉厌倦。"

采 莲 赋

梁元帝

【题解】

采莲是一个古老的文学题材。早在汉代，乐府诗中就有了"江南可采莲"的优美篇章；汉代以后，吟诵采莲的诗赋佳作也接连不断。此赋的特色，即在于把莲花优美的静态与采莲人同样妩媚的动态结合在一起描写，从而表现出一种自然清新、又不乏生活情趣的艺术境界。其中尤以"棹将移而藻挂，船欲动而萍开"、"恐沾裳而浅笑，畏倾船而敛裾"、"荇湿沾衫，菱长绕钏"最为生动传神，使人如临其境，如闻其声。结尾之歌揭出主题，"愿袭芙蓉裳"的楚骚遗意，也使这篇短小的精品的格调，要高出于当时的一般艳情之作。

梁元帝萧绎(508—554)，字世诚，号金楼子，梁武帝第七子。他最初被封为湘东王，侯景之乱平息后即位江陵，后为西魏所虏，自杀身亡。萧绎博学多能，文才为萧纲所称。

紫茎兮文波[1]，红莲兮芰荷[2]。绿房兮翠盖[3]，素实兮黄螺[4]。

【注释】

〔1〕此句语本《楚辞·招魂》"紫茎屏风，文缘波些"。文，

同"纹"。

〔2〕芰(jì技)荷:出水荷叶。

〔3〕绿房:即莲蓬,莲房,因各孔分隔如房而称。 翠盖:形容叶圆大如车盖。

〔4〕素实:莲心,色白味苦。 黄螺:莲子,黄色螺形。

【今译】

　　紫色的茎秆呵高出细细的波纹,红色的莲花呵杂着亭亭的荷叶。绿色的莲房与青翠的圆盖相伴,白色的莲心藏在黄螺般的莲子中。

　　于时妖童媛女[1],荡舟心许[2]。鹢首徐回[3],兼传羽杯[4]。棹将移而藻挂[5],船欲动而萍开。尔其纤腰束素[6],迁延顾步[7]。夏始春馀,叶嫩花初。恐沾裳而浅笑,畏倾船而敛裾[8]。故以水溅兰桡[9],芦侵罗袯[10]。菊泽未反[11],梧台回见[12]。荇湿沾衫[13],菱长绕钏[14]。泛柏舟而容与[15],歌采莲于江渚[16]。

【注释】

〔1〕妖:艳媚。 媛女:美女。

〔2〕心许:谓相互愉悦。

〔3〕鹢(yì艺)首:船头。鹢,一种大鸟,古代常被画在船头作装饰。

〔4〕羽杯:一种雀形酒杯,因有头尾羽翼而称。

〔5〕棹:船桨。 藻:水草。

〔6〕"尔其"句:语本宋玉《登徒子好色赋》"腰如束素"。

〔7〕迁延:行动迟疑谨慎。

〔8〕裾:衣服前襟,也指衣袖。

〔9〕兰桡:兰木船桨。

〔10〕罗袯:丝罗制成的垫褥。袯,同"荐"。

〔11〕菊泽:未详,视下文"梧台"推之,或系泽名。 反:同"返"。

〔12〕梧台：古有梧宫之台，故址在今山东临淄。

〔13〕荇(xìng，姓)：荇菜，浮生水草。

〔14〕菱：一名"芰"，水生植物。　钏：臂环。

〔15〕柏舟：柏树木做的船只。　容与：迟缓从容的样子。

〔16〕渚：水中小洲。

【今译】

　　这时打扮艳丽的少男少女，划着小船彼此爱悦。鹢形的船头在慢慢地移动，相互间还传递着雀形酒杯。船桨刚要挪动却被水草挂住，船身正想荡去浮萍又竞相散开。这就使得那些纤弱的细腰女子，连动一下都要顾及自己的脚步。夏天刚刚开始春天还拖着尾巴，鲜嫩的荷叶衬着初开的荷花。船上人生怕沾湿了衣裳而低声微笑，又惟恐船翻而提着衣襟。因此水花溅着兰木船桨，芦草侵及了丝罗垫褥。荡舟菊泽还未归返，梧台只能回头望见。带水的荇菜沾湿了衣衫，蔓长的菱草缠住了臂环。泛着柏木小舟从容悠闲，不禁在江边洲际唱起了采莲之歌。

　　歌曰："碧玉小家女〔1〕，来嫁汝南王。莲花乱脸色，荷叶杂衣香。因持荐君子，愿袭芙蓉裳〔2〕。"

【注释】

　　〔1〕碧玉：《乐苑》："碧玉，汝南王妾名。"庾信《结客少年场行》："定知刘碧玉，偷嫁汝南王。"此句即出汝南王所作乐府《碧玉歌》。

　　〔2〕袭：衣上加衣。此取《楚辞·离骚》"制芰荷以为衣兮，集芙蓉以为裳"之意。

【今译】

　　歌唱道："碧玉本是小家出身的女子，前来新嫁了尊贵的汝南王。莲花映出与脸难分的秀色，荷叶还带着罗衣的芳香。把它们采来进献给君子，愿用芙蓉制成美丽的衣裳。"

荡妇秋思赋

梁元帝

【题解】

题中"荡妇"两字，义本《古诗十九首》"昔为倡家女，今为荡子妇"，点出赋主的身份。要加说明的是，这里的"倡家女"是指歌舞乐妓，"荡子"是指出门在外的行客。因此"荡妇"是"荡子妇"的略称，并非一般理解的"放荡的妇人"。这点也可从赋的内容仅及"秋思"而不涉淫荡得到佐证。另外从赋有"君思出塞之歌"一句来看，她丈夫外出十年不归似乎事出有因，与普通的"薄情郎"、"游冶子"相去甚远。所以总体上说，此赋的主题与当时盛行的闺怨诗相类。

此赋的特点在于婉丽多情，以细腻传神的笔致写出一个孤守空房十年之久的女子，在又一个秋天到来时的种种哀怨和凄苦的内心感受。起语浅近却思致深惋，中段描述亦景亦情，刻画细致入微，逼肖思妇神情。末以春日可待、归期难望收结，落笔简净，寓意警策。至其通篇缠绵悱恻，更令人荡气回肠，掩卷叹息。以至许梿评语说"史称帝不好声色，颇有高名，观此婉丽多情，余未之信"。

荡子之别十年，倡妇之居自怜。登楼一望，唯见远树含烟[1]。平原如此，不知道路几千？天与水兮相逼[2]，山与云兮共色。山则苍苍入汉[3]，水则涓涓不测[4]。谁复堪见鸟飞，悲鸣只翼[5]！秋何月不清，月何秋不明？况乃倡楼荡妇，对此伤情！

【注释】

〔1〕远树含烟：谓远树为烟雾笼罩。谢朓《游东田》："远树暖芊芊，生烟纷漠漠。"

〔2〕逼：接近。

〔3〕汉：天汉，银河。

〔4〕涓涓：水长流不息的样子。

〔5〕只翼：孤飞之鸟。

【今译】

出门的丈夫一别就是十年，妻子居家孤苦自怜。登上高楼纵目眺望，只见远处的树木烟雾弥漫。广阔的平原尚且如此，不知那崎岖的道路还有几千？天空与流水呵遥遥相接，山峦与云层呵茫茫一色。高山苍苍耸入银河，长水涓涓深远难测。谁又忍见飞翔的鸟儿，独自发出悲哀的呼唤！秋天哪夜月不萧瑟凄清，月在哪个秋天不团圆光明？况且青楼出身的浪子之妇，怎能不对此黯然伤情！

于时露萎庭蕙[1]，霜封阶砌。坐视带长[2]，转看腰细[3]。重以秋水文波[4]，秋云似罗。日黯黯而将暮[5]，风骚骚而渡河[6]。妾怨回文之锦[7]，君思出塞之歌[8]。相思相望，路远如何！鬓飘蓬而渐乱[9]，心怀愁而转叹。愁紫翠眉敛，啼多红粉漫[10]。

【注释】

〔1〕萎：使枯萎。　蕙：一名薰草，一杆数花而香淡。

〔2〕带长：用《古诗十九首》"相去日以远，衣带日以缓"之意。

〔3〕腰细：形容瘦弱。

〔4〕重以：再加上。　文波：泛起波纹。

〔5〕黯黯：光线昏暗的样子。

〔6〕骚骚：刮风的声响。

〔7〕回文之锦：晋苻坚时窦滔被远徙流沙，其妻苏惠织锦为《回文璇图诗》寄滔。诗宛转循环皆成诵，情词哀怆。事见《晋书·列女传》。

〔8〕出塞之歌：据《西京杂记》载，汉高祖曾令戚夫人歌《出塞》《归来》之曲。

〔9〕蓬：即蓬蒿，此形容鬓发散乱如随风飘飞的草。

〔10〕漫：散乱，零落。

【今译】

　　这时寒露已使庭前的蕙草枯萎，严霜布满了台阶石栏。坐着见身上的衣带越来越长，转身又看腰肢越变越细。再加上秋水泛起层层波纹，秋云惨淡轻薄得像丝罗。日光慢慢地暗下去天就要黑了，风却呼呼作响刮过河面。妾身正为回文之锦而哀怨欲绝，夫君也在想着《出塞》《归来》之歌。两地苦苦相思久久相望，眼前山高路远又能怎样！鬓发像蓬蒿渐渐散乱，心中怀着忧愁长吁短叹。愁苦萦绕在皱起的眉间，哭多了脸上的红粉泪痕斑斑。

　　已矣哉！秋风起兮秋叶飞，春花落兮春日晖〔1〕。春日迟迟犹可至〔2〕，客子行行终不归〔3〕。

【注释】

〔1〕晖：馀晖，落日时的残照。

〔2〕春日迟迟：语出《诗经·豳风·七月》。迟迟，形容日长。

〔3〕客子行行：语出《古诗十九首》："行行重行行，与君生别离。"

【今译】

　　算了吧！秋风吹起呵秋叶纷飞，春花飘落呵春日馀晖。漫长的春日虽然还可以到来，作客他乡的人越走越远终不见归。

恨　赋

[梁] 江　淹

【题解】

死亡对于宝贵的人生来说，确实是一道谁也无法逾越的铁门槛。古往今来不知有多少人为之抱憾饮恨。江淹的这篇《恨赋》，即集中抒写了这种人类的普遍情感，而且突出了人在有生之年"不称其情"、世事循环荣枯同归的幽愤。从赋中所举帝王、列侯、名将、美人、才士、高人、贫困和富贵之恨来看，大致包举了当时社会的各个阶层和各类人物，极有代表意义。利用赋传统的铺陈手法，将多种类型的人所共有的情感集合在一起，以浓笔重彩加以渲染，这是江淹对六朝抒情小赋所作的杰出贡献。更重要的是他的这一创举，同时又把创作的取材从大、小谢的投注自然景物，转向以古例今地反映现实的社会现象，从而坚持和拓展了文学用世的积极作用。因此尽管赋中所及均是古人往事，但不难由此折射出齐梁以来社会动乱促使人们对死亡所作出的比平时更严肃、更深层的思考。至于其主题鲜明、举例典型、文词凄绝、音韵华美，都使鲍照以后的南朝作家无人可与并肩。许梿总评云："通篇奇峭有韵，语法俱自千锤百炼中来，然却无痕迹。至分段叙事，慷慨激昂，读之英雄雪涕。"

江淹（444—505），字文通，济阳考城（今河南兰考）人。他的一生，历仕宋、齐、梁三个朝代，官至金紫光禄大夫，封醴陵侯。他少有文名，晚年才思减退，世有"江郎才尽"之说。他的诗长于拟古，风格幽深奇丽，赋多创新，尤以《恨》《别》二赋著称。

　　试望平原，蔓草萦骨，拱木敛魂[1]。人生到此，天道宁论[2]！于是仆本恨人[3]，心惊不已，直念古者，伏恨而死。

【注释】

　　[1] 拱木：两手合围之树。《左传·僖公三十二年》："中寿，尔墓之木拱矣！"后因以指墓树。

　　[2] 宁：岂，难道。

　　[3] 恨人：心怀怨恨的人。

【今译】

　　试望那广阔的平原，蔓生的野草缠绕着堆堆白骨，合围粗的树木聚敛了多少亡魂。人的一生到了这个地步，所谓天道公理还有什么可说！我对此本是深怀怨恨的人，内心的惊惧无法自已，一直在追念那些古代的名人，竟都衔冤含恨而死。

　　至如秦帝按剑[1]，诸侯西驰；削平天下，同文共规[2]。华山为城[3]，紫渊为池[4]。雄图既溢[5]，武力未毕。方架鼋鼍以为梁[6]，巡海右以送日[7]。一旦魂断，宫车晚出[8]。

　　若乃赵王既虏[9]，迁于房陵[10]。薄暮心动，昧旦神兴[11]。别艳姬与美女，丧金舆及玉乘[12]。置酒欲饮，悲来填膺[13]。千秋万岁[14]，为怨难胜。

【注释】

　　[1] 秦帝：指秦始皇嬴政。

　　[2] 同文：统一文字。　规：法度。　《史记·秦始皇本纪》载始皇得天下后"一法度衡石丈尺，车同轨，书同文字"。

〔3〕华山：在陕西东部。贾谊《过秦论》："践华为城，因河为池。"

〔4〕紫渊：北方河流，见司马相如《上林赋》。

〔5〕雄图：指统一六国的大业。 溢：扩张。

〔6〕方：将。 架：一作"驾"。 鼋（yuán 元）、鼍（tuó 陀）：两种水生动物。 梁：桥。 李善注引《纪年》："周穆王三十七年，征伐纣，大起九师，东至于九江，叱鼋鼍以为梁。"

〔7〕海右：古人以为有西海，中国在海右。 送日：《列子·周穆王篇》记穆王驾八骏，"西观日所入"。

〔8〕宫车晚出：古代讳言帝王死亡之词。《史记·范雎蔡泽列传》"宫车一日晏驾"，《集解》引韦昭曰："凡初崩为晏驾者，臣子之心犹谓宫车当驾而晚出。"然此处似又含始皇驾崩巡幸途中，宦官赵高、丞相李斯秘不发丧一事，见《史记·秦始皇本纪》。

〔9〕赵王：指战国时赵国国君，名迁。赵国被秦攻灭时降秦，事见《史记·赵世家》。

〔10〕房陵：古代县名，即今湖北房县。《史记集解》引《淮南子》："赵王迁流于房陵，思故乡，作山水之讴，闻之者莫不流涕。"

〔11〕昧旦：黎明。 神兴：指魂惊。

〔12〕金舆、玉乘：帝王后妃的车驾。

〔13〕膺：胸。

〔14〕千秋万岁：旧指君主之死的讳辞。《史记·梁孝王世家》："上（景帝）与梁王燕饮，尝从容言曰：'千秋万岁后传位于王。'"

【今译】

比如秦始皇手按利剑，诸侯们纷纷向西奔走；削平六国拥有了天下，统一了文字和国家法规。巍峨的华山作了城壁，浩瀚的紫渊成了护城河。雄心勃勃的谋划既已膨胀，神武的威力尚未消歇。将要驾驭巨鼋大鼍作为桥梁，巡遍海内伴送落日。谁料一朝气绝魂断，宫中的车驾延迟晚出。

又如那赵王迁成了囚房，被流放到远离故乡的房陵。每至黄昏就怦然心动，一到黎明便神魂惊悸。不但辞别了艳丽的姬妾和美貌的女子，而且丧失了雕饰豪华的车驾骑乘。摆下酒肴想要饮食，悲哀涌来填塞了心胸。即使千秋万岁作了古，那怨恨也是无法承受的。

至于李君降北[1]，名辱身冤。拔剑击柱，吊影惭魂。情往上郡，心留雁门[2]；裂帛系书[3]，誓还汉恩[4]。朝露溘至[5]，握手何言[6]！

若夫明妃去时[7]，仰天太息[8]。紫台稍远[9]，关山无极。摇风忽起[10]，白日西匿。陇雁少飞，代云寡色[11]。望君王兮何期，终芜绝兮异域[12]。

【注释】

〔1〕李君：指汉将李陵，名将李广之孙。　降北：指天汉二年（前99）李陵率步卒五千出击匈奴，兵败而降。事见《史记·李将军列传》。北，败。

〔2〕上郡、雁门：都是汉代北方郡名，李广曾在两地任太守。

〔3〕裂帛系书：用苏武出使匈奴被扣十九年，终因使者称天子射猎上林苑，"得雁，足有系帛书，言武等在某泽中"而得归国事，见《汉书·李广苏建传》。

〔4〕还：酬报。

〔5〕朝露：比喻人生短暂。义本汉乐府《薤露》。　溘（kè 刻）：忽然。

〔6〕握手：指临终告别。潘岳《邢夫人诔》："临命相决，交腕握手。"

〔7〕明妃：即王嫱，字昭君，南郡秭归（今属湖北兴山县）人。　去时：指汉元帝在竟宁元年（前33）将王昭君远嫁匈奴，昭君辞汉出塞。事见《汉书·元帝纪》。

〔8〕太息：叹息。

〔9〕紫台：犹紫宫，帝王所居。　稍：渐。

〔10〕摇风：飘风。

〔11〕陇：甘肃地区。　代：今河北蔚县一带。此均泛指西北边地。

〔12〕芜绝：埋没。

【今译】

至于汉将李陵战败投降，声名受辱身蒙奇冤。拔出利剑猛击屋柱，形影相吊羞愧伤神。深情向往着故地上郡，心思还留在旧土雁门；撕下衣帛系好书信，立誓要报答汉朝的大恩。清晨的露珠忽然坠落，握手诀别又有什么可说！

或像王昭君辞别汉宫时，悲哀地抬头仰天长叹。身后的皇家紫宫越离越远，眼前的关隘山川茫茫无边。飘摇的疾风忽然刮起，太阳已在西面隐去。陇上很少有雁飞过，代地的云也惨淡无色。盼望君王呵哪还有什么期待，终不免埋没荒地呵在那异国他乡。

至乃敬通见抵[1]，罢归田里。闭关却扫[2]，塞门不仕。左对孺人[3]，右顾稚子。脱略公卿[4]，跌宕文史[5]。赍志没地[6]，长怀无已。

及夫中散下狱[7]，神气激扬。浊醪夕引[8]，素琴晨张。秋日萧索，浮云无光。郁青霞之奇意[9]，入修夜之不旸[10]。

【注释】

〔1〕敬通：东汉人冯衍，字敬通。 见抵：被诋毁。《后汉书》本传谓其有谋略，从光武帝，常遭权臣谗毁。免官后"西归故里，闭门自保"。

〔2〕却：放弃。

〔3〕孺人：妻子。

〔4〕脱略：轻慢。

〔5〕跌宕：肆意放纵。

〔6〕赍（jī）志：胸怀大志。 没地：被埋于地，指死亡。

〔7〕中散：魏晋人嵇康，字叔夜，拜中散大夫。因吕安事被诬下狱，后被司马昭杀害。事见《晋书》本传。

〔8〕浊醪：浊酒。嵇康《与山巨源绝交书》："浊酒一杯，弹琴一曲，志愿毕矣。"

〔9〕郁：郁积。 青霞之奇意：喻指心志高洁。

〔10〕"入修夜"句：犹言长眠不醒。修，长。旸，明亮。

【今译】

　　再如冯敬通(衍)受到诋毁，罢官回到了故乡田间。上了锁后不再打扫，关起门来不再求官。向左面对结发的妻子，向右照看年幼的孩子。根本不把公卿放在眼里，一意专注于文史翰墨。怀着远大的志向长埋地下，深怨长恨没有穷尽。

　　等到嵇中散(康)被捕下狱，神情意气激昂飞扬。傍晚斟上浊酒一杯，清晨设下素琴一张。秋天的气象凄清萧条，连浮云也暗淡无光。郁结着青霞般高洁的心志，却步入漫漫长夜不再见亮。

　　或有孤臣危涕[1]，孽子坠心[2]。迁客海上[3]，流戍陇阴[4]。此人但闻悲风汩起[5]，血下沾衿[6]。亦复含酸茹叹[7]，销落湮沉[8]。

　　若乃骑叠迹，车屯轨[9]；黄尘匝地[10]，歌吹四起，无不烟断火绝，闭骨泉里[11]。

【注释】

　　[1]孤臣：被疏斥放逐之臣。
　　[2]孽子：非正妻所生之庶子。《孟子·尽心上》："独孤臣孽子，其操心也危，其虑患也深。"二句李善注："心当云危，涕当云坠。江氏爱奇，故互文以见义。"
　　[3]迁客：贬谪迁徙的人。　海上：与下句"陇阴"皆指极远之地。
　　[4]流戍：流放戍边的人。
　　[5]汩(yù 遇)：迅疾的样子。
　　[6]血：一作"泣"。　衿：同"襟"，古指上衣交领。
　　[7]茹：吃，吞咽。
　　[8]销落湮(yān 烟)沉：消散湮灭。
　　[9]屯：聚集。
　　[10]匝：周遍。
　　[11]闭骨：埋骨。　泉里：指地下。

【今译】

　　或者有被放逐的臣子感极掉泪，旁出的庶子哀来惊心。贬谪迁徙至塞外的湖上，流放戍边在遥远的陇西。这些人只要听到凄厉的风声急速响起，就会泪尽继血地沾湿衣襟。他们也同样饱尝辛酸饮恨吞声，最终不免消散湮没。

　　再像那些车马重叠聚集的富贵人家，尽管一时黄尘遍地，歌乐之声四下响起，又无不炊烟冷落灶火熄灭，把尸骨埋在冰冷的地里。

　　已矣哉！春草莫兮秋风惊[1]，秋风罢兮春草生。绮罗毕兮池馆尽，琴瑟灭兮丘陇平[2]。自古皆有死[3]，莫不饮恨而吞声。

【注释】

　　〔1〕莫：同“暮”，指即将凋零。

　　〔2〕“绮罗”二句：感叹生命人事最终都归泯灭。李善注引《琴道》：“雍门周曰：‘高堂既已倾，曲池又已平。坟墓生荆棘，狐兔穴其中。’”丘陇，指坟墓。陇，通“垄”。

　　〔3〕“自古”句：用《论语·颜渊》成语。

【今译】

　　算了吧！春草衰老呵秋风强劲，秋风停息呵春草萌生。穿着绮罗者完了呵池沼馆舍也都不见，琴瑟毁了呵连坟墓也被夷平。人生自古以来都有一死，没有不含怨恨而忍气吞声。

别　赋

[梁] 江　淹

【题解】

　　江淹的《别赋》与《恨赋》可以说是姊妹篇，它们的共同点是抓住一个社会或人生的普遍现象(如离别和死亡)，用分类描写的方法抒写和突出一种人类共有的情感。这篇赋所举显贵、任侠、从军、去国、伉俪、方外和情人七种类型的离别，颇能反映出南朝朝代更替快疾、社会动乱频繁的历史现实。

　　许梿对此赋有多条细致的评述。如称起四句"无限凄凉，一篇之骨"；说"故别虽一绪"二句以下七段，"极摹'黯然销魂'四字，状景写物，缕缕入情。醴陵(江淹曾封醴陵侯)于六朝的是凿山通道巨手"；又说"是以别方不定"一段总论"一气呵成，有天骥下峻阪之势"，"言尽意不尽"等等，可谓推崇备至。此外对赋中七类离别情形的描写，也时有精彩的点评。如评去国别曰："摹想尊酒泣别情状，百般鸣咽，历历如绘"；评情人别曰："极自然，极幽秀，有渊涵不尽之致，想是笔花入梦时也。"令人击节赏叹。

　　黯然销魂者[1]，唯别而已矣。况秦吴兮绝国[2]，复燕宋兮千里[3]。或春苔兮始生，乍秋风兮暂起。是以行子肠断[4]，百感悽恻。风萧萧而异响，云漫漫而奇色。舟凝滞于水滨，车逶迟于山侧[5]。櫂容与而讵

前[6]，马寒鸣而不息。掩金觞而谁御[7]，横玉柱而沾
轼[8]。居人愁卧，恍若有亡[9]。日下壁而沉彩，月上轩
而飞光[10]。见红兰之受露，望青楸之离霜[11]。巡层楹
而空掩[12]，抚锦幕而虚凉。知离梦之踯躅[13]，意别魂
之飞扬。

【注释】

〔1〕黯然：神情沮丧的样子。　销魂：犹失魂落魄。

〔2〕秦：秦国，在今陕西。　吴：吴国，在今江浙。　绝国：形容两
地相距极远。

〔3〕燕：燕国，在今河北。　宋：宋国，在今河南。

〔4〕行子：旅人。南朝宋鲍照《东门行》："野风吹林木，行子心
肠断。"

〔5〕逶迟：缓慢前行。

〔6〕容与：迟延不行。　讵：岂。战国楚屈原《九章·涉江》："船
容与而不进兮。"

〔7〕金觞：金属酒杯。　御：进，指饮酒。

〔8〕玉柱：琴瑟等乐器上支弦的玉制小柱，此代指琴瑟。　轼：车前
横木。

〔9〕恍（huǎng 晃）：茫然失神的样子。　亡：失。

〔10〕轩：槛板，此代指楼阁。

〔11〕楸：一种常植于道旁的高大乔木。　离：同"罹"，遭受。

〔12〕巡：行走。　楹：房柱，代指房屋。

〔13〕踯躅（zhí zhú 执竹）：犹豫徘徊的样子。

【今译】

　　能令人神情沮丧失魂落魄的，就只有生离死别了。况且秦吴
两国相去极远，燕宋二地遥距千里。或遇春苔刚刚萌生，忽逢秋
风突然吹起。离家外出的人因此愁肠欲断，百感交集内心悽戚。
风声萧萧音响不同往常，云层漫漫色彩起了变化。行船停泊在水
边，车马滞留在山侧。木桨缓缓划动怎能向前，寒马鸣声阵阵长

久不息。掩了酒杯谁能畅饮，放下琴瑟泪沾车轼。在家的人愁卧空房，神情恍惚如有所失。墙上的夕阳收去了馀晖，窗前的明月散放着清光。看那红色兰花承受春露，望那绿色楸树遭遇秋霜。走过门窗空掩的层楼，抚摸毫无暖气的锦帐。知他梦到离时情依依，想他别后思绪也茫茫。

故别虽一绪[1]，事乃万族[2]：

至若龙马银鞍[3]，朱轩绣轴，帐饮东都[4]，送客金谷[5]。琴羽张兮箫鼓陈[6]，燕赵歌兮伤美人[7]。珠与玉兮艳莫秋[8]，罗与绮兮娇上春[9]。惊驷马之仰秣，耸渊鱼之赤鳞[10]。造分手而衔涕[11]，感寂寞而伤神。

乃有剑客惭恩，少年报士[12]。韩国赵厕[13]，吴宫燕市[14]。割慈忍爱，离邦去里。沥泣共诀[15]，抆血相视[16]。驱征马而不顾，见行尘之时起。方衔感于一剑[17]，非买价于泉里[18]。金石震而色变[19]，骨肉悲而心死[20]。

或乃边郡未和，负羽从军[21]。辽水无极[22]，雁山参云[23]。闺中风暖，陌上草薰[24]。日出天而曜景[25]，露下地而腾文[26]。镜朱尘之照烂，袭青气之烟煴[27]。攀桃李兮不忍别，送爱子兮沾罗裙。

【注释】

〔1〕绪：端。

〔2〕族：种类。

〔3〕龙马：语本《周礼·夏官》"马八尺以上为龙"。

〔4〕帐饮：古人送别，多于郊外设帐，饮酒钱别。　东都：此指长安东都门。据《汉书·疏广传》载，疏广叔侄年老乞归，宣帝重赏，"公卿大夫、故人邑子为设祖道供帐东都门外，送者车数百辆"。

〔5〕金谷：在今洛阳北。晋人石崇在此筑金谷园，并曾在此送别征

西将军、祭酒王诩还长安。事见石崇《金谷诗序》。

〔6〕羽：古代五音之一，音阶最高。

〔7〕燕赵：古代燕国和赵国。古诗："燕赵多佳人，美者颜如玉。"

〔8〕莫：同"暮"。

〔9〕上春：指初春。

〔10〕"惊驷马"二句：语本《荀子·劝学》："昔者瓠巴鼓瑟而游鱼出听，伯牙鼓琴而六马仰秣。"驷马，古代一车驾四马。仰秣，抬头吃草。秣，马饲料。

〔11〕造：到。　衔：含。

〔12〕报士：报仇的勇士。

〔13〕韩国：用《史记·刺客列传》载战国时人聂政，为报濮阳严仲子知遇之恩，为其刺杀仇人韩相侠累事。　赵厕：用同书载晋人豫让事智伯受尊宠，后智伯为赵襄子灭，豫让"变姓名为刑人，入宫涂厕"谋刺襄子事。

〔14〕吴宫：用同书载春秋时吴人专诸为吴公子刺杀吴王僚事。　燕市：用同书载战国时卫人荆轲为燕太子丹入秦谋刺秦王嬴政事。

〔15〕沥泣：落泪。　诀：生死之别。

〔16〕抆(wèn 问)：抹拭。

〔17〕"方衔感"句：言因怀恩遇之感，故以一剑效命。

〔18〕泉里：指地下。

〔19〕"金石震"句：用《燕太子丹》载荆轲与武阳入秦，武阳见秦宫森严、钟鼓并发而面如死灰事。

〔20〕"骨肉悲"句：用《史记·刺客列传》载聂政刺杀韩相侠累后毁容自杀被抛尸于市，其姐聂嫈伏尸而哭并自刎事。

〔21〕羽：箭羽，泛指武器。

〔22〕辽水：即辽河，纵贯辽宁，注入渤海。

〔23〕雁山：雁门山，在山西北部。　参云：高耸入云。

〔24〕陌：田间小道。　薰：香气。

〔25〕景：阳光。

〔26〕文：光彩。

〔27〕烟煴(yīn yūn 因晕)：同"氤氲"，气体弥漫浮动的样子。

【今译】

所以离别虽然同为一事，情况却有种种区别：

像那些显贵们骑着配有银鞍的骏马，坐了朱漆彩饰的大车，在东都门外设帐饯别，在金谷园内聚饮送客。琴瑟高奏箫鼓并作，燕赵美人含悲而歌。宝珠和美玉使暮秋增艳，罗衣与绮裙比初春更美。吃草的马抬头聆听，水中的鱼露出红鳞。到了分手时无不含泪，倍感寂寞冷清伤神。

还有那些知遇而愧的剑客，受恩图报的少年。前去韩国都城赵国宫厕，来到吴国宫廷燕国集市。抛弃慈母娇妻的亲情，离开故国告别家乡。双泪滴落彼此永诀，抹去盟血相互对望。策马远去义无反顾，只见路上尘土飞扬。正要用一剑来感恩报德，全不为死后名声昭彰。金石齐鸣而面容变色，骨肉悲伤痛断肝肠。

或者由于边境没有安宁，身负箭羽前去从军。辽河茫茫无边无际，雁山苍苍高耸入云。闺房中春风送暖，田野里碧草芳馨。朝阳升起光辉灿烂，晨露洒落腾起彩晕。映着光照浮尘飘红，受了熏染地气泛青。手攀着桃李不忍离去，送别爱子泪湿衣裙。

至如一赴绝国[1]，讵相见期[2]？视乔木兮故里，决北梁兮永辞[3]。左右兮魂动，亲宾兮泪滋。可班荆兮赠恨[4]，唯尊酒兮叙悲[5]。值秋雁兮飞日，当白露兮下时。怨复怨兮远山曲，去复去兮长河湄[6]。

又若君居淄右[7]，妾家河阳[8]。同琼珮之晨照[9]，共金炉之夕香。君结绶兮千里[10]，惜瑶草之徒芳。惭幽闺之琴瑟，晦高台之流黄[11]。春宫闷此青苔色[12]，秋帐含兹明月光。夏簟清兮昼不莫[13]，冬钰凝兮夜何长[14]！织锦曲兮泣已尽，回文诗兮影独伤[15]。

傥有华阴上士[16]，服食还仙。术既妙而犹学，道已寂而未传[17]。守丹灶而不顾[18]，炼金鼎而方坚。驾鹤上汉[19]，骖鸾腾天[20]。暂游万里，少别千年。唯世间兮重别，谢主人兮依然[21]。

下有芍药之诗[22]，佳人之歌[23]。桑中卫女，上宫陈娥[24]。春草碧色，春水绿波。送君南浦[25]，伤如之何！至乃秋露如珠，秋月如珪[26]。明月白露，光阴往来。与子之别，思心徘徊。

【注释】

〔1〕绝国：指外国。《文选》李善注引《琴道》，载雍门周言能以琴令悲之因曰："臣之所能令悲者：无故生离，远赴绝国，无相见期，臣为一挥琴而叹息，未有不凄怆而流涕者。"其意为此段所本。

〔2〕讵：岂，难道。

〔3〕"决北梁"句：用《楚辞·九怀》中成语。决，通"诀"，辞别。梁，桥。

〔4〕班荆：铺垫柴草。《左传·襄公二十六年》载楚伍举与声子相遇郑郊，"班荆相与食，而言复故"。 赠恨：相互倾诉离愁别恨。

〔5〕尊：通"樽"，酒杯。

〔6〕湄：水边。

〔7〕淄右：淄水（在山东）之西。

〔8〕河阳：黄河之北，古指今河南孟县一带。

〔9〕琼珮：玉制饰物，可佩带，古多用作男女定情的信物。

〔10〕结绶：指出仕为官。绶，系印丝带。

〔11〕流黄：黄丝绢，此代指帷幕。

〔12〕阒：关闭。

〔13〕簟：竹席。 莫：同"暮"。

〔14〕釭：灯。

〔15〕"织锦曲"二句：用《晋书·列女传》载窦滔被徙流沙，其妻苏蕙"织锦为回文旋图诗以赠滔，宛转循环以读之，词甚凄惋"事。

〔16〕傥：同"倘"，或者。 华阴：指华山之北。 上士：指修道高士。《列仙传》载魏人修羊取华阴山下石室中的龙石黄精食之，不知所终。

〔17〕寂：道家称微妙之境。 传：音义同《吕氏春秋·顺民》"人事之传也"之"传"，指最高境界。

〔18〕丹灶：与下句"金鼎"同为道家炼丹的用具。

〔19〕汉：天河。

〔20〕骖鸾：骑鸾鸟。骖，本指驾三马，此用作动词。

〔21〕谢：告辞。

〔22〕芍药之诗：指《诗经·郑风·溱洧》"维士与女，伊其相谑，赠之以芍药"一类情诗。

〔23〕"佳人"句：指《汉书·外戚传》载李延年"北方有佳人，绝世而独立"一类艳歌。

〔24〕"桑中"二句：《诗经·鄘风·桑中》："爰采唐矣？沫之乡矣。云谁之思，美孟姜矣。期我乎桑中，要我乎上宫，送我乎淇之上矣！"桑中、上宫均卫国地名。陈娥，用《诗经·邶风·燕燕于飞》毛序载卫庄姜送别陈女戴妫于野事。娥，美女。

〔25〕南浦：语本《楚辞·九歌·河伯》"送美人兮南浦"，后泛指送别之地。

〔26〕珪：瑞玉。

【今译】

　　至于一去那遥远的异国，哪还有相见的日期？望着故乡高大的树木，过了北桥就永难回归。左右随从人人失魂落魄，亲朋好友个个泪下不止。其时只能铺草而坐互诉离恨，靠了杯酒共叙别意。正当那秋雁南飞之日，恰逢那白露初降之时。怨上加怨啊远山曲曲弯弯，走了还走啊河岸无边无际。

　　又如夫君住在淄水西岸，妻妾家居黄河以北。晨起对镜共照玉珮，晚来围炉同闻薰香。你系印做官外出千里，我惜香草空有芬芳。愧对那深闺中的琴瑟，高台帷幕也晦暗不亮。春日紧闭了庭前的青苔色，秋夜独含着帐中的明月光。夏天竹席清凉白昼难尽，冬晚灯光凝滞黑夜太长。织完锦缎泪已流完，回文诗成形影独伤。

　　或有在华山北修炼的高士，服用丹药企盼成仙。法术已妙仍在苦学，道行入微还未得玄。守着丹灶抛家不顾，迷炼金鼎心意正坚。骑了仙鹤飞上银河，驾着鸾鸟升腾云天。日行万里只是短游，相去千年仅为小别。只是人世间看重分离，照例要与亲人告辞酬谢。

　　凡间还有相赠芍药的情诗，称颂美女的艳歌。桑中的卫国多情女，上官的陈国美娇娘。在春草如茵的郊外，在春水荡漾的河旁，来送就要离去的如意郎，内心又是怎样感伤！到了秋天白露晶莹如珠，明月清亮如珪。望着那明月和白露，感念光阴往来疾速；回想与你的分别，情思悠悠无法自主。

是以别方不定[1]，别理千名，有别必怨，有怨必盈，使人意夺神骇[2]，心折骨惊。虽渊云之墨妙[3]，严乐之笔精[4]，金闺之诸彦[5]，兰台之群英[6]，赋有凌云之称[7]，辩有雕龙之声[8]，谁能摹暂离之状，写永诀之情者乎！

【注释】

〔1〕方：类别。

〔2〕意夺：与下句"心折"互文同意，犹失魂落魄。 骇：惊扰。

〔3〕渊云：指汉代著名赋家王褒（字子渊）和扬雄（字子云）。

〔4〕严乐：汉武帝时文人严安和徐乐。

〔5〕金闺：即长安金马门，为著作之庭，汉代多于此诏集贤才。闺，城门。 彦：贤士。

〔6〕兰台：东汉宫中藏书处，傅毅、班固等人曾任兰台令，掌管治理图籍文书。

〔7〕凌云：形容文章气格高妙。语本《史记·司马相如列传》载武帝读相如所作《大人赋》"飘飘有凌云之气"。

〔8〕雕龙：形容口辩精巧。语本《史记·孟荀列传》载战国时邹衍、邹奭善辩，齐人以"谈天衍，雕龙奭"称之。

【今译】

所以离别的类型不确定，分手的原因太繁多。然而有离别必然产生怨恨，有怨恨定会集积充溢，以至使人神不守舍惶惑不安，魂魄失散刻骨铭心。虽然有王褒、扬雄的生花妙笔，严安、徐乐的优美文辞，待诏金马门的各位名人，兰台汇聚的大批才士，作赋有凌云的称誉，口辩负雕龙的美名，可又有谁能描摹暂别的状况，抒写永诀的情意呢！

丽 人 赋

［梁］沈　约

【题解】

　　以美女作为描写对象，这在先秦时屈原和宋玉的辞赋作品中就已出现了。如果再往前推，则可追溯到《诗经·卫风·硕人》等诗篇。与以往这些作品大多以庄重的态度描写神话中人或良家妇女不同，这篇赋则比较放肆和细腻地刻画了一个青楼女子前来幽会的种种情状，以曼声柔调、顾盼有情堪称六朝之隽。许梿说赋中的描写"意态曲尽，即常情便有无限风致。名手擅场，必以此法"。这类作品的出现和盛行，是与当时妓女的产生和吴声歌曲的流行同步的，从中可以看出一般文人的欣赏情趣。

　　沈约（441—513），字休文，吴兴武康（今浙江德清）人。他一生历仕宋、齐、梁三个朝代，官至尚书令兼太子太傅，卒谥"隐"。作为齐梁时的文坛领袖，沈约不仅与谢朓等人创立了"永明体"，在诗歌由比较自由的古体和讲究声韵格律的近体之间架起重要的桥梁，而且对骈体文和赋的注重音节美，也作出了杰出贡献。

　　有客弱冠未仕[1]，缔交戚里[2]，驰骛王室[3]，遨游许、史[4]。归而称曰：

【注释】

〔1〕弱冠：古称男子二十岁左右的年龄。语出《礼记·曲礼上》："二十曰弱，冠。"冠，冠礼，示成年。 仕：做官。

〔2〕缔交：结交。 戚里：汉代长安城中外戚所居之地。

〔3〕驰骛：犹奔走。

〔4〕许、史：汉宣帝所封许、史二姓侯，以奢丽著称。许指因许皇后而封其祖父广汉为平恩侯，史指因祖母史良娣而封其兄子高为乐陵侯，事见《汉书·外戚传》。此泛指豪门贵族。

【今译】

有位客人二十左右还未出仕，整天与皇帝的姻亲结交，奔走出入于王公之家，和许、史这样的豪门贵族往来游宴。他归来后啧啧称赞说：

狭邪才女〔1〕，铜街丽人〔2〕。亭亭似月〔3〕，嬿婉如春〔4〕。凝情待价〔5〕，思尚衣巾〔6〕。芳逾散麝〔7〕，色茂开莲〔8〕。陆离羽佩〔9〕，杂错花钿〔10〕。响罗衣而不进，隐明灯而未前。中步檐而一息〔11〕，顺长廊而回归。池翻荷而纳影，风动竹而吹衣。薄暮延伫〔12〕，宵分乃至〔13〕。出闺入光，含羞隐媚。垂罗曳锦〔14〕，鸣瑶动翠〔15〕。来脱薄妆〔16〕，去留馀腻〔17〕。沾粉委露〔18〕，理鬓清渠。落花入领，微风动裾〔19〕。

【注释】

〔1〕狭邪：又作"狭斜"，古称娼妓之家。乐府有《长安有狭斜行》，辞述少年冶游之事。

〔2〕铜街：即铜驼街，在洛阳宫南金马门外，人物繁盛。俗语有"铜驼街上集少年"之说。

〔3〕亭亭：清明纯净的样子。

〔4〕嬿婉：安闲顺和的样子。

　〔5〕待价：语出《论语·子罕》："子贡曰：'有美玉于斯，韫匮而藏诸，求善贾而沽诸？'子曰：'沽之哉，沽之哉，我待贾者也！'""贾"同"价"。

　〔6〕思尚衣巾：语出《诗经·郑风·出其东门》："出其东门，有女如云。虽则如云，匪我思存。缟衣綦巾，聊乐我员。"

　〔7〕麝：一种形如小麋的动物，脐有异香。此即指麝香。

　〔8〕色茂开莲：用《西京杂记》"文君姣好，眉色如望远山，脸际常如芙蓉"句意。

　〔9〕陆离：光彩错杂的样子。　羽佩：指用翡翠鸟的羽毛作装饰的玉佩。

　〔10〕钿：用金翠珠宝等制成的花形首饰。

　〔11〕步櫩：同"步楄"，长廊。司马相如《上林赋》："步楄周流，长途中宿。"

　〔12〕延伫：长久站立。

　〔13〕宵分(fèn 奋)：夜半。

　〔14〕曳：牵引。

　〔15〕瑶：玉佩。　翠：用作装饰的青羽雀毛。

　〔16〕"来脱"句：语本宋玉《神女赋》"倪薄装"。

　〔17〕腻：油脂。

　〔18〕委：掉落。

　〔19〕裾：衣袖。

【今译】

　　青楼中的有才女子，铜驼街的美貌佳人。清明纯净就像初出的明月，安闲柔顺就像宜人的阳春。含情脉脉地等待赏识，一心想着被人钟情。身上的芳香胜过四散的麝香，脸上的色彩比盛开的莲花还艳。翠羽的佩饰绚丽多彩，鲜花和首饰错杂相间。罗衣窸窣有声却不进来，身影遮掩了明灯仍未近前。走到过道中间停下暂息，顺着长廊又转身回返。荷叶翻动的池中映出了倩影，摇动竹丛的风吹着衣衫。将近日暮就长久站立，直到夜半才飘然而至。走出昏暗进入光亮，含着羞涩藏着妩媚。低垂着罗衣牵引着锦带，玉佩琅玙翠饰移动。来时脱卸了轻薄的衣装，去时还留着剩下的芳泽。坠落的露珠沾湿了粉妆，对着清澈的水渠理起了云鬟。颤动的落花飘入衣领，拂晓的微风吹动了裙裾。

小 园 赋

[北周] 庾　信

【题解】

　　《小园赋》是庾信暮年羁留北方仍时刻不忘故国的一篇名作。它的前半部分仅从园景入手，极力突出一个"小"字，以示其"非有意于轮轩"、"本无情于钟鼓"，只是为了戒避风露，而以"蜗角蚊睫"托身。虽写景状物貌似自安，字里行间仍不时流露出身不由己、欲隐难得的酸楚。赋的后半部分转而抒写屈仕魏周的哀伤，浓重的乡关之思加上对平生往事的追惜哀悼，使整篇作品沉浸在一种难以抑止的痛苦之中。身居小园而无法"寂寞人外"，这才是作者的本意所在。由于作品在传统的隐逸题材中注入了作者特殊的经历和感叹，使它既有别于潘岳、陶渊明式的疏淡闲旷，也不同于《哀江南赋》式的追记史实、直抒胸臆，而是兼而出之，所以显得特别。

　　许梿在集中极力推重庾信，认为"骈语至兰成（庾信小字兰成），所谓采不滞骨，隽而弥洁，徐子只蝇鸣蚓窍耳"。对于此赋，他也逐段评论多达十条，时见精彩。如总论："此赋前半俱从小园落想，后半以乡关之思为哀怨之词。"段论："此言侯景之乱。大盗指侯景；长离指梁武子孙；三危、九折本险地；而直辔以往，视若平途，致遭摧碎，指梁武纳侯景之降，以有此乱；荆轲、苏武指奉使西魏事。琐陈缕述，悲感淋漓，穷途一恸。"语论："极意修饰，而仍不粘滞，此境惟兰成独擅。"其评之切，可见一斑。

庾信(513—581)，字子山，小字兰成，南阳新野（今属河南）人。庾肩吾之子。与徐陵同为梁抄撰学士，所作宫体诗风格艳丽，时称"徐庾体"。侯景作乱，建康失守，庾信投奔江陵梁元帝。后奉命出使西魏、恰逢梁亡，被羁留长安。先后受西魏、北周优待，官至骠骑大将军、开府仪同三司，进爵义城县侯。晚年诗文多写乡关之思，沉郁苍凉，有"凌云健笔意纵横"（唐杜甫《戏为六绝句》一）之誉。骈文更是轻倩流转，新意叠出，集六朝之大成。

　　若夫一枝之上，巢父得安巢之所[1]；一壶之中，壶公有容身之地[2]。况乎管宁藜床，虽穿而可坐[3]；嵇康锻灶，既暖而堪眠[4]。岂必连闼洞房，南阳樊重之第[5]；绿墀青琐，西汉王根之宅[6]。余有数亩敝庐，寂寞人外，聊以拟伏腊[7]，聊以避风霜。虽复晏婴近市，不求朝夕之利[8]；潘岳面城，且适闲居之乐[9]。况乃黄鹤戒露，非有意于轮轩[10]；爰居避风，本无情于钟鼓[11]。陆机则兄弟同居[12]，韩康则舅甥不别[13]。蜗角蚊睫[14]，又足相容者也。

【注释】

　　〔1〕"若夫"二句：《庄子·逍遥游》："鹪鹩巢于深林，不过一枝。"又晋皇甫谧《高士传》："巢父者，尧时隐人也。山居不荣世利，年老以树为巢而寝其上。"

　　〔2〕"一壶"二句：《后汉书·方术列传下》："市中有老翁卖药，县（悬）一壶于肆头，及市罢，辄跳入壶中。"《神仙传》谓此老翁名壶公。

　　〔3〕"况乎"二句：据《高士传》载，三国时北海朱虚（今山东临朐东南）人管宁，"常坐一木榻，积五十五年未尝箕踞，榻上当膝皆穿"。藜床，即指木榻。穿，古人屈膝而坐，膝与床相触处因年久而磨穿。

　　〔4〕"嵇康"二句：魏晋谯郡铚（今安徽宿县西南）人嵇康，"性绝巧

而好锻。宅中有一柳树甚茂，乃激水圜之，每夏月，居其下以锻”（见
《晋书》本传）。锻，打铁。

〔5〕"岂必"二句：东汉南阳湖阳（今河南唐河西南）人樊重，善经
商，"其所起庐舍，皆有重堂高阁，陂渠灌注"（见《后汉书·樊宏
传》）。闼，门。洞，通。第，宅院。

〔6〕"绿墀"二句：汉王莽叔父、曲阳侯王根住宅华美，可拟皇宫。
《汉书·元后传》："曲阳侯根，骄奢僭上，赤墀青琐。"绿，一作
"赤"。墀，台阶。琐，门窗上环形花纹。

〔7〕拟：度。 伏腊：酷暑严寒。伏指三伏，腊指腊月，一年中最热
和最冷的时段。

〔8〕"虽复"二句：据《左传·昭公三年》载，春秋时齐国大夫晏
婴家近闹市，齐景公想为他换个住处，他以"小人近市，朝夕得所求"
辞谢。此反用其意。

〔9〕"潘岳"二句：用晋人潘岳《闲居赋》"闲居于洛之涘"、"陪京
溯伊，面郊后市"意。

〔10〕"况乃"二句：谓鹤霜露降时长鸣示警，却不是对车乘有兴趣。
晋周处《风土记》："鸣鹤戒露。"又《左传·闵公二年》："卫懿公好
鹤，鹤有乘轩者。"

〔11〕"爱居"二句：据《国语·鲁语上》载，一日有海鸟爱居飞到
鲁东门外停了三天，大夫臧文仲派人祭祀，而展禽则指出那是它因避海
风而来。钟鼓，指祭祀时所用音乐。

〔12〕"陆机"句：《世说新语·赏誉》："蔡司徒在洛，见陆机兄弟
住参佐廨中。"陆机、陆云于太康末俱入洛，为张华所赏。

〔13〕"韩康"句：史载晋人韩伯（字康伯）为舅殷浩所喜，随其至洛
阳贬所，后韩伯回建康，殷浩送别，赋诗泣下（见《晋书·殷浩传》）。
不别，不忍相别。

〔14〕蜗角：《庄子·则阳》："有国于蜗之左角曰触氏，有国于蜗之
右角曰蛮氏。" 蚊睫：《晏子春秋·外篇》："东海有虫巢于蚊睫，飞乳
去来，而蚊不为惊。"

【今译】

　　在一根树枝上，巢父得了筑巢而居的场所；在一把药壶中，
壶公有了容身安处的天地。况且管宁简陋的木床，虽被磨穿却仍
然可坐；嵇康打铁的炉灶，既能保暖就可以安眠。何必定要门户

通达房屋相连，一如南阳樊重的豪华府第；涂饰台阶雕镂门窗，就像西汉王根的精美住宅。我有数亩田地几间破屋，僻处于喧闹的尘世之外，姑且用它来度夏过冬，姑且以它来遮避风霜。尽管晏婴家近集市，却不求有朝夕的便利；潘岳面城而住，正适合于闲居的安乐。何况黄鹤霜降时的长鸣示警，并非对乘坐驷马高车有意；海鸟爱居的避风不去，本不是留恋祭祀的钟鼓声。像陆机那样兄弟住在一起，如韩伯那样舅甥不忍相别。蜗牛角蚊睫毛，又是足可相容的。

　　尔乃窟室徘徊[1]，聊同凿坏[2]。桐间露落，柳下风来。琴号珠柱[3]，书名《玉杯》[4]。有棠梨而无馆[5]，足酸枣而非台[6]。犹得敧侧八九丈[7]，纵横数十步，榆柳两三行，梨桃百馀树。拨蒙密兮见窗[8]，行敧斜兮得路。蝉有翳兮不惊[9]，雉无罗兮何惧[10]。草树混淆，枝格相交[11]。山为篑覆[12]，地有堂坳[13]。藏狸并窟[14]，乳鹊重巢。连珠细菌[15]，长柄寒匏[16]。可以疗饥，可以栖迟[17]。敧陁兮狭室[18]，穿漏兮茅茨[19]。檐直倚而妨帽，户平行而碍眉。坐帐无鹤[20]，支床有龟[21]。鸟多闲暇，花随四时。心则历陵枯木[22]，发则睢阳乱丝[23]。非夏日而可畏[24]，异秋天而堪悲[25]。

【注释】
　　〔1〕窟室：地窖。《左传·襄公六年》载郑伯"为窟室而夜饮酒"。此指陋屋。
　　〔2〕凿坏：《淮南子·齐俗训》载鲁君想见隐士颜阖，阖不愿见，"凿培而遁之"。坏，通"培"，屋后墙。
　　〔3〕珠柱：因以珠为支弦琴柱而名琴。

〔4〕《玉杯》：汉董仲舒著《春秋繁露》的篇名。

〔5〕棠梨：一种果木，又汉甘泉宫有棠梨馆(见《三辅黄图》)。

〔6〕酸枣：果木名，又为县名，在今河南延津北，旧有韩王望气台。

〔7〕敧侧：倾斜不平。

〔8〕蒙密：指枝叶繁茂。

〔9〕翳(yī 依)：遮蔽。

〔10〕罗：捕鸟网。

〔11〕枝格：即枝条，长枝曰格。

〔12〕篑(kuì 溃)：土筐。《论语·子罕》："譬如为山，未成一篑，止，吾止也。譬如平地，虽覆一篑，进，吾往也。"

〔13〕堂坳(āo 凹)：低洼。《庄子·逍遥游》："覆杯水于坳堂之上，则芥为之舟。"

〔14〕狸：野猫。

〔15〕细菌：菌类植物。

〔16〕匏：葫芦。长柄葫芦出东吴，见《世说新语·简傲》。

〔17〕"可以"二句：语本《诗经·陈风·衡门》："衡门之下，可以栖迟。泌之洋洋，可以乐饥。"《韩诗》"乐"作"疗"。栖迟，游息。

〔18〕崎岖(qī qū 欺区)：同"崎岖"，此指室内地面凹凸不平。

〔19〕茅茨：草屋。

〔20〕"坐帐"句：用《神仙传》载吴王为介象供帐，从学隐身术，后又为立庙，"常有白鹤来集座上"事。

〔21〕"支床"句：用《史记·龟策列传》载"南方老人用龟支床足，……老人死，移床，龟尚生不死"事。

〔22〕历陵：县名，汉属豫章郡，在今江西九江东。　枯木：汉应劭《汉官仪》："豫章郡树生庭中，故以名郡矣。此树尝中枯。"

〔23〕睢阳：县名，春秋宋故地，在今河南商丘南。　乱丝：化用宋人墨子"见染丝而叹"事(见《墨子·所染》)。

〔24〕"非夏日"句：活用《左传·文公七年》杜预注"夏日可畏"典。

〔25〕"异秋天"句：活用战国楚宋玉《九辩》"悲哉秋之为气也"语意。

【今译】

　　于是在土屋内逗留居住，好比破了后墙逃逸。梧桐树间清露下滴，杨柳枝下凉风徐来。琴的雅号叫珠柱，书的名称是《玉杯》。虽有棠梨而不见有馆，长满酸枣却并没有台。还能有倾斜不平的八九丈地，南北东西数十步，栽有榆木柳树两三行，梨花桃花百馀株。拨开茂密的枝叶现出窗户，走在弯曲的林间才能有路。鸣蝉有了荫蔽而不惊飞，野鸡因无网兜而没顾忌。草木丛生杂乱，短枝长条相错。山由覆筐堆土而成，地有低洼积水泛波。野猫的洞穴个个相连，幼鹊的树巢层层叠叠。菌类密集细如连珠，长柄葫芦四处乱结。可以用来充饥解饿，可以用来停留游息。狭窄的室内地面凹凸，草盖的小屋透风漏雨。房檐有直有斜碰落帽子，门户又小又矮难直身躯。留坐帐中不见鹤来，支撑床架却有老龟。群鸟飞鸣悠闲自得，众花四季随时而开。我的心则像历陵的枯樟木，我的发又似睢阳的乱细丝。不是夏日却同样畏惧，没到秋天已难忍伤悲。

一寸二寸之鱼，三竿两竿之竹。云气荫于丛蓍[1]，金精养于秋菊[2]。枣酸梨酢[3]，桃榹李薁[4]。落叶半床，狂花满屋。名为野人之家[5]，是谓愚公之谷[6]。试偃息于茂林[7]，乃久羡于抽簪[8]。虽有门而长闭[9]，实无水而恒沉[10]。三春负锄相识[11]，五月披裘见寻[12]。问葛洪之药性[13]，访京房之卜林[14]。草无忘忧之意[15]，花无长乐之心[16]。鸟何事而逐酒[17]，鱼何情而听琴[18]？

【注释】
　　〔1〕"云气"句：《史记·龟策列传》："闻蓍生满百者……其上必有云气覆之。"蓍(shī 诗)，蓍草，多年生草本，古多用其茎占卜。
　　〔2〕金精：古称九月上寅日所采之甘菊，服之可养生。
　　〔3〕酢(cù 促)："醋"的本字。
　　〔4〕榹(sī 思)：山桃。　薁(yù 欲)：山李。
　　〔5〕野人：据《高士传》载，东汉桓帝出游至沔水，百姓聚观，只

有一老父独耕，人问之，老父曰："我野人也，不达斯语。"

〔6〕愚公之谷：据《说苑·政理》载，齐桓公出猎入一谷，见一老公问是何谷，答曰："为愚公之谷"，"以臣名之"。

〔7〕偃息：停留休息。

〔8〕抽簪：即散发，不做官。簪为古人束发系冠所用针形首饰。

〔9〕"虽有门"句：用晋陶渊明《归去来兮辞》"门虽设而常关"意。

〔10〕"实无水"句：用《庄子·则阳》郭象注"人中隐者，譬无水而沉，曰陆沉"意。恒，常。

〔11〕三春：指春季孟、仲、季三月，或春季第三个月。

〔12〕五月披裘：据《高士传》载，吴人有个五月还穿着裘皮衣的砍柴人，对延陵季子让他拾取路上的遗金大为不满。此代指隐居高士。

〔13〕葛洪：字稚川，晋丹阳句容(今属江苏)人。著有《抱朴子》、《金匮药方》等道教、医学专著。

〔14〕京房：字君明，汉东郡顿丘(今河南清丰西南)人。以治《易经》和善卜著称，著有《周易集林》。

〔15〕忘忧：即萱(也作"谖")草，相传可以使人忘忧。

〔16〕长乐：花名，花紫色。晋傅玄《紫花赋》序："紫花一名长乐花。"

〔17〕"鸟何事"句：据《庄子·至乐》载，海鸟止于鲁郊，鲁侯在庙内设祭，鸟"不敢食一脔，不敢饮一杯，三日而死"。

〔18〕"鱼何情"句：相传伯牙善鼓琴，能使渊鱼出听(见《韩诗外传》)。

【今译】

养了一寸二寸小鱼，栽着两竿三竿翠竹。丛生的蓍草上云气覆盖，入秋的菊花中金精孕育。间杂着酸枣醋梨，长了些山桃野李。飘零的落叶积了半床，纷飞的花瓣堆了满屋。可以称它为野人的家院，正是所谓的愚公之谷。在密林中试着安闲休息，早就羡慕抽了头簪散发辞官。虽然有门却经常关闭，好像无水而能长久自沉。相识的是季春扛锄的农夫，往来的有五月披裘的隐士。寻问葛洪神秘的药方性能，访觅京房玄妙的占卜《集林》。萱草没有忘忧的意义，紫花也无常乐的苦心。海鸟为何看着酒肉而不吃，游鱼有什么心情出水听琴？

加以寒暑异令，乖违德性[1]。崔骃以不乐损年[2]，吴质以长愁养病[3]。镇宅神以薶石[4]，厌山精而照镜[5]。屡动庄舄之吟[6]，几行魏颗之命[7]。薄晚闲闺[8]，老幼相携。蓬头王霸之子[9]，椎髻梁鸿之妻[10]。燋麦两瓮[11]，寒菜一畦[12]。风骚骚而树急[13]，天惨惨而云低[14]。聚空仓而雀噪，惊懒妇而蝉嘶[15]。

【注释】

〔1〕乖违：违背。 德性：指本意秉性。

〔2〕崔骃：字亭伯，东汉涿郡安平（今属河北）人。曾为窦宪属官，宪骄恣，骃屡谏不听，后被放长岑长，不愿赴任，抑郁而死。

〔3〕吴质：字季重，魏济阴（郡治今山东定陶西北）人。其报曹丕书云：“质年已四十二矣，白发生鬓，所虑日深，实不复若平日之时也。”

〔4〕“镇宅神”句：《淮南万毕术》：“埋石四隅，家无鬼。”薶，同“埋”。

〔5〕厌：同“魇”，镇压。 照镜：古传万物老者之精都能假托人形，唯不能于镜中易形，“是以古之入山道士，皆以明镜径九寸以上悬于背后，则老魅不敢近人”（《抱朴子·登涉》）。

〔6〕庄舄（xì 戏）之吟：据《史记·张仪列传》载，越人庄舄，仕楚执珪，病中仍吟越声。

〔7〕魏颗之命：据《左传·宣公十五年》载，魏武子有宠妾，后武子有病，命子魏颗己死后嫁之；病笃，又命其殉葬。及卒，颗行前令。

〔8〕薄：迫近。 闲闺：此指居室。

〔9〕王霸：东汉太原人，光武时屡征不仕。后见好友令狐子伯子容服甚美，而己子蓬发厉齿，颇有悔意。事见《后汉书·列女传》。

〔10〕椎髻：像椎形的简易发髻。 梁鸿：字伯鸾，东汉扶风平陵（今陕西咸阳西北）人。其妻孟氏非鸿不嫁，始装饰入门，鸿七日不答，后更椎髻，穿布衣，鸿喜称之。事见《后汉书·逸民传》。

〔11〕燋：同“焦”。 瓮：陶制器皿。

〔12〕畦（qí 其）：菜圃间划分的长行。

〔13〕骚骚：风声。

〔14〕惨惨：暗淡无光的样子。

〔15〕惊懒妇：汉代民谚："趋织鸣，懒妇惊。" 蝉嘶：言趋织（蟋蟀）鸣如蝉嘶。

【今译】

加上冬寒夏热节令变化，饮食起居有背习性。崔骃郁郁不乐而折损年寿，吴质长期忧愁而积累成病。埋石墙角镇压宅中神怪，照镜壁间威慑山间妖精。时常像庄舄扶病越吟，几次向魏颗宣布遗令。傍晚时屋内昏暗，一家人扶老携幼。蓬头垢面宛如王霸之子，椎髻布衣好比梁鸿之妻。两个瓮中装着焦麦，一行田里长了寒菜。风声萧萧树枝乱晃，天色沉沉暮云低垂。鸟雀聚在空仓前叫个不停，蟋蟀如蝉哀鸣懒妇吃惊。

昔旱滥于吹嘘[1]，藉《文言》之庆馀[2]。门有通德[3]，家承赐书[4]。或陪元武之观[5]，时参凤凰之墟[6]。观受釐于宣室[7]，赋长杨于直庐[8]。

遂乃山崩川竭[9]，冰碎瓦裂，大盗潜移[10]，长离永灭[11]。摧直辔于三危[12]，碎平途于九折[13]。荆轲有寒水之悲[14]，苏武有秋风之别[15]。关山则风月悽怆[16]，陇水则肝肠断绝[17]。龟言此地之寒[18]，鹤讶今年之雪[19]。百龄兮倏忽[20]，菁华兮已晚[21]。不雪雁门之踦[22]，先念鸿陆之远[23]。非淮海兮可变[24]，非金丹兮能转[25]。不暴骨于龙门[26]，终低头于马坂[27]。谅天造兮昧昧[28]，嗟生民兮浑浑[29]！

【注释】

〔1〕旱：一作"草"。 滥于吹嘘：齐宣王好听众人吹竽，南郭处士混迹其中；后湣王立，喜听独奏，处士逃匿。事见《韩非子·内储说上》。
〔2〕《文言》之庆馀：指《易经·乾卦·文言》："积善之家，必有

馀庆。"

〔3〕"门有"句：东汉郑玄为北海国相孔融所敬，令其乡为之"广开门衢，令容高车，号为通德门"（见《后汉书·郑玄传》）。

〔4〕"家承"句：汉代班斿与刘向同校秘籍，子班嗣、侄班彪"共序学，家有赐书"（见《汉书·叙传》）。

〔5〕元武："元"原作"玄"，避康熙玄烨讳改。汉未央宫北有玄武阙。或谓玄武即指建康（今南京）玄武湖，梁朝曾在湖上建有亭观。

〔6〕凤凰：汉宫有凤凰殿。　墟：场所。

〔7〕受釐(xī西)：指祭祀后皇帝接受臣下进献祭肉。釐，祭馀肉。宣室：汉未央宫前正室。《史记·屈原贾生列传》载"孝文帝方受釐，坐宣室"，问贾谊鬼神事。

〔8〕长杨：汉有长杨宫，旧址在今陕西周至东南。扬雄作有《长杨赋》。　直庐：侍臣值宿的住处。

〔9〕山崩川竭：语出《国语·周语上》："山崩川竭，亡之征也。"

〔10〕"冰碎"二句：语本《后汉书·光武帝纪》："炎正中微，大盗移国。"此指侯景叛乱，攻陷建业，武帝饿死，简文帝被杀。

〔11〕长离：星系名，由南方七宿(井、鬼、柳、星、张、翼、轸)组成鸟状，又称朱鸟、朱雀，因其位于南方，故代指梁朝。

〔12〕辔：马缰绳。　三危：古代山名，在今甘肃。

〔13〕九折：即九折坂，在四川荥经西邛崃山。

〔14〕荆轲：战国时刺客，为燕太子丹入秦刺秦王，在易水边临别作歌："风萧萧兮易水寒，壮士一去兮不复还！"事见《史记·刺客列传》。

〔15〕苏武：汉武帝时出使匈奴的使者。　秋风之别：指李陵送苏武诗有"欲因晨风发，送子以贱躯"句。

〔16〕"关山"句：古乐府有《关山月》，抒写离别的悲伤。

〔17〕"陇水"句：古乐府有《陇头歌辞》："陇头流水，鸣声呜咽。遥望秦川，肝肠断绝。"

〔18〕"龟言"句：相传前秦苻坚时有人凿井得龟，坚砌石池养之，后龟死，取骨问凶吉，太卜梦龟言"我将归江南，不遇，死于秦"。事见《水经注》引车频《秦书》。

〔19〕"鹤讶"句：《异苑》载晋太康二年冬大寒，南州人见二鹤相语桥下，谓"今兹寒不减尧崩年也"。

〔20〕百龄：即百年，人的一生。　倏忽：迅速。

〔21〕菁华：犹年华。

〔22〕雁门之踦：用《汉书·段会宗传》载会宗为雁门太守坐法免，

后复为西域都护，友人劝他"因循旧贯，毋求奇功，亦足以复雁门之踦"事。踦，通"奇"，不利。

〔23〕鸿陆：语本《易经·渐卦》"鸿渐于陆，夫征不复"，此指侯景作乱，梁室危败，己远使北国，无法南归。

〔24〕"非淮海"句：《国语·晋语九》："雀入于海为蛤，雉入于淮为蜃。鼋鼍鱼鳖，莫不能化。唯人不能，哀夫！"

〔25〕"非金丹"句：《抱朴子·金丹》："九转之丹者……其一转至九转，迟速各有日数。"

〔26〕龙门：即龙门山，相传鱼至此"登者化为龙，不登者点额暴腮而返"（见《三秦记》）。

〔27〕"终低头"句：用《战国策·楚策》记伯乐见年老骏马拉着盐车上坡而哭叹事。

〔28〕天造：即天道。　昧昧：晦暗不明的样子。语本《易经·屯卦》"天造草昧"。

〔29〕浑浑：糊涂无知的样子。

【今译】

过去曾胡乱地吹竽充数，借了《文言》中所说的"馀庆"。门前有通德的美称，家中有皇上的赐书。有时陪侍于玄武阙的台观，经常出入在凤凰殿的厅堂。观看宣室内受釐的仪式，在宫禁中作赋铺写长杨。

然后就是山峦崩塌河流干枯，冰层破碎屋瓦分裂，窃国大盗阴谋作乱，长离七宿从此熄灭。直行的车马在三危山受挫，平坦的道路至九折坂破碎。荆轲于是有了易水寒的悲怆，苏武因此难免秋风起的离别。行经边关山隘愈觉风凄月清，耳闻陇头流水更感肝肠断绝。老龟梦称这里远离江南太冷，白鹤惊讶今年之雪不同常年。人生百年转眼即逝，岁月年华如今已晚。不去洗刷往年雁门的失利，先是担忧大雁离地越飞越远。不是入淮入海就能变的啊，也不能像金丹那样可以转换。没有在龙门山前暴尸露骨，最终也如在高坡上低头拉车的老马。天道是这样的晦暗不明，竟让人活得如此浑浑噩噩！

春 赋

[北周] 庾 信

【题解】

　　春天是一个万象更新的季节，不但自然界充满了勃勃生机，而且人也会受其感染，引发对生命可贵的心理反应。庾信此赋，作于他在梁朝为东宫学士之时，即从自然景物的变化和人们情态的感应双方，谱写了一曲春的赞歌。一方面是"鸟声"、"杨花"、"香草"、"游丝"、"苔始绿"、"麦才青"构成的自然之景，一方面则是"作春衣"、"拥河桥"、置酒听乐、"连骑长杨"、曲水流觞的人文景观。至于贵妇人的浓妆艳抹、富家子的盛装华服，都彼此映衬，渲染出一种春意醉人的浓烈气氛。而作者用典纯熟、措词华美，被誉为"天鹿锦"、"凤凰绫"（许梿语），也显示出与内容相得益彰的艺术技巧，体现了六朝骈赋已臻烂熟的典型特点。

　　今检《梁简文帝集》中有《晚春赋》，《元帝集》中有《春赋》，且句式多有类似七言诗者，知其当为一时之作。后唐代王勃、骆宾王也仿之，并云效庾体，则赋用七言诗句始于庾信，殆可无疑。

　　宜春苑中春已归[1]，披香殿里作春衣[2]。新年鸟声千种啭，二月杨花满路飞。河阳一县并是花[3]，金谷从来满园树[4]。一丛香草足碍人，数尺游丝即横路[5]。

开上林而竞入[6]，拥河桥而争渡[7]。

【注释】

〔1〕宜春苑：据《三辅黄图》载，秦有宜春宫在长安城东南杜县，“又有宜春下苑，在京城东南隅”。

〔2〕披香殿：汉宫阙名。《三辅黄图》：“武帝时，后宫八区有披香殿。”

〔3〕河阳：汉置县名，治所在今河南孟县西。史载潘岳曾为河阳县令，满县皆栽桃花。

〔4〕金谷：即金谷园，石崇在河阳的别业。石崇《思归引序》：“河阳别业，百木几于万株。”

〔5〕游丝：蜘蛛等昆虫所吐之丝，因其飘荡在空中，故称。

〔6〕上林：即上林苑，故址在今陕西西安西及周至、户县等地。

〔7〕河桥：晋杜预所建，故址在今河南孟县西南、孟津东北黄河上。

【今译】

明媚的春光已回到了宜春苑中，披香殿里正忙着缝制春衣。迎来新年的鸟儿千啭百啼，二月的杨花满路纷飞。整个河阳县内都是艳丽的桃花，金谷园中从来就种满了树木。一丛清香的芳草足以阻挡行人，数尺飘荡的丝缕横挂道路。开了上林苑人们竞相而入，拥挤在河桥上纷纷争着而过。

出丽华之金屋[1]，下飞燕之兰宫[2]。钗朵多而讶重[3]，髻鬟高而畏风[4]。眉将柳而争绿[5]，面共桃而竞红。影来池里，花落衫中。苔始绿而藏鱼，麦才青而覆雉[6]。吹箫弄玉之台[7]，鸣佩凌波之水[8]。移戚里而家富[9]，入新丰而酒美[10]。石榴聊泛[11]，蒲桃酸醋[12]。芙蓉玉碗，莲子金杯。新芽竹笋，细核杨梅。绿珠捧琴至[13]，文君送酒来[14]。

【注释】

〔1〕丽华：汉光武帝刘秀之后阴丽华。据《后汉书·皇后纪》载，光武早年路经新野，悦后美，曾叹"娶妻当得阴丽华"。金屋：汉武帝刘彻年幼时曾说若得长公主女阿娇，"当作金屋贮之"。事见《汉武故事》。

〔2〕飞燕：赵飞燕，汉成帝之后，以身轻善舞而称。　兰宫：赵飞燕所居。《三辅黄图》："赵皇后居昭阳殿……昭阳舍兰房椒壁。"

〔3〕钗朵：头饰。　讶：惊奇。

〔4〕髻鬟：古代宫中妇女的一种缠发于顶的发型。

〔5〕将：与，共。

〔6〕雉(zhì 至)：野鸡。师旷《禽经》："泽雉啼而麦齐。"

〔7〕弄玉：秦穆公女，善吹箫，后与萧史在凤凰台作凤鸣，随凤凰飞去。事见《列仙传》。

〔8〕鸣佩、凌波：曹植《洛神赋》："凌波微步，罗袜生尘"、"鸣玉鸾以偕逝"。

〔9〕戚里：在长安城中，因为外戚集居而名。

〔10〕新丰：汉代县名，治所在今陕西临潼东北。汉高祖定都关中，太公思归故里，即迁故旧居此，因仿丰地而建，故名。

〔11〕石榴：指以石榴制酒。《扶南传》："顿孙国有安石榴，取汁停杯中数日，成美酒。"　泛：酒液泛浮。

〔12〕蒲桃：即葡萄。　酸醅(pō pēi 泼胚)：未经过滤的重酿酒。

〔13〕绿珠：晋人石崇宠妓，美艳善笛。

〔14〕文君：卓文君，因琴挑而与司马相如私奔，曾当垆卖酒。

【今译】

　　出了阴丽华居住的华丽内屋，走下赵飞燕寝息的兰椒宫殿。饰戴多得令人担心不胜其重，高耸的发髻就怕被风吹散。新画的黛眉能与柳叶争绿，姣好的面容可和桃花比红。飘然的倩影来到清澈的池里，轻盈的花瓣落在薄罗衫中。水苔开始见绿已能遮藏游鱼，小麦刚刚转青却可隐蔽野鸡。在弄玉当年的凤凰台上吹奏紫箫，在洛神曾经凌波的水中鸣响玉佩。移居戚里的家家富足，来到新丰的酒也淳美。用石榴汁制成的佳酿姑且斟满，葡萄美酒也已再度酿成。状如芙蓉的玉质碗碟，莲子般的金制壶杯。新出芽的鲜嫩竹笋，刚摘采的细核杨梅。美妓绿珠捧来了琴瑟，才女文君送上了酒肴美味。

　　玉管初调[1]，鸣弦暂抚[2]。《阳春》《渌水》之曲[3]，对凤回鸾之舞[4]。更炙笙簧[5]，还移筝柱[6]。月入歌扇，花承节鼓。协律都尉[7]，射雉中郎[8]。停车小苑，连骑长杨[9]。金鞍始被，柘弓新张[10]。拂尘看马埒[11]，分朋入射堂。马是天池之龙种[12]，带乃荆山之玉梁[13]。艳锦安天鹿，新绫织凤凰[14]。

【注释】

〔1〕玉管：即玉笛、玉箫，玉制管乐器。

〔2〕鸣弦：指弦乐器，琴、瑟之类。　抚：拨弄。

〔3〕《阳春》、《渌水》：皆古曲名。

〔4〕对凤回鸾：形容舞姿优美、翩如凤鸾。一说为舞曲名。《西京杂记》："庆安世年十五为成帝侍中，能为《双凤回鸾》曲。"

〔5〕炙：熏烤。　笙簧：两种吹奏乐器。吹奏前须以微火去潮。

〔6〕移：此指调节。　筝柱：又称雁柱，古筝上斜列的弦柱。

〔7〕协律都尉：掌管朝廷音乐的官员。汉代李延年武帝时曾为协律都尉。

〔8〕射雉中郎：指晋人潘岳，曾作《射雉赋》，并官虎贲中郎将。

〔9〕长杨：长杨宫，秦汉游猎之所，故址在今陕西周至县东南。

〔10〕柘弓：柘木所制之弓，弹性强劲。

〔11〕马埒：马场围墙。

〔12〕天池：泛指西北高山上的湖泊。　龙种：指骏马的优异品种。《开山图》："陇西神马山有泉，乃龙马所生。"

〔13〕荆山：在湖北，相传春秋时楚人卞和得美玉于此。　玉梁：玉制的带子。古有玉梁带，见《北史·周侯莫陈顺传》。

〔14〕"艳锦"二句：谓华丽的锦缎绫罗上织有天鹿和凤凰的图案。

【今译】

　　玉制的管笛刚才调好，鸣奏的琴弦暂且轻抚。响起了《阳春》《渌水》的优美乐曲，跳起了双凤回鸾的轻盈舞姿。又烘干了笙中的簧片，调节了筝上的弦柱。月随清歌化入圆扇，花按时节的鼓点争艳。宫中掌管音乐的协律都尉，陪侍猎射的中郎将官，纷纷在小苑前停了车乘，在长杨宫前坐骑相连。缕金的鞍垫才披上，柘木的劲弓刚拉开。拂去尘埃环视马场，分队依次进入射箭堂。所驭之马是产自天池的龙种，所佩之带是源出荆山的玉梁带。鲜艳的锦衣上绣着天鹿，新制的绫罗间织着凤凰。

　　三日曲水向河津[1]，日晚河边多解神[2]。树下流杯客[3]，沙头渡水人。缕薄窄衫袖[4]，穿珠帖领巾[5]。百丈山头日欲斜，三晡未醉莫还家[6]。池中水影悬胜镜，屋里衣香不如花[7]。

【注释】
　　[1]三日：指三月三日上巳节，古有临水洗涤以祓除不祥的风俗。事见《后汉书·礼仪志》。
　　[2]解神：祭谢神灵。王充《论衡》："世间缮治宅舍，凿地掘土，功成作解谢土神，名曰解神。"
　　[3]流杯：《荆楚岁时记》："三月三日，士民并出江渚池沼间，为流觞曲水之饮。"
　　[4]缕薄：缕金薄，镂花的金属薄片，用以贴饰屏风或作头饰，见董勋《问礼俗》。薄，通"箔"。
　　[5]帖：伏帖。
　　[6]三晡：傍晚时分。晡，申时；三，指上中下三刻。
　　[7]"屋里"句：谓花比屋里熏衣的香更香。

【今译】
　　三月三日的春水弯弯曲曲地流向黄河渡口，日暮时分岸旁祭谢神灵的人到处可见。大树下流杯畅饮的游客，沙石头渡河而去的行人。贴身的衫袖配着缕金的薄片，伏帖的领巾穿有晶莹的珠串。百丈高的山头夕阳将要西沉，傍晚还未喝醉就不要回家。映出倒影的池水远胜于明镜，屋里的衣香比不上初开的春花。

镜 赋

[北周] 庾 信

【题解】

赋以镜为题，入手却从清晨燕噪乌惊、美人起身后的宿鬟残妆写起，笔致摇曳；且"旖语闲情，纷葳相引，如入石季伦锦步障中，令人心醉目炫"（许梿评语）。接着顺势带出梳妆镜台，既巧喻绘形，刻画细致，又用典使事，贴切自然。而美人临镜梳妆一段，更是写得婉约微妙，娟丽无匹，从整发、画眉、点唇、润肤，到打量整体效果，然后插花、戴头饰等，无不惟妙惟肖，体贴入情。正因为有此铺垫，镜对爱美女子的重要已不言而喻，故末结以难舍难弃、无时不随的珍视，恰如水到而渠成。

作为六朝骈赋的代表作品，此赋风格丽而不缛，绮而不腻；语言流畅，句式多变，艺术上达到了炉火纯青的境界。许梿评语所谓"选声炼色，此造极巅。吾于子山，无复遗恨矣"，即指此而言。

天河渐没，日轮将起[1]。燕噪吴王[2]，乌惊御史[3]。玉花簟上[4]，金莲帐里[5]。始折屏风，新开户扇[6]。朝光晃眼，早风吹面。临桁下而牵衫[7]，就箱边而著钏[8]。宿鬟尚卷，残妆已薄。无复唇珠[9]，才馀眉萼[10]。厝上星稀[11]，黄中月落[12]。

【注释】

〔1〕日轮：指初出之日大如车轮，语出《列子》。

〔2〕"燕噪"句：用吴王东宫被秦始皇守吏用烛照燕巢焚毁事，见《越绝书·吴地传》。

〔3〕"乌惊"句：用汉代御史大夫何武因建言立三公而使府吏舍野乌惊去事，见《汉书·薛宣朱博传》。

〔4〕玉花簟：旧注引《东宫旧事》："太子纳妃，有赤花双文簟。"簟，竹席。

〔5〕金莲帐：相传十六国时后赵国君石虎曾作流苏帐，顶安金莲花，见陆列《邺中记》。

〔6〕户扇：指门窗。

〔7〕桁（hàng 杭去声）：衣架。古乐府《东门行》："还视桁上无悬衣。"

〔8〕著：即"着"，穿戴。 钏：臂环。

〔9〕珠：或通作"朱"。晋左思《娇女诗》："浓朱衍丹唇。"

〔10〕眉萼：指梅花妆。宋武帝女寿阳公主人日卧含章殿檐下，梅花落额上，拂之不去，后即效以为妆。见《初学记》。

〔11〕靥（yè 夜）：此指面颊。 星：古代女子面部的一种点搽装饰。《玉台新咏》载徐君倩诗："饰面停妆更点星。"

〔12〕黄、月：《酉阳杂俎》："近代妆尚靥如射月，曰黄星靥。"

【今译】

空中的银河渐渐隐没，初升的太阳即将升起。吴王宫的燕子开始鸣叫，御史府的乌鸟已经惊飞。织有玉色花纹的竹席上，饰着黄金莲花的罗帐里。刚折叠了精致的屏风，新开了夜闭的门窗。明亮的晨光晃着眼睛，清新的晓风吹扑脸庞。来到衣架下拿过套衫，靠着箱柜边戴上臂环。隔夜的鬓发还卷曲未梳，残留的妆饰已经暗淡。红润的樱唇已不再鲜亮，美丽的梅妆才剩存眉间。面颊间的点星稀稀疏疏，黄色的射月也陨落不见。

镜台银带，本出魏宫[1]。能横却月[2]，巧挂回风[3]。龙垂匣外，凤倚花中[4]。镜乃照胆照心[5]，难

逢难值。镂五色之盘龙[6]，刻千年之古字[7]。山鸡看
而独舞[8]，海鸟见而孤鸣[9]。临水则池中月出[10]，照
日则壁上菱生[11]。

【注释】

〔1〕"镜台"二句：曹操《上杂物疏》："镜台出魏宫中，有纯银参带镜台一。"

〔2〕能(tài 太)：通"態(态)"。　却月：言镜之形圆似月。

〔3〕回风：旋风。

〔4〕"龙垂"二句：写镜台有雕龙刻凤的装饰。龙辅《女红馀志》："淑文所宝，有对凤垂龙玉镜台。"

〔5〕照胆照心：据《西京杂记》载，秦咸阳宫中有方镜，可照见肠胃五脏，知疾病和邪心，"秦始皇常以照宫人，胆张心动者则杀之"。

〔6〕盘龙：《邺中记》："石虎宫中镜有径二三尺者，下有纯金蟠龙雕饰。"

〔7〕"刻千年"句：言镜铭历久。《大戴礼》："武王践祚，于鉴为铭焉。铭曰'见尔前，虑尔后'云云。"

〔8〕"山鸡"句：魏武时南方献山鸡，"公子苍舒令置大镜其前，鸡鉴形而舞，不知止"，事见刘敬叔《异苑》。

〔9〕"海鸟"句：古时罽宾王得鸾鸟，欲闻其鸣而不得，后从夫人言置镜于前，"鸾睹影而鸣，一奋而绝"。事见范泰《鸾鸟诗序》。此海鸟即指鸾，似凤。

〔10〕月出：形容镜明亮如月。王子年《拾遗记》："有如石之镜，此石白如月，照面如雪，谓之月镜。"

〔11〕菱生：古以铜为镜，映日则发光影如菱花，故云。

【今译】

有银带的镜奁，原本出自魏宫。形如横空的圆月，灵巧地挂于旋风。匣外有蟠龙垂悬，花中见凤凰倚偎。宝镜奇异能照见心胆，稀世之物难以常随。雕镂着盘曲的五色蟠龙，铭刻着传之千年的古字。山鸡看了翩然起舞，海鸟见后孤愤悲鸣。来到水边则池中映出一轮明月，照着日光则壁上呈现朵朵彩菱。

暂设装奁[1]，还抽镜屉[2]。竞学生情，争怜今世。鬒齐故略[3]，眉平犹剃[4]。飞花塼子[5]，次第须安[6]。朱开锦蹹[7]，黛蘸油檀[8]。脂和甲煎[9]，泽渍香兰[10]。量髻鬓之长短[11]，度安花之相去[12]。悬媚子于搔头[13]，拭钗梁于粉絮[14]。

【注释】

〔1〕装奁(lián 帘)：梳妆奁，古代盛梳妆用品的器具。

〔2〕镜屉：镶有镜子的隔层。

〔3〕略：治理，梳理。刘孝威《和定襄侯初笄诗》："合发乃昔发，略鬒即前丝。"

〔4〕"眉平"句：言剃去眉毛，以画代之。

〔5〕塼(tuán 团)：同"团"。此句言妇人面饰，仿寿阳公主梅花落额事(见《妆台记》)。

〔6〕次第：先后。

〔7〕锦蹹(tà 榻)：旧注谓踏行处用锦绣铺饰，蹹同"蹋"。细味文意，从"鬒齐"句起皆言对镜饰容，其中不应插入闺房陈设，故蹹字疑误，似当作盒。此句意谓施朱而开粉盒，与下句"黛蘸"偶对。

〔8〕黛：青黑色，古代女子用以画眉。 油檀：润泽的檀木。《草木虫鱼疏》："檀木，正青色，滑泽。"可制檀香。

〔9〕脂：膏脂，用以涂唇。 甲煎：即唇膏，用药物及美果花灰和腊治成。

〔10〕泽：润发油、面膏之类的美容品。枚乘《七发》"被兰泽"张铣注："兰泽，以兰渍膏者也。"

〔11〕髻(jì 计)：挽于头顶的头发。 鬓：面颊两边的头发。

〔12〕度：衡量。 花：指头上的插花。

〔13〕媚子：古代首饰名。 搔头：即发簪，多玉制。

〔14〕粉絮：俗称粉扑，多用绵制。

【今译】

摆开了梳妆奁，抽出了精致的镜屉。竞相效仿顾盼生情，争赶时髦取悦今世。两鬓整齐仍加梳理，双眉平远还予削剃。额间的梅妆花团，先后次序必须安置。施朱打开了锦盒，画黛蘸上了油檀。点唇拌和了甲煎，润面浸泡了香兰。打量着头髻秀鬓的长短，比划着插花彼此的近远。把媚子挂上发簪，用粉扑擦拭头钗。

梳头新罢照著衣，还从妆处取将归。暂看绞系，悬知缬缦[1]。衫正身长，裙斜假襻[2]。真成个镜特相宜，不能片时藏匣里，暂出园中也自随。

【注释】

〔1〕缬(xié 协)：彩结。　缦：无文饰的帛，古代女子用以束发。缬缦一作"撷纷"，指发髻。

〔2〕假：借，依凭。　襻(pàn 盼)：系衣裙的带子。

【今译】

新梳完头又照起了衣饰，仍从梳妆的地方把它取回。看那宛转的丝线系着，挂着能照见头上的发髻。衣衫齐整身材修长，裙子飘斜依靠长带束住。配上枚圆镜真的特别合适，一时片刻都舍不得藏在匣里，就连暂时外出园中也作伴相随。

灯 赋

[北周] 庾 信

【题解】

这篇赋也是庾信在梁朝任东宫学士时所作，今观《梁简文帝集》中有《看灯》和《列灯》二赋可知。与萧纲赋相比，庾信此赋不仅开篇烘染蕴藉，以黄昏日暮的幽暗作为写灯的背景衬托，而且描绘出色，音清韵朗，光彩鲜焕，加之通篇不出"灯"字，却无句不紧扣灯的形态、光照和效果，用典使事随意拈来，更显得风致洒然，意态浑成。尤其是收束二句借典传情，妙有含蓄，深得汉赋"曲终奏雅"的遗制，故于六朝能独步一时，且为后世效法。庾信小赋之精妙绝伦，正当于此窥入。

九龙将暝[1]，三爵行栖[2]。琼钩半上[3]，若木全低[4]。窗藏明于粉壁，柳助暗于兰闺[5]。翡翠珠被[6]，流苏羽帐[7]。舒屈膝之屏风[8]，掩芙蓉之行障[9]。卷衣秦后之床[10]，送枕荆台之上[11]。

【注释】

〔1〕九龙：旧注引《山海经》，谓指西北地区一种人面蛇身神，其眼及晦乃明，能烛九阴。一说"九龙"代指以九龙为饰的宫殿，如汉魏时即有九龙殿。

〔2〕三爵：三神鸟，爵通"雀"。一说"三爵"即三杯，栖为停止之意。

〔3〕琼钩：指弦月。

〔4〕若木：传说中的日落处，此代指日。

〔5〕兰闺：犹香闺，薰香的女子卧室。

〔6〕珠被：表面镶嵌珠子的被子。语出《楚辞·招魂》。

〔7〕流苏：用羽毛或丝线制成的下垂缲子。　羽帐：以羽毛为饰的帐幔。

〔8〕屈膝之屏风：即可折叠的屏风，能随意缩短伸长。

〔9〕行障：可移动的屏风，古代也称步障。相传晋代石崇与王恺斗富，"作锦步障五十里以敌之"，见《晋书·石崇传》。

〔10〕"卷衣"句：古乐府有《秦王卷衣》，《乐府题注》云："言咸阳春景及宫阙之美人，秦王卷衣以赠所欢也。"

〔11〕"送枕"句：用宋玉《高唐赋》所言楚怀王昼寝，梦有巫山神女"愿荐枕席"事。　荆台：指楚国云梦之台。

【今译】

　　九龙殿里将要昏暗不明，酒过三巡杯盏已停。玉钩般的月亮升起了一半，天边的夕阳完全低沉。窗口藏起映在粉墙上的光亮，柳荫使兰闺变得更加幽深。展开镶有翡翠珠宝的被子，放下饰着垂缲羽毛的幔帐。排起可以折叠伸缩的屏风，掩上绣有芙蓉的幕障。卷了秦后宫床边的绣衣，送来楚云梦台上的枕席。

　　乃有百枝同树[1]，四照连盘[2]。香添然蜜[3]，气杂烧兰。烬长宵久[4]，光青夜寒。秀华掩映，蚖膏照灼[5]。动鳞甲于鲸鱼[6]，焰光芒于鸣鹤[7]。蛾飘则碎花乱下[8]，风起则流星细落。

【注释】

　　〔1〕百枝同树：形容灯多密集，如树有百枝。晋孙惠有《百枝灯赋》。

〔2〕连盘：据张敞《东宫旧事》载，"太子纳妃，有金涂四尺长灯、银涂二尺连盘灯"。

〔3〕然：同"燃"。　蜜：蜜蜡，用蜂蜜和蜡制成的灯烛。

〔4〕兰：兰香。《通志草木略》："兰即蕙，蕙即薰，薰即零陵香。"烬：灯花。　宵：夜晚。

〔5〕蚖（yuán 元）：蝮蛇。《淮南万毕术》："取蚖脂为灯，置火中，即见诸物。"

〔6〕鲸鱼：据王子年《拾遗记》载，秦始皇墓中曾作玉象鲸鱼之灯。魏殷臣《鲸鱼灯赋》："横海之鱼，其号惟鲸。……大秦美焉，乃观乃详，写载其形，托于金灯。"

〔7〕鸣鹤：一种以鸣鹤为外形的灯。梁王筠《咏灯檠》诗："百华耀九枝，鸣鹤映冰池。末光本内照，丹花复外垂。"

〔8〕"蛾飘"句：崔豹《古今注》："飞蛾善拂灯，一名火花，一名慕光。"

【今译】

于是便有同树共干的百枝灯座，照耀四方的相连托盘。点燃的蜜蜡散出阵阵芳香，与兰香烧着的气息打成一片。久盛的灯花伴着漫漫长夜，青色的光焰时时送来晚凉。秀丽的华光相互辉映，蝮蛇的脂膏放射明亮。鲸鱼灯的鳞甲微微闪动，鸣鹤灯的光芒炽烈燃放。飞蛾拂来如碎花纷纷落下，阵风起时像流星细细坠降。

况复上兰深夜〔1〕，中山醑清〔2〕。楚妃留客〔3〕，韩娥合声〔4〕。低歌著节〔5〕，《游弦》绝鸣〔6〕。辉辉朱烬，焰焰红荣。乍九光而连采〔7〕，或双花而并明。寄言苏季子，应知馀照情〔8〕。

【注释】

〔1〕上兰：汉上林苑中的观名。

〔2〕中山：汉郡国名，辖境今河北一带。　醑（xǔ 许）：美酒。据《博物志》载，中山出美酒，刘玄石曾一醉千日。

〔3〕楚妃：此指楚地美女。晋石崇曾作《楚妃叹》歌。

〔4〕韩娥：古之善歌者。《列子·汤问》载其曾东至齐雍门鬻歌假食，"馀响绕梁，三日不绝"。

〔5〕著节：犹言合拍。

〔6〕《游弦》：古琴曲名，见嵇康《琴赋》。

〔7〕九光：汉宫有"九光之灯"，见《汉武内传》。

〔8〕"寄言"二句：据《史记·甘茂列传》载，甘茂因事被谗，亡秦奔齐，正逢入秦齐使苏代，便以贫人女无以买烛，因向富人女求分馀光为喻，请代为其说情。代允诺，茂遂复为秦聘作上卿。此借言当珍惜灯光，并寓分灯于人之意。苏季子：苏秦字季子，此指苏秦之弟苏代，战国时以游说著名的苏氏三兄弟之一。

【今译】

　　况且又有上兰观的深夜，中山美酒清醇宜人。贤淑的楚妃殷勤留客，善歌的韩娥妙音曼声。低婉的歌唱应着节拍，美妙的《游弦》曲高难应。辉辉煌煌的红色灯花，闪着光光艳艳的火焰。九色光才连缀起采晕，双花灯又一齐大放光明。寄语那些富有的苏氏兄弟，应知分送馀照给人的真情。

对 烛 赋

〔北周〕庾 信

【题解】

　　赋以"对烛"为题，故所写不仅就"烛"的外观形态，包括烛盘灯座的形制、光亮和香气而言，而且更从所"对"的种种情状，如为征人制衣、欲夜游西园等处落墨，并插入烛灭使楚人脱缨、烛暗让燕君书误的侧笔映托，使整篇神气不因制短而或稍亏。至其清调丽词、浅语暗典天然浑成，亦足为骈家之高唱、短章之垂范。

　　梁简文帝和元帝并有同题之作，然措意遣词均难以与其并肩，由此可见庾信少作已具凌跨一时之胜。

　　龙沙雁塞甲应寒[1]，天山月没客衣单[2]。灯前桁衣疑不亮[3]，月下穿针觉最难。刺取灯花持桂烛[4]，还却灯檠下烛盘[5]。铸凤衔莲，图龙并眠[6]。烬高疑数剪，心湿暂难然[7]。铜荷承泪蜡[8]，铁铗染浮烟[9]。本知雪光能映纸[10]，复讶灯花今得钱[11]。

【注释】

　　〔1〕龙沙：即沙漠，因沙丘盘旋蜿蜒似龙而名。　雁塞：雁门山，即北陵、西隃，传为雁之所出，见郭璞《山海经注》；又或指雁塞山，在梁州，传言山有大池，为雁栖集，见《梁州记》。此泛指荒漠边关。

〔2〕天山：即祁连山，在甘肃、青海一带。

〔3〕桁(hàng 沆)：衣架。此作动词，犹"挂"。

〔4〕桂烛：烛的美称。或曰西王母曾以绿桂之膏燃以照夜，见王嘉《拾遗记》。

〔5〕却：去，拿了。 檠(qíng 擎，或 jìng 竞)：灯架。

〔6〕"铸凤"二句：指烛座灯架上的龙凤图饰。《西京杂记》载长安能工巧匠丁缓，曾作恒满灯，以九龙五凤杂荷莲为饰。

〔7〕然：同"燃"。

〔8〕铜荷：铜制荷形烛盘。

〔9〕铗(jiá 夹)：烛台的把手。

〔10〕"本知"句：《初学记》卷二引《宋齐记》："孙康家贫，常映雪读书。"

〔11〕"复讶"句：《西京杂记》载陆贾应樊将军曰："夫目润者得酒食，灯火花得钱财……小既有征，大亦宜然。"

【今译】

大漠边关的铠甲应已寒冷，月没天山时征人的衣裳正单。在灯前挂衣还嫌不够明亮，月下穿针就更觉得困难。挑去了灯花手持桂膏香烛，又把灯架拿下了烛盘。上面铸有凤凰衔莲花、蛟龙并眠的图案。疑虑烛缲太高几次剪去，蜡心受潮一时难以点燃。荷形铜盘承接着点点蜡泪，铁制把手被阵阵浮烟熏染。本来就知道雪光能映见纸上的字，如今还奇怪灯烛结花为何可得钱。

莲帐寒檠窗拂曙〔1〕，筠笼熏火香盈絮〔2〕。旁垂细溜〔3〕，上绕飞蛾〔4〕。光清寒入，焰暗风过。楚人缨脱尽〔5〕，燕君书误多〔6〕。夜风吹，香气随。郁金苑〔7〕，芙蓉池。秦皇辟恶不足道〔8〕，汉武胡香何物奇〔9〕？晚星没，芳芜歇，还持照夜游，讵减西园月〔10〕？

【注释】

〔1〕莲帐：据《邺中记》载，十六国时石虎曾造"流苏斗帐，顶安

金莲花"。此用作帐的美称。

〔2〕筼笼：竹熏笼，古代用来烘熏被褥。

〔3〕溜：下滴的水流，此指蜡泪。

〔4〕"上绕"句：王子年《拾遗记》载西王母以绿桂膏燃以照夜，有飞蛾衔火来拂其上。

〔5〕"楚人"句：《说苑》载楚庄王赐群臣酒，有人乘烛灭牵美人衣，美人遂拉掉了他的帽带，并请求拿火来照看是谁。不料庄王却以"与寡人饮，不绝冠缨者不欢"答之，结果火点上后，群臣百馀人"皆绝去其冠缨"。

〔6〕"燕君"句：事见《韩非子·外储说左上》，谓郢人曾遗书燕相国，因烛火不明而误书"举烛"二字，燕相得书，以为"举烛"指尚明，故用贤。

〔7〕郁金：即郁金香，生大秦国（古罗马帝国）。

〔8〕辟恶：香名，或为麝香的别称。崔豹《古今注》："辟恶车（香车名），秦制也。"

〔9〕"汉武"句：《博物志》载汉武帝时有弱水西国人来献香，后逢长安大疫，遂请焚香一枚，宫中病者即日皆愈，香闻百里，九十馀日不散。

〔10〕"还持"二句：用《古诗》"昼短苦夜长，何与秉烛游"与魏曹植《公讌诗》"清夜游西园……明月澄清影"句意。

【今译】

莲花帐前冰凉的灯座迎接着窗外的曙色，竹熏笼已把香味熏满棉絮。烛的四周垂着细长的蜡流，上面绕有趋光的飞蛾。寒气侵入光焰凄清，阵风吹过火光暗淡。楚国群臣因此冠缨尽脱，燕国君王随之书写出错。夜风阵阵吹来，香气随处四散。开满郁金香的苑囿，长着荷莲的水池。秦始皇的辟恶车已不足道，汉武帝的异域香怎能称奇？空中的晚星渐次隐去，芬芳的花草也已休息，还手持烛火为夜游照明，又怎么逊色于西园的明月？

卷 二

诏

敕条制禁奢靡诏

【题解】

　　南朝齐武帝萧赜，字宣远，是齐高帝萧道成的长子。在位十多年中因循旧章，明罚厚恩，义兼长远，致使内外肃然，天下无事，为史书所称。

　　这道诏文，是他在永明七年(489)冬十月己丑下达的，旨在对当时朝野盛行的吉凶奢靡之风严加敕束。其入手便以"三季浇浮"垂戒，语质意厚，有汉诏遗风；中以生"竞车服之饰"、死"穷茔域之丽"为例，使人慨叹古今奢靡之风如出一辙，而"斑白不婚，露棺累叶"的负面后果又足以引起警觉；故末用"严勒"和"纠奏"加以矫正，明确果断，不容置疑。

　　齐高帝曾极力提倡节俭，并常说让他治天下十年，当使黄金与泥土同价。武帝的这道诏书，即是继承乃父遗志的一篇法律公文。

　　三季浇浮[1]，旧章陵替[2]。吉凶奢靡，动违矩则[3]。或裂锦曳绣[4]，以竞车服之饰；涂金镂石，以穷茔域之丽[5]。至斑白不婚[6]，露棺累叶[7]。苟相姱衒[8]，罔顾大典。可明为条制，严勒所在[9]，悉使画一。如复违犯，依事纠奏[10]。

【注释】

〔1〕三季：指夏、商、周三代的末期。《汉书·叙传下》："三季之后，厥事放纷。"颜师古注："三季，三代之末也。"浇浮：指风俗浇漓轻薄。

〔2〕陵替：谓统治秩序上下颠倒混乱。

〔3〕矩则：指法度。

〔4〕裂锦：相传周幽王后褒姒好闻裂缯声。

〔5〕茔域：墓地。《列女传》载霍光死后，"夫人改更光时所造茔而侈大之，筑神道，为辇阁，幽闭良人奴婢"。

〔6〕斑白：指年老头发花白。

〔7〕叶：世代。

〔8〕姱：美好。　衒：炫耀。

〔9〕勒：勒令，管束。　所在：所有地方。

〔10〕纠：督察，矫正。

【今译】

三代末期世风浇漓，旧的典章制度纷纷改变。吉庆凶丧浮靡奢侈，动不动就违反法规。有的不惜糟蹋绫罗绸缎，来攀比车马服装的修饰；有的涂抹金银雕刻名石，来竭尽墓穴坟地的华丽。以至不少人头发斑白仍不能成婚，死后棺盖暴露几代未曾入葬。如果还相互夸耀，真是不顾国家刑典。可以就此明确制订条例，严加勒令所有地方，都使之规整划一。如果再有违反冒犯，当依据事实督察上奏。

举 贤 诏

北魏孝文帝

【题解】

"天人感应"是儒家学说的精髓。古代帝王凡遇有重大的自然灾异，必要做出种种"罪己"的举动，以消除"天怒人怨"。这篇"举贤诏"据史书记载，便是孝文帝在太和二十年（496）七月，因天久旱不雨，在遍祈群神、不食三日之后，终于迎来"澍雨大洽"的第二天下达的。诏书首叙久旱之责在己，"故辍膳三晨"；次言虽获灵鉴，却仍不敢"惄怠"；末以举贤为匡救之措，广谢天下。句法历落，诚款可鉴。

北魏孝文帝元宏，在位二十九年，曾以出众的政治才干采取多种措施，缓和了汉民对鲜卑统治的反抗，巩固了北魏政权。同时他又是北魏历代皇帝中仅能文辞者，这篇诏书以文人之笔示帝王气度，便是一例。

此诏见载于《魏书·高祖纪》。

炎阳爽节[1]，秋零卷澍[2]。在予之责，实深悚慄[3]。故辍膳三晨[4]，以命上诉。灵鉴诚款[5]，曲流云液[6]。虽休弗休[7]，宁敢惄怠[8]。将有贤人湛德[9]，高士凝栖。虽加诠采[10]，末能招致[11]。其精访幽谷，举兹贤彦[12]。直言极谏，匡予不及。

【注释】

〔1〕炎阳：喻指君德盛明。语出《汉书·李寻传》："日初出，炎以阳，君登朝，佞不行，忠直进，不蔽障。" 爽节：失时。

〔2〕零：徐雨。 卷(juǎn捐上声)：断绝。 澍(shù 树)：应时而下的雨。

〔3〕悚悚：恐惧、不寒而颤的样子。

〔4〕辍膳：停食。 三晨：此指三日。据《魏书·高祖纪》载：孝文帝太和二十年(496)七月曾因久旱不雨从癸未至乙酉，停食三天。

〔5〕诚款：赤诚恳切。

〔6〕云液：指雨露甘霖。

〔7〕虽休弗休：语出《尚书·吕刑》，意谓赦宥。

〔8〕宁：岂。 愆(qiān 牵)：过失。 怠：轻慢。

〔9〕将：且。 湛：沉埋。

〔10〕诠：挑选甄别。

〔11〕末：无。 其：表祈使，犹"尚"、"当"。

〔12〕彦：士的美称。

【今译】

炎热的太阳有悖于时节，秋季竟久旱无雨。其责在我的身上，实深感恐惧震颤。所以停止用膳三天，用皇家公文来上告于天。神灵见我虔诚恳切，终于委屈地播云降下甘霖。尽管天已见怜赦宥，我岂敢轻忽自己的过失。且有贤达之人德闻未能彰著，高明之士卓见久被闲置。虽然曾加以选拔采用，却终不曾招徕罗致。当精心寻访大山幽谷，举荐这些贤明的人士。愿他们用直言来极力进谏，以匡正我的不足。

与太子论彭城王诏

北魏孝文帝

【题解】

　　此诏见载于《魏书·献文六王·彭城王传》。太子指元恪，太和二十一年(497)受封；彭城王为元勰，孝文帝六弟，太和二十年由始平王改封。太和二十三年(499)，孝文帝带病抵御来犯齐军，归途中以军国大事托付其弟元勰，勰举成王尚疑周公故事为虑，孝文帝便在临终前写了这道谕示太子的手诏。

　　诏书极称元勰情志高洁、兄弟相得，明确告诫太子在自己百年之后，当尊重六叔的意愿，让他辞官归隐，以避害远祸，其友爱诸弟、长谋远虑之情溢于言表。

　　汝第六叔父勰[1]，清规懋赏[2]，与白云俱洁。厌荣舍绂[3]，以松竹为心。吾少与绸缪[4]，提携道趣[5]。每请解朝缨[6]，恬真邱壑[7]。吾以长兄之重，未忍远离。何容仍屈素业[8]，长婴世网[9]！吾百年之后，其听勰辞蝉舍冕[10]，遂其冲挹之性[11]。无使成王之朝，翻疑姬旦之圣[12]，不亦善乎？汝为孝子，勿违吾敕[13]。

【注释】

〔1〕勰：元勰，字彦和，北魏献文帝拓跋弘第六子，孝文帝元宏六弟，太子元恪的六叔父，历仕侍中、光禄大夫、中书令等要职。

〔2〕清规：指节操清高。 懋（mào 茂）：通"茂"，盛大。 史载元勰"少而岐嶷，姿性不群"、"敏而耽学……雅好属文"，"长直禁内，参决军国大政"。

〔3〕绂：官绶，此指禄位。

〔4〕绸缪：形容相处密切。

〔5〕提携：搀扶。 趣：通"趋"，往来行走。 孝文帝与元勰过从宴饮事，多见载于《魏书》、《北史》。

〔6〕请解朝缨：请求辞去官职。缨，系冠的带子。

〔7〕恬真：安于返璞归真。"恬"字原集外加方框，系原缺所补。邱壑：即丘壑，指山林。壑，深谷。"邱"字因清代避孔丘讳而改。

〔8〕素业：清素之业，此指专研经史。

〔9〕婴：羁绊，缠绕。 世网：世俗的限制。 晋陆机《赴洛道中》："世网婴我身。"

〔10〕蝉：貂蝉，鲜卑服。 冕：官冕。

〔11〕冲挹：谦和淡泊。

〔12〕"无使"二句：《诗经·豳风·鸱鸮》孔颖达疏："武王既崩，周公摄政，管、蔡流言，以毁周公。……成王仍惑管、蔡之言，未知周公之志，疑其将篡，心益不悦。"成王，武王之子。姬旦：武王之弟，成王的叔父，史称周公。

〔13〕敕：告诫。

【今译】

你的第六个叔父元勰，节操清高见识广大，与天上的白云同样高洁。他厌弃荣华无意官爵，把松竹的坚贞作为心志。我早年与他相处十分密切，彼此搀扶着往来行走。他总是请求辞去官职，安然归真于山林丘壑。我以长兄的深厚情谊，没有忍心让他远离。但又怎么能仍随他委屈于平庸的事务，长期为世俗的限制牵绊！我千秋百年以后，望能听随他脱去做官的衣帽，满足他谦和淡泊的本性。不要使成王的朝廷，反而去怀疑周公姬旦的贤圣，这样不是很好吗？你身为孝子，可不要违背我的告诫。

禁浮华诏

北齐文宣帝

【题解】

北齐文宣帝高洋，字子进，高祖神武皇帝高欢的次子，武定八年(550)即位，改元天保。六月辛巳，下此诏书，见《北齐书·文宣帝纪》。

诏书先以近世"风俗流宕，浮竞日滋"总起，接以例举浮华之种种情形，扣紧"流宕"、"日滋"，末申言立法，以节俭、淳朴为旨归，言简意明。后来文宣帝重用杨愔，严禁贪污，并开始制定齐律，均可视作以此诏发端。

清人许梿评此诏云："洞澈末流恶习，大似箴铭格言。谁谓齐、梁间尽靡靡之奏邪？今之士大夫，当书此于门屏几席，可以起废疾、针膏肓矣。"可见反浮华、倡俭朴在整个封建时代，乃至今日，都有其现实的积极意义。

顷者风俗流宕[1]，浮竞日滋[2]。家有吉凶，务求胜异。婚姻丧葬之费，车服饮食之华，动竭岁资，以营日富。又奴仆带金玉，婢妾衣罗绮。始以创出为奇，后以过前为丽。上下贵贱，无复等差。今运属维新[3]，思蠲往弊[4]。反朴还淳[5]，纳民轨物[6]。可量事具立条式，使俭而获中。

【注释】

〔1〕流宕：放荡不拘。

〔2〕浮竞：浮华的追逐。　滋：增长。

〔3〕运：国运。　属：值，当。　维新：更新。《尚书·胤征》："旧染污俗，咸与惟新。"惟、维通。

〔4〕蠲(juān 捐)：去除。

〔5〕反：通"返"，回归。

〔6〕纳民轨物：语出《左传·隐公五年》："君将纳民于轨物者也。"谓使民器用合于法度。

【今译】

近来朝野风俗放荡不检，追逐浮华的情况与日俱增。家中凡遇吉庆凶丧，务必要求盛大奇异。婚姻丧葬的费用，车马服饰和吃喝的华靡，动不动就用尽一年的财资，来构成一日的富裕。又奴仆披金带玉，使唤丫鬟婢女也身穿绫罗绸缎。开始时还以首创出新为奇，后来就以胜过前人为丽。这样就使上下和贵贱，不再有等级差别。现在正值国运更新之时，考虑去除过去的弊病。回归简朴恢复淳厚，使百姓使用器物合于法度。可以根据事情的不同来订立各种条例款式，让世风节俭和适当起来。

敕

与臧焘敕

宋武帝

【题解】

南朝宋武帝刘裕，字德舆，彭城（即今江苏徐州）人。元熙二年（420）即帝位，改元永初。这是他在移镇京口时，写给太学博士、参右将军何无忌军事、随府转镇南将军臧焘的一封书信（后因刘裕即帝位而改称"敕"，即诏书）。

臧焘字德仁，东莞莒（今属山东）人，武帝敬皇后之兄。据《宋书》本传载，他"少好学，善三《礼》。贫约自立，操行为乡里所称"。武帝在书中对晋末礼乐中息、学尚废弛的现状表示了极大的忧虑，他希望能通过努力的劝说和诱导，使京口地区的士人子弟能就学赴业于像臧焘这样的经学大师，重新振兴学习儒学的风气。许梿谓其"丽语能朴，隽语能淳，忘其骈偶诰敕之文，如此，奈何轻议六朝"。而敕中所云"荆玉含宝"、"独习寡悟"诸语，亦足为古今劝学的名言。

顷学尚废弛，后进颓业。衡门之内[1]，清风辍响。良由戎车屡警[2]，礼乐中息。浮夫近志，情与事染。岂可不敷崇坟籍[3]，敦厉风尚[4]！此境人士，子侄如林。明发搜访，想闻令轨[5]。然荆玉含宝，要俟开莹[6]；幽兰怀馨，事资扇发[7]。独习寡悟，义著周典[8]。今经师

不远^[9]，而赴业无闻。非唯志学者鲜^[10]，或是劝诱未
至邪？想复宏之。

【注释】

〔1〕衡门：指横木为门的陋屋。《诗经·陈风·衡门》："衡门之下，可以栖迟。"

〔2〕良：确实。 戎车：古代天子所乘战车。

〔3〕敷崇：传布重视。 坟籍：犹典籍，泛指古书。

〔4〕敦厉：督促激励。厉，通"励"，劝勉、激励。

〔5〕令轨：好的规范。令，善、美。

〔6〕"然荆玉"二句：春秋时楚人卞和得一荆山璞玉，先后献给厉王和武王，不为所识，被断双足。后又献文王，使人剖璞而得宝玉，称"和氏璧"。事见《韩非子·和氏》。俟，等待。莹，磨砻使之发光。

〔7〕"幽兰"二句：谓生于幽谷的兰花芳香，要靠风的吹拂才能散发开去。

〔8〕"独习"二句：《礼记·学记》："独学而无友，则孤陋而寡闻。"著，见录。周典，指《礼记》。

〔9〕经师：儒学大师，此指臧荣。

〔10〕鲜(xiǎn 显)：少，寡。

【今译】

近来学习的风尚荒废松弛，后生小子放弃了学业。横木为门的陋室之内，读书的风气有所止息。这确实是由于国家战事频仍，朝廷的礼乐制度一时中断。那些浮躁的人急功近利，致使情与事相互侵染。这怎么可以不传布重视古代典籍，督促激励读书的风尚呢！这个地方的文人学士，后代子侄众多如林。他们从早到晚搜求寻访，想听到美好正规的教诲。然而荆山璞玉虽内含珍宝，却要等待开发治理才能放光；幽谷春兰即使怀有芳香，还要靠风的吹拂散发。独自学习便会孤陋寡闻，其义明见于周代的典籍。现在饱学的经师就在附近，而来就学成业的却没听说。这并非只是因为有志于学的人少，或许是由于劝说诱导还没有做到？所以很想把学风恢复弘扬起来。

为武帝与谢朏敕

[梁] 沈 约

【题解】

古代有才学的文臣，常为帝王起草诏书。本文就是当时在文坛已享有盛名的沈约，为梁武帝萧衍(字叔达，小字练儿，南兰陵中都里人，公元502年即位)写的一篇诏书，旨在劝说隐居不仕的谢朏出山，为朝廷服务。

谢朏字敬冲，谢庄之子，十岁能属文，史有"神童"之称。齐建武中，与何胤等并征不出。梁武帝即位，再次征召，又不至。沈约此文当作于天监初年。他以代拟之笔，写出武帝求贤若渴的款款深情，致使后人有谢朏仕不称职，有负此敕之叹(见许梿评语)。

作者沈约(441—513)，字休文，吴兴武康(今浙江德清武康镇)人。历仕宋、齐二代，后助梁武帝登极，官至尚书令。他在文学史上的影响，当首推与谢朓、王融等人首创四声八病说，对古体诗向律诗的转变很有贡献。

吾以菲德[1]，属当期运[2]。鉴与吾贤，思隆治道[3]。而明不远烛[4]，所蔽者多。实寄贤能，匡其寡暗。尝谓山林之志，上所宜宏；激贪厉薄[5]，义等为政。自居元首[6]，临对百司[7]。虽复执文经武，各修厥职，群才竞爽[8]，以致和美[9]，而镇风静俗，变教论道[10]，自非箕颍高人[11]，莫膺兹寄[12]。

【注释】

〔1〕菲：浅薄。

〔2〕属：适值。　期运：犹时运，此指武帝受禅即位。

〔3〕隆：强大。　治道：管理统治的举措。

〔4〕烛：照耀。

〔5〕激：阻挡，清除。　厉：劝诫。　薄：指风俗轻浮。

〔6〕元首：本指头，后喻君主。《尚书·益稷》："元首明哉，股肱良哉，庶事康哉！"

〔7〕百司：犹百官。

〔8〕竞爽：刚强明朗。语见《左传·昭公三年》。

〔9〕和美：中和之美。《论语·学而》："礼之用，和为贵。先王之道，斯为美。"

〔10〕变教：改变教化。　论道：研讨道德规范。

〔11〕箕颍高人：指古代著名隐士许由、巢父。据《高士传》载，许由为避尧让天下，隐居中岳颍水之阳、箕山之下。尧又召他为九州长，他不想听，就去颍水边洗耳，恰逢其友巢父，巢父认为他这样做是求名誉，便牵了牛犊到上游去饮水。

〔12〕膺：担当。　兹寄：指前言"镇风静俗，变教论道"。

【今译】

我以浅薄的德行，恰逢受禅的时运。考虑同我的贤臣一起，思想加强治国的举措。然而光亮有限不能远照，被蔽掩的地方还很多。实在寄希望于贤能之士，来匡正我的寡陋和不明。有道是山林中人的志向，天子当予以弘扬；戒除贪婪劝去轻浮，意义等于治理国政。自己身为一国之君，常面对臣下百官。虽然还有他们执掌文书经略武事，各自尽力于他们的职守，众多的才士能力强见识明，致使朝廷和谐政令完美，然而安定和净化世俗风习，改变和研讨教化道德，自然非那种隐居箕山颍水的高人，不能担当这样的重托。

是用虚心侧席^[1]，属想清尘^[2]，不得不屈兹独往，同此濡足^[3]。便望释萝袭衮^[4]，出野登朝。必不以汤有惭德^[5]，武未尽善^[6]，不降其身，不屈其志，使璧帛虚往^[7]，蒲轮空归^[8]。倾首东路^[9]，望兼立表^[10]。

羲轩邈矣^[11]，古今殊事。不获总驾崆峒，依风问道^[12]。今方复引领云台^[13]，虚己宣室^[14]。纡贤之愧^[15]，载结寝兴^[16]。

【注释】

〔1〕虚心：《老子》三章："圣人之治，虚其心，实其腹。" 侧席：谓不正坐以待贤良。《后汉书·章帝纪》："朕思迟直士，侧席异闻。"

〔2〕属想：专心思念。 清尘：《楚辞·远游》："闻赤松之清尘。"指尊者的行迹。

〔3〕濡足：犹湿足。汉崔骃《达旨》："与其有事，则褰裳濡足，冠挂不顾。"

〔4〕释萝：脱去隐士之服。 袭衮：穿上官服。 《晋书·谢安传论》："褫薜萝而袭朱组，去衡泌而践丹墀。"

〔5〕汤有惭德：见《尚书·汤誓》："成汤放桀于南巢，惟有惭德。"

〔6〕武未尽善：见《论语·八佾》："谓《武》，尽美矣，未尽善也。"《武》本乐名，此代指武王。

〔7〕璧帛：美玉织物。古代帝王多用以为聘请隐士之物。

〔8〕蒲轮：用蒲草包裹的车轮，以防道路颠簸。《汉书·武帝纪》："遣使安车蒲轮，束帛加璧，征鲁申公。"

〔9〕倾首：侧头，表示专注。

〔10〕立表：树立标识，古人多用以计时。晋陆机《思归赋》："愿灵晖之促景，恒立表以望之。"

〔11〕羲轩：传说中的上古帝王伏羲、轩辕。 邈：久远。

〔12〕"不获"二句：相传黄帝立为天子十九年，令行天下，听说广成子在空同之上，往问至道。事见《庄子·在宥》。获，能够。总驾，勒束车马。崆峒：即空同，山名，相传黄帝时高人广成子隐居于此。

〔13〕引领：翘首期盼。 云台：汉代南宫台名，显宗永平中追感前

世功臣，曾画二十八将图于此。见《后汉书·马武传》。

〔14〕虚己：据《后汉书·五行志》载，"周克殷，以箕子归，武王亲虚己而问焉。"宣室：汉代长安未央宫前殿正室，汉文帝曾在此召见贾谊。

〔15〕纡：屈抑。

〔16〕载结寝兴：《诗经·秦风·小戎》："载寝载兴。"言思之深而起居不宁。载，语首助词。结，收束。

【今译】

因此要虚怀若谷侧身而坐，一心思念清高的品行，不得不让您委屈地独自前往，褰裳湿足到这里同谋国事。就盼望您能脱了萝衣穿上朝服，走出山野来到朝廷。一定不要因为成汤还有惭德行，武王尚未尽善，而不愿降尊其身，不愿屈辱其志，使美玉束帛白白送去，蒲轮之车空空而归。我侧头面对东面的道路，立标计时殷殷期待。

伏羲、轩辕的时代太久远了啊，古往今来的事有所不同。我不能像黄帝那样驾车前去崆峒，在风中向广成子询问至道。现在我正再度在云台翘首而望，在宣室虚心等候。委屈贤德的内疚，使我起居难安。

卷 三

令

与湘东王论王规令

梁简文帝

【题解】

　　梁简文帝萧纲(503—551)，字世缵，高祖武皇帝萧衍第三子。天监五年(506)封晋安王，中大通三年(531)立为太子，太清三年(550)即皇帝位。这是他在大同二年(536)为太子中庶子王规之死，而写给当时湘东王萧绎(高祖第七子，后为梁元帝)的一道诏令。

　　王规字威明，琅玡临沂(今属山东)人。史称其"有至性"、"既长好学，有口辩"(《梁书·王规传》)，历仕吴郡太守、散骑常侍、太子中庶子等官，卒谥章。卒时"皇太子出临哭"，并写此令以示哀悼。

　　萧纲在令中对王规之死深表悲痛，他极力推崇王规的品行才学，遣词用事都很有感情，真可与曹丕《与吴质书》共传。其行文奇偶并用，一气贯注，既清丽整饬，又自然流转，不失为六朝骈俪之作中的精品。

　　威明昨宵，奄复殂化[1]，甚可痛伤。其风韵遒上[2]，神采标映[3]。千里绝迹[4]，百尺无枝[5]。文辨纵横[6]，才学优赡[7]。跌宕之情弥远[8]，濠梁之气特多[9]。斯实俊民也[10]！

【注释】

〔1〕奄：忽然。　殂化：死亡。《尚书·舜典》："帝乃殂落。"

〔2〕遒：刚劲。　上：通"尚"，高卓。

〔3〕标映：突出鲜明。

〔4〕千里绝迹：形容抱负远大，难以企及。魏曹植《与杨德祖书》："飞轩绝迹，一举千里。"

〔5〕百尺无枝：形容为人正直，品行无邪。汉枚乘《七发》："龙门之桐，百尺无枝。"

〔6〕纵横：原为战国时"合纵连横"两种外交策略的简称，后引申为自由奔放，不受拘束。

〔7〕赡：富足。

〔8〕跌宕：超出常规。　弥：更加。

〔9〕濠梁之气：指别有会心、自得其乐的气质。原本《庄子·秋水》记庄子与惠子共游濠梁（水边）之上，谈论游鱼之乐事。

〔10〕俊民：才智杰出者。语本《尚书·洪范》。

【今译】

　　威明在昨天晚间，又忽然去世，让人深感哀痛悲伤。想他的风度气韵刚劲高卓，神情光彩突出鲜明。志向远大就像千里奋飞不见踪影的大鸟，品行端正好比百尺直立没有侧枝的梧桐。文章思辨纵横捭阖，才气学问优秀富足。超越世俗常规的情致更加高远，濠梁谈鱼知乐的气质特别浓重。这实在是才智出众的人啊！

　　一尔过隙[1]，永归长夜[2]。金刀掩芒[3]，长淮绝涸[4]。去岁冬中，已伤刘子[5]；今兹寒孟[6]，复悼王生[7]。俱往之伤[8]，信非虚说。

【注释】

〔1〕一：一旦。 过隙：形容人生短暂，如白驹过隙。语本《庄子·知北游》。隙，古"隙"字，孔穴。

〔2〕长夜：指黑暗的地下。语本《左传·襄公十三年》杜预注。

〔3〕"金刀"句：据《晋书·王祥传》载，吕虔曾有佩刀，"工相之，以为必登三公，可服此刀"。后虔以刀赠王祥，祥又授览，览生裁，裁生导，兴于江左。此以王规比王氏后代，掩芒痛其早逝。

〔4〕"长淮"句：《晋书·王导传》："初，导渡淮，使郭璞筮之。卦成，璞曰：'吉，无不利。淮水绝，王氏灭。'"此言王规卒，故"长淮绝涸。"

〔5〕刘子：中庶子刘遵，先规一年而卒。

〔6〕寒孟：指冬季第一个月。孟，始。

〔7〕王生：即王规。

〔8〕俱往之伤：用魏曹丕《与吴质书》"徐、陈、应、刘，一时俱逝，痛可言邪"语意，指刘遵、王规先后亡故。

【今译】

你一旦结束了白驹过隙般的短暂人生，永久归居于暗如长夜的地下。祖传的金刀失去了光芒，悠长的淮水从此干涸绝流。去年的冬天，我已为刘君的去世而哀伤；今年寒冷刚至，又痛心追念王生的长别。一时都离我而去的忧伤，实在不是一般空泛的感叹。

答群下劝进初令

梁元帝

【题解】

　　大宝二年(551)是梁朝历史上最惨痛的时期。这年刚即位不久的简文帝被侯景杀害，连太子和“宗室在寇庭者，并罹祸酷”(《梁书·元帝纪》)。消息传到江陵，百官素缟，六军恸哭。按照国不可一日无君的传统，当时萧绎身旁的一些大臣们纷纷上表，劝说他即位登基。萧绎就写了这道诏令，作了回答。

　　以常例而言，新帝在践祚前总要演出一幕君臣劝进、辞让、再劝进、再辞让，直至受禅正位的闹剧；不过梁元帝的这出闹剧是在战乱频仍、国祚危难的大背景下上演的，因此很有些悲怆哀怨的色彩。清人许梿以为是“狡人好语”，实恐未必尽然。国难当头，其言也哀，虽疑为矫饰，却也实有事不得已的苦衷在内。

　　孤以不德[1]，天降之灾。枕戈饮胆[2]，扣心泣血[3]。风树之酷[4]，万始莫追；霜露之哀[5]，百忧总萃[6]。甫闻伯升之祸[7]，弥切仲谋之悲[8]。若封豕既殄，长蛇即戮[9]，方欲追延陵之逸轨，继子臧之高让[10]。岂资秋亭之坛[11]，安事繁阳之石[12]！

【注释】

〔1〕孤：即孤家寡人，古代帝王的自称。

〔2〕枕戈：语出刘琨《与亲故书》，形容日夜警戒，不敢稍息。 饮胆：用春秋时越王勾践为复国报仇而卧薪尝胆事，见《史记·越王勾践世家》。

〔3〕扣心泣血：极言悲痛惋切之至。汉李陵《答苏武书》："此陵所以仰天椎心而泣血也。"

〔4〕风树：喻指父母死亡，不得奉养。语出《韩诗外传》齐国皋鱼答孔子问："树欲静而风不定，子欲养而亲不待也。" 酷：惨痛。

〔5〕霜露之哀：《礼记·祭义》："霜露既降，君子履之，必有悽怆之心。"

〔6〕萃：集聚。

〔7〕甫：才，刚。 伯升之祸：伯升，汉光武帝刘秀之兄刘縯字。史载其与光武起事，威名日重，后被更始将军刘玄所害。事见《后汉书·宗室四王三侯列传》。此指兄长萧纲被叛军侯景所杀。

〔8〕弥：更加。 仲谋之悲：仲谋，三国吴孙策之弟孙权字。史载建安五年(200)孙策薨，以事授权，权哭未及息。事见《三国志·吴书·吴主传第二》。

〔9〕"若封豕"二句：若，至于。封豕，大猪，与长蛇同喻残暴者。语见《左传·定公四年》："吴为封豕长蛇，以荐食上国。"此指下文侯景、萧栋等窃国为乱者。

〔10〕"方欲"二句：延陵，春秋时吴公子季札所居，因代指季札。子臧，春秋时曹宣公之子公子欣时。据《左传·襄公十四年》载，吴子乘死后，长子诸樊欲立少弟季札，季札以曹宣公死后，曹人因不满公子负刍杀太子自立而欲立子臧，子臧不受为例辞之。逸轨，归避隐居的先例。

〔11〕资：取用。秋亭之坛：史载光武帝刘秀于建武元年(25)"命有司设坛场于鄗南千秋亭五成伯"，即皇帝位(见《后汉书·光武帝纪》)。

〔12〕繁阳之石：延康元年(220)汉帝以众望在魏，"乃为坛于繁阳"，"使兼御史大夫张音持节奉玺绶禅位"，曹丕遂"升坛即阼"，贵为天子。事见《魏书·文帝纪》。繁阳，汉属魏郡，治所邺县在今河北临漳西南。

【今译】

由于我德行不高，天才降了灾难。使我睡枕铁戈起尝苦胆，撞心裂肺泪尽以血。树欲静而风不止的惨痛，即便万般追悔也始料不及；践严霜和披寒露的凄伤，犹如百种忧患都来集聚。才听说伯升遭受了戮身的大祸，更加能感受仲谋失兄的巨悲。至于大猪般的元凶既然被歼，长蛇似的毒泉身受杀戮，正想追攀季札的归避先例，继承子臧的高明辞让。哪里还用得着千秋亭的圣坛，又怎能登上繁阳的基石实行受禅！

　　侯景[1]，项籍也[2]；萧栋[3]，殷辛也[4]。赤泉未赏，刘邦尚曰汉王[5]；白旗弗悬，周发犹称太子[6]。飞龙之位[7]，孰谓可跻[8]？附凤之徒[9]，既闻来仪[10]。群公卿士，其喻孤之志，无忽。

【注释】
　　〔1〕侯景：字万景，怀朔镇（今内蒙古包头东北）人。初属北魏尔朱荣，后归高欢，因恐被其子所杀，于大统十三年（547）降梁，次年举兵反叛。大宝二年（551）废梁帝自立，次年被部下杀死。事见《梁书·侯景传》。
　　〔2〕项籍：字羽，下相（今江苏宿迁西南）人。秦末从叔父项梁起义，灭秦后自立为西楚霸王，后被刘邦击败，自杀身亡。事见《史记·项羽本纪》。
　　〔3〕萧栋：梁宗室，字元吉。简文帝被废后由侯景奉为梁帝，不久被迫禅让，改封淮阴王。事见《梁书·侯景传》。
　　〔4〕殷辛：即商纣王，以残杀忠臣、囚禁周文王，为历史上著名的暴君，后在牧野之战中兵败自焚。事见《史记·殷本纪》。
　　〔5〕"赤泉"二句：史载汉将郎中骑杨喜在垓下之围中追击项羽，项羽自刎，因得其尸体而被汉王刘邦封为赤泉侯。事见《史记·项羽本纪》。此谓侯景尚未被戮，自己不便急于践祚。
　　〔6〕"白旗"二句：史载周武王姬发伐纣，"以黄钺斩纣头，悬大白旗"；斩嬖妾二女头，"悬其头小白之旗"。事见《史记·周本纪》。此谓萧栋未除，自己还宜像姬发那样去完成父亲未竟的事业。
　　〔7〕飞龙：喻指帝王。语出《易经·乾》："九五，飞龙在天，利见大人。"

〔8〕孰：谁。 跻：登，升。

〔9〕附凤：指攀附帝王以求功名。《后汉书·光武帝纪》："从大王于矢石之间者，其计固望其攀龙鳞，附凤翼，以成其所志耳。"

〔10〕既：已经。 来仪：语出《尚书·益稷》："《箫韶》九成，凤凰来仪。"意谓凤凰来舞而有容仪。

【今译】

叛将侯景，好比秦末的项羽；伪帝萧栋，就像殷商的纣辛。赤泉侯没有被封赏，刘邦还以汉王自居；白旗尚未悬挂，周姬发仍以太子自称。飞龙象征的帝王之位，谁说可以轻易登践？而攀附凤翼的人们，已经听到了凤凰降临的消息。众多的公卿士大夫，希望你们能晓喻我的意思，千万不要有所忽视。

教

建平王聘隐逸教

[梁] 江 淹

【题解】

据史书记载，宋建平王刘景素是文帝刘义隆第七子刘宏的儿子，在父亡后继承王位，曾任南徐州刺史和都督之职。他"素好文章书籍，招集才义之士，倾身礼接，以收名誉"（《宋书·文九王传》）。而江淹在当时已甚有文名，初被景素待以"布衣之礼"，后又在其幕下充任主簿之职。这篇教令，便是江淹为建平王起草的招聘隐逸之士的文书。

教令以建平王的口吻晓谕所属各府州，先说隐逸的遗风馀烈自周、汉以来就经久不息，再以"税驾"、"憩乘"的思慕来宣达求贤山川蓬荜的诚意，"处处矜炼窅邈"（许梿评语），使事和用语都十分得体。

府、州、国纪纲[1]：夫妫夏已没[2]，大道不行[3]。虽周惠之富[4]，犹有渔潭之士[5]；汉教之隆，亦见栖山之夫[6]。迹绝云气，意负青天[7]，皆待绛螭骧首[8]，翠虬来仪[9]。是以遗风独扇百代，馀烈激厉后生[10]。斯乃王教之助，古人之意焉。

【注释】

〔1〕府、州、国：皆南朝宋时行政区域。国，侯国。　纪纲：典领文书、办理事务的主簿官。

〔2〕妫夏：虞舜和夏禹。

〔3〕大道：指天下为公的举措。《礼记·礼运》："大道之行也，天下为公。"

〔4〕周惠：周朝的恩惠。

〔5〕渔潭之士：《楚辞·渔父》谓"屈原既放，游于江潭"，遇一渔父，系避时高蹈之士。

〔6〕"汉教"二句：汉代严光少有高名，与光武帝刘秀同学，光武帝即位，乃隐身归耕于富春山。事见《后汉书·逸民列传》。

〔7〕"迹绝"二句：形容隐逸之士不同凡响的行迹和怀抱。语出《庄子·逍遥游》："绝云气，负青天。"

〔8〕螭：一种传说中像龙的动物。　骧：上举。

〔9〕虬：传说中的无角龙。　来仪：来而有容仪。语出汉扬雄《解嘲》："独不见夫翠蚪（通"虬"）绛螭之将登乎天？"

〔10〕馀烈：留下的功绩。　厉：通"励"。

【今译】

各府、州县、郡国的书记官：虞舜夏禹的时代已经过去，天下为公的举措不再施行。虽然周朝有优厚的恩惠，还是存在垂钓江潭的高士；汉代实行隆盛的教化，也能见到寄居山林的隐者。他们的行迹穷尽云气，他们的怀抱如负青天，都等待着有一天能像绛螭那样抬起头来，像翠虬那样来而有仪。因此隐逸的遗风能传播百代，馀留的业绩能激励后人。这是帝王教化天下的资助，古人进退出处的用意所在。

吾税驾旧楚〔1〕，憩乘汀潭〔2〕。挹於陵之操〔3〕，想汉阴之高〔4〕。而山川邈久〔5〕，流风亡沫〔6〕。养志数人，并未征采。善操将弃，良用慨然。宜速详旧礼，各遣缥招〔7〕。庶畅此幽襟〔8〕，以旌蓬荜〔9〕。

【注释】

〔1〕税驾：停车。　旧楚：以前楚国之地。

〔2〕憩乘：下马休息。　汀：水边平地。

〔3〕挹：汲取，引申为思慕。　於陵之操：《孟子·滕文公下》引匡章语："陈仲子岂不诚廉士哉，居於陵。"曾"以兄之禄为不义之禄而不食也，以兄之室为不义之室而不居也"，被孟子称为齐国之士的"巨擘"。於陵，战国齐邑，今属山东。此代指陈仲子。

〔4〕汉阴之高：据《庄子·天地》载，子贡曾"过汉阴，见一丈人方将为圃畦"，凿隧入井，抱瓮出灌，便建议他改用桔槔汲水，他却以"有机械者必有机心"答之，使子贡"瞒然惭，俯而不对"。汉阴，汉水之南。

〔5〕遐久：遥远悠长。

〔6〕亡沬：不息。

〔7〕纁(xūn 勋)：指玄纁，黑色与浅绛色的缯帛。古人多用以为聘贤的贽礼。

〔8〕庶：幸，表示希冀。

〔9〕旌：表彰。　蓬荜："蓬门荜户"的略称，指陋居，此借指居住陋屋的寒士。语出《晋书·皇甫谧传赞》。蓬，指茅草；荜，指柴木。

【今译】

　　我在旧日的楚地停了车，在江潭边解马休息。不禁思念起於陵廉士的节操，想到了汉阴丈人的高怀。尽管山川遥远历时悠长，那种遗留的风气却没有止息。有几个修养心志的人，还未能及时征召采用。美好的品行将被抛弃，真让人感叹不已。应当赶紧完全遵循以往的礼节，各自派人前去用玄纁招来。希望能畅述我的这种幽怀，用以表彰那些住在蓬门荜户的寒士。

永嘉郡教

〔梁〕丘　迟

【题解】

　　丘迟(464—508)，字希范，吴兴乌程(今浙江吴兴)人。八岁能文，为谢超宗、何点见异。初仕齐为殿中郎，后入梁历仕中书侍郎等职。天监三年(504)出为永嘉(今浙江温州)太守，这篇政令当作于到任后不久。

　　政令首称永嘉"控带山海、利兼水陆"的地理之便，继感耕织荒废、民风流宕之弊，最后表示要步武汉代的文翁、龚遂，对地方习俗来一番劝导整饬。由此可见其到官后是有移风易俗、革弊兴利的愿望和决心的，但不知为什么，史载其"在郡不称职，为有司所纠"(见《梁书》本传)，也许是因实际才干不符或为人陷害所致。

　　许梿以"钟嵘评其诗'点缀映媚，似落花依草'，观此益信"、"典质既胜，不事丽采，近人何从梦见"诸语评之，足知其推崇之至。

　　贵郡控带山海[1]，利兼水陆，实东南之沃壤，一都之巨会。而曝背拘牛[2]，屡空于畎亩[3]；绩麻治丝[4]，无闻于窭巷[5]。其有耕灌不修，桑榆靡树[6]，遨游廛里[7]，酣醄卒岁[8]，越伍乖邻[9]，流宕忘返[10]。才异相如，而四壁独立[11]；高惭仲蔚，而三径没人[12]。虽谢文翁之正俗〔13〕，庶几龚遂之移风〔14〕。

【注释】

〔1〕控带：控制映带。

〔2〕曝(pù 瀑)背：日晒肩背。　拘牛：犹牵牛。

〔3〕畎亩：田地。

〔4〕绩麻：编搓麻绳。　治丝：纺纱织布。

〔5〕窐(wā 蛙)：同"洼"，低下，深邃。

〔6〕靡：不。　树：种植。

〔7〕廛(chán 蝉)里：古代城市住宅的通称。

〔8〕酺：众人聚饮。　卒：终。

〔9〕伍：古代以五家为一伍。　乖：违背，不和。

〔10〕流宕：放荡，没有拘束。

〔11〕"才异"二句：据《史记·司马相如列传》载，蜀郡成都人相如曾到临邛，以琴挑富豪卓王孙女文君，与其驰归，"家居徒四壁立"。

〔12〕"高惭"二句：据《三辅决录》载，平陵人张仲蔚曾与魏景卿隐居不仕，住所"蓬蒿没人"；又蒋诩归乡，荆棘塞门，唯留三径，与求仲、羊仲往来。

〔13〕谢：逊，不如。　文翁：汉代学者，曾为蜀郡守，选才敏者进京受业，又办官学教人子弟，蜀地蛮夷之风因之大化。事见《汉书·循吏传》。

〔14〕庶几：近似于。　龚遂：汉宣帝时任渤海太守，曾移书属县，劝民力农，使地方盗贼悉平，风气大变。事同见《汉书·循吏传》。

【今译】

　　贵郡的地势依山傍海，能兼得水陆的便利，实在是东南地区的沃土，一方中的大型都会。然而背顶日头手牵耕牛，却往往不见于空空的田地；搓麻为绳纺纱织布，也听不见于幽深的民巷。这里有人不从事耕耘灌溉，不种植桑树榆树，只是在街区间四处游荡，终年聚饮喝得酩酊大醉，走门穿户邻里不和，散漫放纵不知约束。才情远不如司马相如，而家居只见四壁空立；节操深愧于张仲蔚，而门前三径荒草没人。我虽然比不上文翁的规正习俗，却也希望能像龚遂那样改变风气。

卷 四

策 问

永明九年策秀才文

[南齐] 王 融

【题解】

　　这是王融在南齐永明九年(491)，为武帝萧赜撰写的选拔秀才的五道试题(见《文选》)之一，意在就如何劝农，征询应试者的意见。

　　王融(467—493)，字元长，琅玡临沂(今属山东)人。史称其"少而神明警惠，博涉有文才"(《南齐书》本传)，曾上书武帝求自试，官中书郎。后因武帝染疾，欲立竟陵王萧子良，被下廷尉，赐死于狱，年仅二十七岁。

　　除了永明九年策秀才文五首外，王融另有永明十一年策秀才文五首同载于《文选》，可见他的策问是很有名的。许梿评此文曰："此专以劝农为主，援古证今，立言不苟，开唐宋人表、启、碑、序法门。"

　　问：昔周宣惰千亩之礼，虢公纳谏[1]；汉文缺三推之义，贾生置言[2]。良以食惟民天[3]，农为政本[4]。金汤非粟而不守[5]，水旱有待而无迁。朕式照前经[6]，宝兹稼穑[7]。祥正而青旗肃事[8]，土膏而朱纮戒典[9]。将使杏花菖叶[10]，耕获不愆[11]；清畖泠风[12]，述遵无废[13]。而释耒佩牛[14]，相沿莫反；兼贫擅富[15]，寖以为俗[16]。若爱井开制[17]，惧惊扰愚民。鸟卤可腴[18]，恐时无史白[19]。兴废之术，矢陈厥谋[20]。

【注释】

〔1〕"昔周宣"二句：《国语·周语上》："宣王即位，不籍（不行籍田制度）千亩。虢文公谏曰：'不可。夫民之大事在农。'"古代礼制，天子籍田千亩，诸侯百亩。每年春耕前，照例要去籍田执耒耜行三推或一拨之礼。此礼周厉王时已被废，宣王即位后亦不复遵古，故为卿士虢公（文王母弟虢仲之后）所谏。

〔2〕"汉文"二句：据《汉书·食货志》载，汉文帝即位，贾谊上言耕织积贮大义，"于是上感谊言，始开籍田，躬耕以劝百姓"。三推之义：见《礼记·月令》："躬耕帝籍，天子三推。"

〔3〕良：确实。 食惟民天：即"民以食为天"，语见《汉书·郦食其传》。

〔4〕农为政本：《礼记·王制》记八政，以"饮食"为第一。又汉文帝诏曰："农，天下之大本也。"（《汉书·文帝纪》）

〔5〕金汤："金城汤池"的省语，见《汉书·蒯通传》，喻指城池坚固。此句意本《氾胜之书》："神农之教：虽有石城汤池，带甲百万，而无粟者弗能守也。"

〔6〕朕：天子自称。 式照：取法遵行。

〔7〕稼穑：五谷总称。此句语本《范子计然》："五谷者，万民之命，国之重宝也。"

〔8〕祥正："农祥晨正"的省语，见《国语·周语上》。农祥，房星，二十八宿之一，属东方青龙。晨正，指立春日。青旗肃事：指天子躬耕籍田。《礼记·月令》："孟春之月，天子驾苍龙，载青旗，躬耕帝籍。"

〔9〕土膏：土地润泽。语见虢公谏宣王语："阳气俱蒸，土膏其动。"
朱纮戒典：《礼记·月令》："昔天子为籍田千亩，冕而朱纮，躬耕秉耒。"纮，古代冠冕上的纽带，由颔下挽上系在笄的两端。

〔10〕将：欲，打算。　杏花菖叶：古代有见杏花开、菖叶生而开始耕种的说法，分见于《氾胜之书》和《吕氏春秋·任地》。

〔11〕愆：失误。

〔12〕清甽泠风：《吕氏春秋·辩土》记载的耕作之道，谓作小沟于田以通和风。

〔13〕述遵：遵循。

〔14〕释耒：丢弃农具。耒，耒耜，各种耕地农具的总称。　佩牛：汉代渤海太守龚遂曾劝齐民以所持刀剑买牛犊，说"何为带牛佩犊"，见《汉书·循吏传》。

〔15〕兼：兼并，侵夺。　擅：占据。

〔16〕寖：逐渐积累。

〔17〕爰：更改。　井：古代一种土地制度，即划地为"井"字形，中区为公田，馀八区为私田。始见于《孟子·滕文公上》，《周礼》、《礼记》等多有记载。

〔18〕舄(xì 戏)卤：盐碱地。

〔19〕史白：指魏邺令史起和赵中大夫白公。前者引漳水溉邺，民歌曰："决漳水兮灌邺旁，终古舄卤兮生稻粱。"后者引泾水注渭中，溉田四千五百馀顷，名白渠，民又作歌颂之。事皆见《汉书·沟洫志》。

〔20〕矢：直。　厥：其。

【今译】

　　问：过去周宣王懒于行天子籍田千亩的礼仪，虢文公就曾进行规劝；汉文帝缺少执耒三推的大义，贾谊便上言述说。实在是由于民以食为天，政以农为本。金城汤池没有粮食就无法守卫，遇上水旱有了贮备便不须迁移。我取法遵行前人的经验，以五谷为国家的大宝。每到立春就载着青旗敬从农事，土地萌动便系上红色冠带谨慎典礼。想要使杏花开菖叶生的时节，耕种和以后的收获都不耽误；在田中开出小沟让和风贯通，一切遵循行事没有偏废。然而丢弃农具身佩可买牛的刀剑，历代相沿不见改变；兼并侵吞贫弱据以为富，逐渐积累成为风俗。如果变更井田开创新制，就怕因此惊扰未开化的百姓。盐碱地上尚能收获丰硕的稻粱，恐怕现在还没有史起白公这样的干才。有关农事兴废的方法，直接把你们的考虑陈述上来。

天监三年策秀才文

[梁] 任 昉

【题解】

"天监"是梁武帝萧衍的年号(502—519)，"三年"即504年。这是作者在当年为梁武帝起草的一道策试秀才的试题，原见载于《文选》，在三首中位列第二。其主旨在于劝导读书学习。

策问从武帝幼年好学、长而不废落笔，大有示范天下之意；继以"上之化下，草偃风从"承之，并举齐桓公、邹君以身作则改变民风为例，强调虚静寡欲的感化作用；最后在对惰游废业的世俗深表不满的同时，表示出对劝学势在必行的真心实意。作为一道策问秀才的试题，本文很有针砭时弊的现实性和启发作用。

作者任昉(460—508)，字彦昇，乐安博昌(今山东寿光)人。历仕宋、齐、梁三代，与武帝等人早在齐竟陵王萧子良西邸并游，时称八友。后仕梁为义兴、新安等职，以表、奏、书、启等体散文擅名，与沈约有"任笔沈诗"之誉。

问：朕本自诸生[1]，弱龄有志。闭户自精[2]，开卷独得[3]。九流、《七略》[4]，颇尝观览；六艺、百家[5]，庶非墙面[6]。虽一日万机[7]，早朝晏罢[8]，听览之暇，三馀靡失[9]。上之化下，草偃风从[10]。惟此虚寡，弗能动俗。

【注释】

〔1〕诸生：古指在学的弟子。

〔2〕闭户：《楚国先贤传》载孙敬入学，闭户牖，被人称为"闭户生"。自精：指自我砥砺，日益精进。

〔3〕"开卷"句：语本晋陶渊明《与子俨等疏》"开卷有得，便欣然忘食"。

〔4〕九流：指《汉书·艺文志》区分的九个学术流派，即儒、道、阴阳、法、名、墨、纵横、杂、农九家学说。 《七略》：汉代刘歆所撰目录类著作，分辑、六艺、诸子、诗赋、兵书、数术和方技七略。

〔5〕六艺：指孔子传授弟子礼、乐、射、御、书、数六种科目。百家：即诸子百家，先秦至汉初各种学派及其著述。

〔6〕庶：幸。 墙面：语出《论语·阳货》："人而不为《周南》《召南》，其犹正墙面而立也与！"意谓二《南》乃三纲之首，王教之端，人而不为，如向墙而立。

〔7〕一日万机：语本《尚书·皋陶谟》："兢兢业业，一日二日万幾（通"機"，即"机"）。"形容日常事务特别繁忙。

〔8〕"早朝"句：语出《墨子·尚贤中》。晏，晚。

〔9〕三馀：魏人董遇以"冬者岁之馀，夜者日之馀，阴雨者时之馀"教人勤学，事见《三国志·魏志·王肃传》裴松之注引《魏略》。

〔10〕"上之"二句：语本《论语·颜渊》"君子之德风，小人之德草，草上之风必偃"，意谓在上君子为政之德如风，在下小人从化之德如草，加草以风，无不低伏。

【今译】

问：我本来自在学弟子，年幼时就有志向。闭起门来自我砥砺，打开书本独有心得。九流之说、《七略》之书，都曾披阅涉览；六艺之科、百家之学，所幸没有面壁空对。虽然现在日理万机，早上朝晚退朝，在听政阅奏的空闲，仍不放弃三馀的读书时间。上司的教化下属，就像使草随风倒伏。只有这样虚静寡欲，不能改变天下的风俗。

昔紫衣贱服，犹化齐风〔1〕；长缨鄙好，且变邹俗^{〔2〕}。虽德惭往贤，业优前事。且夫搢绅道行^{〔3〕}，禄利然也^{〔4〕}。朕倾心骏骨^{〔5〕}，非惧真龙^{〔6〕}。辎軿青紫^{〔7〕}，如拾地芥^{〔8〕}；而惰游废业^{〔9〕}，十室而九。鸣鸟蔑闻^{〔10〕}，《子衿》不作^{〔11〕}。宏奖之路^{〔12〕}，斯既然矣。犹其寂寞，应有良规。

【注释】

〔1〕"昔紫衣"二句：据《韩非子·外储说左上》载，齐桓公好服紫，一国效之，致"五素不得一紫"。桓公患之，便听管仲之言自戒，"于是日郎中莫衣紫，其明日国中莫衣紫，三日境内莫衣紫也"。

〔2〕"长缨"二句：同篇又载邹君好服长缨，左右百姓也多服，使缨贵甚，后听左右言自断其缨而出，"国中皆不服长缨"。缨，衣带。邹，小国名。

〔3〕搢绅：古代高官贵人的装束。《晋书·舆服志》："所谓搢绅之士者，搢笏而垂绅带也。"

〔4〕然：使然。

〔5〕骏骨：战国时郭隗曾以古之君用千金求千里马，涓人（近侍）用五百金买其骨而得千里马说燕昭王。事见《战国策·燕策一》。骏，指千里马。

〔6〕惧真龙：据《新序·杂事》载，叶公子高好龙，在室内四处画龙，天龙闻而下窥，叶公见而惊走。

〔7〕辎（zī 资）：有帷盖的大车。 軿（píng 平）：贵妇人所乘有帷幕的车。 青紫：古代公卿的服饰。汉扬雄《解嘲》："纡青拖紫。"

〔8〕芥：草梗。

〔9〕惰游：闲散游荡。

〔10〕鸣鸟蔑闻：语本《尚书·君奭》引周公语："收罔勖不及，耇造德不降，我则鸣鸟不闻。"鸟指凤凰，义出《诗经·大雅·卷阿》"凤凰鸣矣，于彼高冈"。蔑，无。此言教化不及，故祥瑞不见。

〔11〕《子衿》：《诗经·郑风》篇名。《毛诗序》："《子衿》，刺学校废也。"

〔12〕奖：劝勉。

【今译】

过去桓公看轻穿着紫衣，尚能感化齐地的民风；邹君鄙弃长带的嗜好，又能改变邹国的习俗。他们的德行虽然有愧于往日的圣贤，而业绩已胜过以前的行事。况且那些达官贵人从风追随，是利禄的驱使使然。我倾心求贤不惜收买骏马的尸骨，到处画龙却并不害怕真龙出现。华美的车乘尊贵的服饰，多得像地上的草梗俯身可拾；然而懒散游荡荒废学业，十家中就有九家。瑞鸟的鸣叫因此充耳无闻，《子衿》的刺诗也不见有作。所以大力劝勉的举措，这是势在必行的了。像这样默默地任其发展，应当有恰当的对策加以改变。

卷　五

表

为宋公至洛阳谒五陵表

[宋] 傅　亮

【题解】

　　东晋自淝水之战后，乘北方割据政权彼此攻伐的混乱之际，大举北伐。义熙十二年(416)宋公刘裕兵抵洛阳，收复了这个百年来为东晋君臣梦牵魂绕的旧都。那天，中外大都督刘裕率领部下，前往邙山拜谒西晋五位先帝的陵墓，众人无不感极而泣。为了让远在建康(今江苏南京)的晋安帝同时分享这份喜悦，刘裕特遣使奉表以闻。

　　这份上表首叙行军艰难，接言旧京荒凉、五陵幽沦，末言凭吊感怀、修缮守卫，记事清晰，寓情深沉。许梿以"以深婉之思，写悲凉之态，低回百折，直令人一读一击节也"、"不甚砍削，然曲折有劲气。六朝章奏，季友不愧专门"评之，可谓推崇备至。

　　作者傅亮(374—426)，字季友，北地灵州(今宁夏灵武北)人。史载其"博涉经史，尤善文辞"(《宋书》本传)。初为建威参军，后迁散骑常侍、中书令，刘裕受命的表策文诰，均出其手。

　　臣裕言：近振旅河湄[1]，扬旌西迈[2]，将届旧京[3]，威怀司、雍[4]。河流遄疾，道阻且长[5]。加以伊洛榛芜[6]，津途久废[7]，伐木通径，淹引时月[8]。始以今月十二日，次故洛水浮桥[9]。山川无改，城阙为墟。宫庙隳顿[10]，钟簴空列[11]。观宇之馀，鞠为禾黍[12]。廛里萧条[13]，鸡犬罕音。感旧永怀，痛在心目[14]。

【注释】

〔1〕振旅：犹率军。 河：黄河。 湄：水边。

〔2〕旌：古代战旗。 迈：行进。

〔3〕届：到达。 旧京：指西晋京城洛阳。

〔4〕威怀：为威力所感。语本《左传·襄公四年》："戎狄事晋，四邻振动，诸侯威怀。" 司：司州，西晋置州名，治所洛阳（今洛阳东北）。 雍：雍州，东汉置，治所长安（今西安西北）。

〔5〕"道阻"句：用《诗经·秦风·蒹葭》成语。且，又。

〔6〕伊洛：伊洛河，在河南西部，由伊河在偃师杨村附近汇入洛河而名。 榛芜：草木丛杂。

〔7〕津：渡口。

〔8〕淹引：滞留耽搁。

〔9〕次：抵达。

〔10〕隳(huī灰)顿：败坏毁弃。

〔11〕簴(jù据)：也作"虡"，悬挂钟、磬类乐器的木架。

〔12〕鞠：穷尽。 禾黍：野生谷物。

〔13〕廛(chán蝉)里：古代城市住宅的通称。 萧条：冷落不兴旺的样子。

〔14〕"痛在"句：语本晋刘琨《答卢谌诗》："哀我皇晋，痛心在目。"

【今译】

臣刘裕上言：近来在黄河边率领军队，举着战旗向西挺进，将要到达旧日的京都，声威震动了司州、雍州。然而黄河水流湍急，道路险阻而又漫长。加上伊洛河一带草木丛杂，渡口和通路久已废荒，不得不砍伐树木疏通道路，以至耽搁了行进的时间。到这个月的十二日，才抵达洛水边的浮桥。那里的山川没有一点变化，城楼却已成了一片废墟。宫中的宗庙败坏毁弃，悬挂钟磬的木架空空而列。台观楼宇所剩下的，尽是满目野草杂谷。城中住宅冷冷清清，连鸡鸣狗叫也很少听到。感念往日的情思久久萦怀，眼前心中充满了无比哀痛。

　　以其月十五日，奉谒五陵[1]。坟茔幽沦[2]，百年荒翳[3]。天衢开泰[4]，情礼获申。故老掩涕，三军凄感[5]。瞻拜之日，愤慨交集。行河南太守毛脩之等[6]，既开剪荆棘[7]，缮修毁垣[8]。职司既备[9]，蕃卫如旧[10]。伏惟圣怀[11]，远慕兼慰，不胜下情。谨遣传诏殿中中郎臣某[12]，奉表以闻。

【注释】
　　〔1〕谒：拜见。　五陵：指安葬在洛阳北邙山的五座晋帝陵墓：东面文帝崇阳陵、武帝峻阳陵，东北宣帝高原陵、景帝峻平陵，南面惠帝陵（见郭缘生《述征记》）。
　　〔2〕坟茔：墓地。　幽沦：阴暗掩没。
　　〔3〕百年：晋惠帝于光熙元年（306）七月伏诛，至此表作时义熙十二年（416），共110年，此举成数而言。　翳：遮蔽。
　　〔4〕天衢：指皇帝居住的京城。　泰：通畅、平安。《易经·说卦》："履而泰，然后安。"
　　〔5〕三军：军队的统称。
　　〔6〕行：从事。　毛脩之：字敬文，荥阳阳武人。史载刘裕将伐羌，脩之"为河南、河内二郡太守，行西州事，戍洛阳，修治城垒"（《宋书》本传）。
　　〔7〕开剪：砍伐。
　　〔8〕缮：整治。　垣：矮墙。
　　〔9〕职司：职掌，此指毛脩之所任河南、河内二郡太守。

〔10〕蕃：通"藩"，屏障。

〔11〕伏惟：古代用作下对上有所陈述的表敬辞。　圣：此指东晋安帝司马德宗。

〔12〕传诏殿中中郎：朝廷的近侍官，专掌在君臣间传递诏书和表文。

【今译】

　　在这个月十五日那天，臣等特地去拜祭五陵。那里的坟墓阴暗埋没，百年来荒芜遮蔽。现在先皇的京都平定安宁，久违的情思和礼仪得以重申。父老乡亲无不掩面而泣，全军上下全都悲切伤感。瞻仰叩拜的那天，臣等哀愤慨叹百感交集。行使河南太守之职的毛脩之等人，已砍去了杂乱的荆棘，修整了颓毁的墓壁。专门的职守既然已经具备，守卫的屏障也就依然如旧。俯伏揣想圣上的眷念，远远呈进思慕和慰问，难以尽叙在下的心情。特郑重派遣传诏殿中中郎臣某，奉上表文来告知详情。

为萧拜太尉扬州牧表

〔梁〕江 淹

【题解】

据《南齐书·明帝纪》载，萧鸾"加黄钺，都督中外诸军事，太傅，领大将军、扬州牧"，事在郁林王废、海陵王立之后，即萧昭文延兴元年(494)。此表系作者江淹为萧鸾拜谢受此宠恩所写。

萧鸾字景栖，始安贞王道生子，少孤，为高帝萧道成抚育，恩过诸子。早年为安吉令，有严能之名。高帝、武帝时曾任侍中、散骑常侍等职。后继海陵王即帝位，在位五年(494—498)。

按常规，古代大臣对皇上的任命都要上表称谢，萧鸾自然也不例外。萧鸾当时在朝中是德高望重的老臣，而太尉和扬州牧之任无疑又是位极人臣的权要之职，故在领受时不免要辞让一番，说些才识浅陋有辱重托之类的话，然后表示竭忠尽诚，报答皇恩。此表由江淹代笔，措词委婉秀出，可圈可点。

元文既降[1]，雕牒增辉[2]。礼蔼前英[3]，宠华昔典[4]。仰震威容，俯惭陋识。心魂战慄[5]，若殒若殡[6]。

【注释】

〔1〕元文：犹"圣旨"，指任命萧鸾为太尉、扬州牧的诏令。

〔2〕牒：手版，朝笏，上书官衔，为官者执以上朝。

〔3〕蔼：隆盛。　前英：前代的英才。

〔4〕宠华：即宠光，指特加恩宠而荣耀。

〔5〕战慄：颤抖，形容恐惧不安。

〔6〕殒：通"陨"，坠落。　殡：死而未葬。

【今译】

　　圣上的诏令已经下达，华美的朝笏因之增辉。优厚的礼遇超过以往的贤达，特别的恩宠比过去的典章更加荣耀。仰头为圣上威严的容仪而敬肃，低头自愧才具见识浅陋。内心的魂魄为之震颤抖瑟，就像坠落深渊死去一般。

　　臣景能验才〔1〕，无假外镜〔2〕；撰己练志〔3〕，久测内涯〔4〕。故让不饰迹，辞非谦距〔5〕。寸亮尺素〔6〕，频触瑶纻〔7〕；丹情实理〔8〕，备尘珠冕〔9〕。而神居寂阻〔10〕，九重严绝〔11〕。徒怀汉臣伏阙之诚〔12〕，竟无鲁人回日之感〔13〕。所以回惧鸿威〔14〕，后奔殊令者也〔15〕。

【注释】

〔1〕景：验明。

〔2〕假：借。　外镜：指自身以外的鉴别。《墨子·非攻中》引古谚："君子不镜于水，而镜于人。"

〔3〕撰：持，谨守。

〔4〕内涯：内心的边际。

〔5〕距：通"拒"，不接受。

〔6〕寸：寸心。　尺素：书信，此指辞让的表章。

〔7〕瑶纻：美玉细绵，为帝王所服，因以代指。

〔8〕丹情：犹赤诚之情。

〔9〕珠冕：皇冠，前后悬珠。此代指皇上。

〔10〕神居：此指天子所居。

〔11〕九重：极言阻隔之多。《楚辞·九辩》："君之门以九重。"

　　〔12〕"徒怀"句：据《后汉书·窦融列传》载，光武时融奉召进京，"诣洛阳城门，上凉州牧、张掖属国都尉、安丰侯印绶……数辞让爵位，因侍中金迁口达至诚"。又《后汉书·冯衍传》载衍子冯豹"举孝廉，拜尚书郎，忠勤不懈。每奏事未报，常伏省阁，或从昏至明"。
　　〔13〕"竟无"句：据《淮南子·览冥训》载，鲁阳公与韩构难，战酣日暮，援戈挥之，"日为之反三舍"。此谓没有再加坚持。
　　〔14〕鸿：通"洪"，重大，强盛。
　　〔15〕奔：赴任。　殊令：特殊的任命。

【今译】

　　臣鉴别贤能验明才干，不需要借助外界的鉴定；谨守自身以磨炼意志，对内心所及久有检测。所以辞让并不是掩饰行迹，不受命也不是谦虚拒绝。表明心迹的表章书信，已多次呈递佩瑶着纩的圣上；赤诚之情实在之理，也一一污渎了戴着珠冕的天子。然而君主所居静肃阻隔，九重之门庄严难及。空怀了汉臣伏拜城门的忠诚，竟没有鲁人挥戈返日的感应。所以徘徊担忧皇上的盛威，没有及时去接受这特殊的任命。

　　既而永鉴隆魏〔1〕，缅思宏晋〔2〕，国之大政，在功与位。故静民纽乱〔3〕，不处舆台之下〔4〕；去勋舍德，宁班衮司之上〔5〕？咸以休对性业〔6〕，裁成器灵〔7〕，岂有移风变范〔8〕，克耀伦序者乎〔9〕？今臣绩不炤民〔10〕，忠岂宜国；名爵赫曦〔11〕，俛俛优忝〔12〕。陛下久超异礼之荣，越次殊常之秩〔13〕。虽寝寐矜战〔14〕，曲垂哀亮〔15〕；而玺册冲正〔16〕，愈赐砥砺〔17〕。

【注释】

　　〔1〕既而：不久之后。　永：长久。　魏：公元220年曹丕代汉称帝后建立的政权，都洛阳，共历五帝，四十六年。
　　〔2〕缅：遥远。　晋：公元265年司马炎代魏称帝后建立的政权，分

西晋和东晋。西晋都洛阳，东晋都建康（今江苏南京）。两晋共历十五帝，一百五十六年。

〔3〕纽：擘（见《尔雅·释言》），分开，解除。

〔4〕舆台：古代把人分成十等，舆、台是其中等级低下的二层，见《左传·昭公七年》。

〔5〕班：位次。　衮司：指三公等高官。东汉以来以太尉为三公之一，故云。衮，有龙图案的礼服。

〔6〕休：善，和谐。　性业：性情业绩。

〔7〕裁：通"才"。　器：名器，此指官爵制度。　灵：灵明。

〔8〕范：常规。

〔9〕克：能够。　伦序：指以功行赏的大小、先后等级次序。

〔10〕炤：通"昭"，明显。

〔11〕赫曦（xī希）：显著盛大的样子。《楚辞·离骚》："陟升皇之赫戏兮。"曦，同"戏"。

〔12〕僶俛：勤勉，此代指职位。　优：优先。　忝：愧列，用作谦词。

〔13〕越：超拔。　次：到。　秩：指官员的职位品级。《左传·文公六年》："委之常秩。"

〔14〕寝寐：睡眠。　矜：顾惜。　战：颤抖。

〔15〕亮：明鉴。

〔16〕玺册：指诏命。玺，帝王之印。　冲正：谦和正大。

〔17〕砥砺：磨刀石，引申为磨砺。《史记·鲁仲连邹阳列传》："砥厉（同砺）名号者，不以欲伤行。"

【今译】

　　之后常思考兴盛的魏国，缅想强大的晋朝，觉得国家重大的政治举措，在于正确处置功绩与名位的关系。所以能使百姓安宁动乱平息的，不应处在舆和台的低贱地位；不建勋业没有德行，怎能占据三公九卿的高位？都是由于性情和业绩正相对应，才使名器爵次得以灵明，哪有改变风俗和常规，而能够显耀于官位品级的呢？现在臣的功绩不显明于百姓，仅有忠诚怎能有利于国；名位爵禄显赫盛大，优先愧居着朝廷的职务。陛下对臣长久以来超过了特殊礼待的荣耀，拔擢到有异常规的品位。臣虽然在睡时仍顾惜颤抖，希望圣上能委屈地明鉴臣的哀伤；然而诏令文册的平和正大，却更加给予臣品行的艰难磨砺。

今便肃顺天诰[1]，恭闻睿典[2]。审躬酌私[3]，必跋危挠[4]。将恐氓俗由此方扰[5]，轨训以之交芜[6]。臣岂不勉智馨忠[7]，未知所以报奉渊圣[8]，输感霄极[9]。取诸微躬[10]，长为惭荷[11]。

【注释】

〔1〕肃：庄重恭敬。 天诰：犹圣旨。诰，古代训勉文告，多用于帝王授官封赠的命令。

〔2〕睿(ruì 锐)典：明智的文书。

〔3〕躬：自身。 酌：斟酌，考虑。

〔4〕跋：翻越。 危挠：犹险阻。挠，阻碍。

〔5〕将：且，又。 氓：民，草野百姓。 扰：骚乱。

〔6〕轨训：历来沿守的训诫。 交芜：共同荒废。晋陆机《泰伯碑》："内修训范，外陶氓俗。"

〔7〕馨(qìng 庆)：竭尽。

〔8〕渊圣：犹言恩德深重的皇上。

〔9〕输：传递。 霄极：犹言九天之上，此指皇宫。

〔10〕诸：之于合音。 微躬：犹贱躯，作者自称。

〔11〕荷：承受。

【今译】

现在就庄重地顺从圣上的训勉，恭敬地聆听圣明的文告。以审察自身来节制私念，一定能越过艰难险阻。况且担心民间风俗在这里开始骚乱，朝廷和地方的法规会因之一起荒废。臣怎能不倾其智才竭尽忠诚，还不知用什么来报答浩荡的皇恩，把内心的感激传递到九霄之上。只是取之于微贱的一身，来永久承受深深惭愧罢了。

为萧骠骑谢被侍中慰劳表

[梁] 江 淹

【题解】

　　此表许梿题上评注曰"齐明帝尝为骠骑大将军"，意谓题中"萧骠骑"为明帝萧鸾。今检《南齐书》帝纪及审表中"侍中、秘书监臣戢"语，知其误。首先何戢卒于建元四年(482)，而萧鸾为骠骑大将军时在海陵王时(494)，显然于事不合。其次，高帝萧道成在迎立宋顺帝后亦曾任骠骑大将军之职，其时何戢所官正是侍中、秘书监，与表文所示正符，且江淹也正为萧道成的幕僚，为其起草文书。因此无论从哪方面看，题中的"萧骠骑"当指高帝萧道成，而非明帝萧鸾。

　　至许梿评此表谓"用笔深刻，布采陆离。或谓其琢削过甚，少灏达之风，然此乃作者结构苦心，非好为艰深也"，则称知言。题中"被"字，当作承受解。

　　臣某言：即日侍中、秘书监臣戢至[1]，奉宣诏旨慰劳。便受毂中帷[2]，练甲外垒[3]。旍旐蔽景[4]，舆徒竞气[5]。人怀秋严[6]，士蓄霜断[7]。晦魂已掩[8]，气竖未县[9]。稽钺仁威[10]，寝兴震慨[11]。

【注释】

〔1〕侍中：出入宫廷的皇帝近臣，南朝宋以后始掌机要。 秘书监：秘书省的长官，掌图书著作。 戢：南朝齐有何戢，宋元徽、升明时曾为侍中、秘书监。萧道成在迎立顺帝后，任骠骑大将军，何戢奉诏前往慰劳，正在其时。

〔2〕毂(gǔ 谷)：车轮中心的圆木，代指车轮或车。 帷：围幕。

〔3〕练甲：以熟绢作里子的铠甲。此借指披戴盔甲的将士。 垒：指军营。

〔4〕旍(jīng 精)：同“旌”，古代竿头饰缀旄牛尾的旗帜。 景：日光。

〔5〕舆徒：服役者。

〔6〕秋严：秋气严厉凛冽。

〔7〕霜断：形容决断明快。《宋书·萧思话传》：“殿下神武霜断。”

〔8〕晦魂：指昏暗的月亮。

〔9〕气竖：犹时衣。气一作“氛”。竖，竖褐，短上衣。 县：同“悬”，具备。

〔10〕棨：棨戟，古代官吏出行用的前导仪仗，用油漆的木戟。钺：兵器名，形如斧。 伫：久立。

〔11〕寝兴：睡卧起身。《诗经·小雅·斯干》：“乃寝乃兴。”

【今译】

臣某上言：今天有侍中、秘书监何戢到来，奉旨宣读慰劳的诏令。于是在营帐中接纳来使，在军营外排列将士。旍旗遮蔽了日光，服役者精神振奋。人人怀着秋天般的敬肃，个个含有严霜似的决断。昏暗的月色已被掩没，合时的服装尚未具备。手持戟钺的守卫威武站立，晚睡晨起都不敢怠懈。

　　今王人临郊[1]，皇华降庭[2]。辉燿望实[3]，将激威武[4]。载鹔之夫[5]，迎光蹀恩[6]；投石之师[7]，攀炤竦惠[8]。楚纩越醪[9]，方兹惭润[10]。臣忝属阃私[11]，弥抱渥洽[12]，不任下情[13]。

【注释】

〔1〕王人：王臣，指侍中秘书监何戢。 郊：城外。

〔2〕皇华：指天子的使臣。语出《诗经·小雅·皇皇者华》毛序："皇皇者华，君遣使臣也。"

〔3〕煇燿：即辉耀。 望实：威望和实际。《晋书·王导传》："求之望实，惧非良计。"

〔4〕威武：指军队士气。《尔雅·释天》："出为治兵，尚威武也。"

〔5〕戴鹖（hé è）：即戴鹖冠。古代武士的装饰，取鹖鸟（即鹖）凶猛，斗至死方止之意。戴，通"戴"。

〔6〕蹀（dié 蝶）：手舞足蹈的样子。

〔7〕投石之师：《史记·白起王翦列传》载秦将王翦领军击荆，坚壁而守，后闻军中以"投石超距（跳跃）"为戏，以为"士卒可用"。

〔8〕炤：同"昭"，显明。 竦：肃敬的样子。

〔9〕楚纩：《左传·宣公十二年》："楚子伐萧……师人多寒。王巡三军，拊而勉之。三军之士，皆如挟纩。"纩，也作"绕"，新丝绵絮。越醪（láo 劳）：据《列女传》载，越王勾践伐吴，有客献醇酒，王令人在上流倾注，使士卒在下流取饮。醪，本指酒酿，此指醇酒。

〔10〕兹：通"滋"，增加。

〔11〕忝：有愧，表谦词。 阃（kǔn 捆）私：指派遣在外的将领，即萧鸾所任之骠骑大将军之职。阃，特指郭门门槛，阃外负军事专责者。

〔12〕弥：更加。 渥洽：润泽滋养。宋玉《九辩》："常被君之渥洽。"

〔13〕任：胜，承受。

【今译】

现在君王的近臣来到郊外，天子的使者降尊庭阶。光彩耀眼的名声实迹，将激励军中将士的士气。头戴鹖冠的壮士武夫，迎接光泽蹈谢皇恩；投石跳跃的可用之师，仰慕圣明敬受惠赐。楚军的新棉越王的醇酒，正加深了使人惭愧的恩泽。臣愧任在外督军的要职，更加感怀圣上的优厚待遇，真难以表达在下的感激之情。

经通天台奏汉武帝表

[陈] 沈 炯

【题解】

据《汉书·武帝纪》载，通天台系武帝于元封二年（109）所筑，故址在今陕西淳化西北甘泉山、汉代甘泉宫，因其台高（《汉旧仪》云高三十丈）、上可通天而名。

作者沈炯（502—560），字礼明，吴兴武康（今属浙江）人。少有隽才，为时所重。仕梁为吴兴令、尚书左丞，荆州陷，为西魏所虏，甚受隆遇。炯以老母在东，常思归国，因恐西魏爱其文才而留之，常闭门却扫，无所交游。凡作有文章，随时弃毁，不令流布。曾独行经汉武通天台，作表奏之，陈己思归之意。（见《陈书·沈炯传》）

与一般表章皆因臣下有事向当朝君王陈述不同，此表借凭吊通天台之机，向已故的汉武帝坦露"东归"、"西返"的思乡之意。其因固为留魏所迫，不得已而借言之，但在官样文章中翻出以古例今、言彼寓此的新意，堪称别具一格，妙于运思。史载此表奏讫，炯梦入宫禁，即以思归情事陈之，闻有人言"甚不惜放卿还"。事后不久，果获东归。

　　臣闻桥山虽掩[1]，鼎湖之灶可祠[2]；有鲁遂荒[3]，大庭之迹无泯[4]。伏惟陛下[5]，降德猗兰[6]，纂灵豐谷[7]。汉道既登[8]，神仙可望。射之罘于海浦[9]，礼日观而称功〔10〕；横中流于汾河〔11〕，指柏梁而高宴〔12〕。何其甚乐，岂不然与〔13〕！

【注释】

〔1〕桥山：在今陕西中部县西北，因沮水穿山而过如桥，故名。上有黄帝冢。汉武帝曾于北巡朔方归途中拜祭，事见《史记·封禅书》。

〔2〕鼎湖：相传黄帝曾铸鼎于荆山下，鼎成，即乘龙飞升，后人即名其处为鼎湖。　灶：灶神。　祠：祭祀。《史记·封禅书》载李少君以祠灶能致物，使丹沙变黄金，黄金制成饮食器皿可益寿、得见神仙和不死说武帝，"于是天子始亲祠灶"。

〔3〕有：语助词，无义。　鲁：古国名，在今山东西南。

〔4〕大庭：《左传·昭公八年》杜预注："大庭氏，古国名，在鲁城内，鲁于其处作库。"大庭氏，传说中古代神农的别称。

〔5〕伏惟：下对上的表敬词。　陛下：古代对帝王的称呼，此指汉武帝。

〔6〕猗兰：汉代殿名。据《洞冥记》载，武帝未生时，景帝梦一赤彘(猪)从云中直下崇兰阁，醒后又见赤气丹霞升腾弥漫，因改阁名为猗兰殿。后王夫人便在此生武帝。

〔7〕纂：继承。　豐谷：晋陆机《汉高祖功臣颂》："龙兴泗滨，虎啸豐谷。"刘邦曾为泗水亭长，又居沛、豐。豐又作酆，在今陕西长安西北沣河以西。

〔8〕道：统治。　登：成。

〔9〕射：射猎。　之罘(fú 浮)：山名，在今山东福山东北，因湾出海中为半岛，故又称之罘岛。汉司马相如《子虚赋》："观乎成山，射乎之罘。浮渤海，游孟渚。"

〔10〕礼：祭拜。　日观：峰名，泰山三峰之一，因面东，鸡鸣时可见日出而名。汉武帝曾封禅泰山。

〔11〕"横中流"句：汉武帝曾五次幸河东汾阴(今山西万荣西汾河之滨)祠后土，其中元鼎四年(前113)恰逢秋天，因作《秋风辞》曰："泛楼船兮济汾河，横中流兮扬素波。"

〔12〕柏梁：台名，武帝元鼎二年(前115)建，因以香柏为梁而名。武帝常在此宴饮群臣，作诗相和。

〔13〕与：同"欤"，语气词。

【今译】

　　臣听说桥山虽然杳然无闻，但鼎湖的神灵仍可祭祀；古老的鲁国已经荒芜，而大庭氏的遗迹却没有泯灭。俯首追思圣明的陛下，身怀大德降生于猗兰宝殿，继承了高祖虎啸丰谷的神明。汉代的统治已告成功，神仙的踪迹便可企望追寻。在渤海边的之罘山射猎，礼拜日观峰称扬功绩；在汾河的中流驾舟横渡，设宴柏梁台君臣唱和。那是多么的快乐啊，难道不是这样吗？

　　既而运属上仙[1]，道穷晏驾[2]。甲帐珠帘[3]，一朝零落。茂陵玉碗[4]，遂出人间。凌云故基[5]，与原田而肫肫[6]；扶风馀趾[7]，带陵阜而芒芒[8]。羁旅缧臣[9]，能不落泪！

【注释】

　　[1]既而：不久。　运属上仙：意谓命归天上的仙籍。
　　[2]晏驾：古代对帝王死亡的讳称。《史记·范雎蔡泽列传》裴骃集解引韦昭曰："凡初崩为'晏驾'者，臣子之心犹谓宫车当驾而晚出。"
　　[3]甲帐：《汉书·西域传赞》谓武帝时于上林苑立神明通天台，"兴造甲乙之帐"。颜师古注："其数非一，以甲乙次第名之也。"
　　[4]茂陵：武帝死后所葬墓地，在今陕西兴平东南。据《汉武故事》载，郿县有人在集市上出售玉杯，官吏怀疑是御物，经验果是茂陵中物。此即用其事。
　　[5]凌云：汉阁名，见《汉宫阙疏》。
　　[6]肫肫：肥美的样子。语出《诗经·大雅·緜》："周原肫肫。"
　　[7]扶风：政区名。武帝太初元年(前104)改主爵都尉置右扶风，辖境约当今陕西秦岭以北、户县、咸阳、旬邑以西地。　趾：踪迹。
　　[8]陵阜：丘陵土山。　芒芒：一作"茫茫"。
　　[9]羁旅：作客他乡的人。　缧臣：被管束的臣子。

【今译】

　　不久后便命归天界仙境，晚出的车驾走完了人生之路。奢华的帐幕，珠翠的帘栊，一时都朽败零落了。随葬在茂陵中的玉制碗杯，于是出现在纷扰的民间。凌云台阁旧日的基础，已埋没在一片肥美的原野农田之中；扶风区剩下的遗迹，也和丘陵山坡一起满目苍茫。滞留他乡的人臣，对此怎能不伤感落泪！

　　昔承明既厌[1]，严助东归[2]；驷马可乘[3]，长卿西返[4]。恭闻故实[5]，窃有愚心。黍稷非馨[6]，敢望徼福[7]。但雀台之吊，空怆魏君[8]；雍丘之祠，未光夏后[9]。瞻仰烟霞，伏增凄恋。

【注释】

　　〔1〕承明：承明庐，汉代宫中值宿处，在石渠阁外。

　　〔2〕严助：武帝近臣，会稽吴人。曾拜会稽太守，数年无善声，武帝因赐书，有"君厌承明之庐，劳侍从之事，怀故土，出为郡吏"诸语。

　　〔3〕驷马：四匹马套的高大车驾，古代为高官所乘。

　　〔4〕长卿：汉代司马相如字长卿，成都人。《成都记》载其早年出蜀时过升仙桥，题柱曰："大丈夫不乘驷马高车，不复过此桥！"后被武帝任为中郎将，建节使蜀。

　　〔5〕故实：故事典实，指前代史实。

　　〔6〕黍稷：一年生草本植物，子可食用和酿酒。　馨：香气。此句语出《尚书·君陈》："黍稷非馨，明德惟馨。"

　　〔7〕徼：通"缴"，求取。《左传·文公十二年》："寡君愿徼福于周公、鲁公。"

　　〔8〕"但雀台"二句：晋陆机作有《吊魏武帝文》，中云："登雀台而群悲，贮美目其何望。"雀台，即铜雀台，魏武帝于建安十五年(210)筑，在今河北临漳西南古邺城西北。魏君，指魏武帝曹操。

　　〔9〕"雍丘"二句：雍丘(秦置县名，治所在今河南杞县)有夏后祠。夏后，即大禹。

【今译】

　　以前已厌承明庐的值宿，严助便东归会稽故园；四匹马驾的大车可以乘坐,司马长卿就西返蜀中乡里。恭敬地听说这些前代往事,暗自有了愚拙的心思。田野里的黍稷并不芳香,怎敢期望求取身外的福分。只是铜雀台上的凭吊,空为魏武帝哀伤凄怆;雍丘县内的祠庙,也未使夏后氏为之生光。瞻仰通天台的烟光霞气,俯首更增添了无限凄惋的思念。

为陈六宫谢表

[陈] 江　总

【题解】

据汉郑玄《周礼注》"六官，谓后也"，知此表题所谓"陈六后"，乃陈后主沈皇后婺华。史载其"性端静，寡嗜欲"，张贵妃（丽华）宠倾后宫，沈皇后"未尝有所忌怨，而居处俭约，衣服无锦绣之饰"（《陈书·皇后传》）。这篇表文，便是江总为其谢上盛典而写。

江总（519—594），字总持，济阳考城（今河南兰考东）人。少孤，性聪敏，及长笃学，有辞采，家传赐书数千卷，总"昼夜寻读，未尝辍手"（《陈书》本传）。历仕梁、陈、隋三朝。陈后主即位，官至尚书令，世称"江令"。不持政务，日与陈暄、孔范等十多人陪侍后主游宴后宫，制作艳诗，荒嬉无度，时号狎客。

这篇表文从晨起临妆写起，委婉曲折地表述了沈皇后的谦恭；至其"一意雕绘，语语精绝"，更深得许梿推崇，以致"恨不唤起十三行妙手，玉版书之"（指晋王羲之所书《洛神赋》真迹，至宋仅存十三行。在今传二本中，一为玉版十三行）。谭献也谓其"工丽之中，尚有拙致"（《骈体文钞》卷十六）。

鹤籥晨启[1]，雀钗晓映[2]。恭承盛典，肃荷徽章[3]。步动云袿[4]，香飘雾縠[5]。愧缠艳粉，无情拂镜；愁萦巧黛[6]，息意临窗。妾闻汉水赠珠[7]，人间绝世；洛川拾翠[8]，仙处无双。或有风流行雨[9]，窈窕初日[10]，声高一笑[11]，价起两环[12]，乃可桂殿迎春[13]，兰房侍宠[14]。借班姬之扇[15]，未掩惊羞；假蔡琰之文[16]，宁披悚戴[17]。

【注释】

〔1〕鹤箭(yuè 跃)：饰有鹤鸟的锁钥。《尚书·金縢》："启箭见书。"箭，同"钥"，锁钥。

〔2〕雀钗：雀形头钗。

〔3〕荷：承受。 徽：美好。 章：章服，即礼服。

〔4〕袿：妇女的上衣。

〔5〕雾縠(hú 胡)：一种薄如云雾的轻纱。

〔6〕萦：卷。 巧黛：指精心画眉。黛，青黑色，妇女多用以画眉。

〔7〕汉水赠珠：据《列仙传》载，郑交甫曾在汉水边遇二女佩两珠，大如鸡卵，遂欲求之，二女解与。后行而返顾，二女不见，珠亦失之。汉水，即汉江，源出陕西宁强，经湖北西北、中部至武汉入长江。

〔8〕洛川拾翠：指曹植在《洛神赋》中所写"或采明珠，或拾翠羽"的仙女。洛川，即洛水，源出陕西洛南冢岭山，经洛阳至巩县入黄河。

〔9〕风流行雨：用宋玉《高唐赋》写巫山神女"旦为朝云，暮为行雨"之意。

〔10〕窈窕：美好的样子。《诗经·周南·关雎》："窈窕淑女，君子好逑。" 初日：朝阳。语本宋玉《神女赋》"耀乎若白日初出照屋梁"。

〔11〕声：指名声。 一笑：用宋玉《登徒子好色赋》"嫣然一笑，惑阳城，迷下蔡"之意。

〔12〕"价起"句：《左传·昭公十六年》记"宣子有环，其一在郑商"，意谓玉环本应成双，现因分处而增价。

〔13〕桂殿：汉代有桂宫，故址在今陕西西安西北。又《三辅黄图》："昆明池中有灵波殿，皆以桂为殿柱，风来自香。"

〔14〕兰房：汉代后妃所住有兰林殿，见班固《西都赋》；又《三辅黄图》记汉成帝赵皇后(飞燕)居昭阳殿，"兰房椒壁"。

〔15〕班姬之扇：汉成帝时班婕为婕妤，失宠后曾作《怨诗》，以扇之进用和见弃为喻抒怀。

〔16〕假：借。　蔡琰：即蔡文姬，汉末人，为匈奴所虏，后为曹操赎回，作《悲愤诗》伤乱感怀。

〔17〕悚戴：敬畏尊奉。

【今译】

　　早晨打开鹤状锁钥，晓光映着雀形头钗。谦恭地参与盛大的庆典，庄敬地穿上美好的礼服。轻云般的上衣随着步子浮动，薄雾般的白纱飘出阵阵芳香。涂抹艳粉深感惭愧，没有心情擦拭铜镜；愁绪萦绕在精巧的眉黛，放弃了临窗的意愿。臣妾听说在汉水边遗赠明珠的丽人，人世间绝代难见；在洛河旁俯拾翠羽的神灵，在仙界独一无二。或者有晚来行雨的风流妩媚，白日初出窈窕亮丽，嫣然一笑名声高扬，环分两处身价倍起，这样才能在桂殿内迎沐春风，在兰房里侍奉恩宠。因而拿来班婕妤的团扇，不能遮掩惊恐羞涩；借了蔡文姬的诗文，怎能披呈敬畏尊崇。

疏

与赵王伦荐戴渊疏

〔晋〕陆　机

【题解】

此疏见采于《晋书·戴若思传》。传云若思(戴渊字)"少好游侠，不拘操行。遇陆机赴洛，船装甚盛，遂与其徒掠之"，机见其在岸指挥若定，便以语感之，并深加赏异。后若思举孝廉入洛，陆机就写了此疏，向赵王司马伦(字子彝，宣帝第九子)极力举荐。后来若思入仕，历官多职，虽说不全因此而来，但陆机的首荐之功，自不可没。

陆机(261—303)，字士衡，吴郡吴县华亭(今上海松江)人。晋太康末与兄陆云一起入洛，为太常张华赏识。他曾对陆机说："人之为文，常恨才少；而子更患其多。"所作诗文天才秀逸，辞藻宏丽，冠绝一代。(见《晋书》本传)对这篇荐疏，许梿的评价也很高，说它"寥寥数语，大旨已得。不似后人铺张扬厉，称过其实。以此益见晋人之高"。

盖闻繁弱登御[1]，然后高墉之功显[2]；孤竹在肆[3]，然后降神之曲成。是以高世之主，必假远迩之器[4]；蕴匮之才[5]，思托大音之和[6]。伏见处士广陵戴若思[7]，年三十，清冲履道[8]，德量允塞[9]。思理足以研幽，才鉴足以辨物。安穷乐志，无风尘之慕[10]；

砥节立行，有井渫之洁[11]。诚东南之遗宝，宰朝之奇璞也[12]。若得托迹康衢[13]，则能结轨骥騄[14]；曜质廊庙[15]，必能垂光玙璠矣[16]。惟明公垂神采察[17]，不使忠允之言，以人而废。

【注释】

〔1〕繁弱：也作"蕃弱"，古代良弓名。　登御：犹"见用"。

〔2〕高墉：高大的城墙。

〔3〕孤竹：古代管乐器，以孤生之竹制成。　肆：陈列。《周礼·春官·大司乐》有"孤竹之管，云和之琴瑟，《云门》之舞"的记载，其中《云门》为古乐名，相传为黄帝所作。下句"降神之曲"或即指此。

〔4〕假：借助。　迩：近。　器：此指可用者。

〔5〕蕴匮：积聚，藏蓄。《后汉书·周荣传》"蕴匮古今"注："蕴，藏也。匮，匮也。"匮，即"柜"本字，藏物家具。

〔6〕大音：语出《老子·四十一章》"大音希声"，指不辨宫商的无声之音。　和：和谐。

〔7〕处士：隐而未仕之士。广陵：今江苏扬州。　戴若思：即戴渊，因名犯高祖庙讳而以字行。少任侠，为陆机、潘京所荐，官至尚书（见《晋书》本传）。

〔8〕冲：谦和淡泊。　履道：语本《周易·履卦》："履道坦坦，幽人贞吉。"疏云："言履践之道，贵尚谦退。"

〔9〕德量：德行气度。　允塞：犹"充实"。语本《尚书·舜典》："温恭允塞。"

〔10〕"安穷"二句：意本《论语·雍也》："子曰：贤哉回也，一箪食，一瓢饮，在陋巷。人不堪其忧，回也不改其乐。"风尘，此指追名逐利的世风。

〔11〕井渫（xiè 屑）：语本《周易·井卦》："井渫不食。"《正义》曰："井渫而不见食，犹人修己，全洁而不见用。"渫，淘去污泥。

〔12〕宰：治理。　璞：未经雕琢之玉。

〔13〕康衢：四通八达的大道。

〔14〕结轨：约束规范。　骥：千里马。　騄：骏马，周穆王八骏之一。

〔15〕曜：照耀。　廊庙：即庙堂，朝廷。

〔16〕玙璠：两种美玉。汉扬雄《法言·寡见》："玉不雕，玙璠不作器。"此皆喻指戴渊的才器。

〔17〕明公：古代对有名位者的尊称。此指赵王司马伦。

【今译】

　　听说繁弱良弓见用，然后高墙的效果才明显；孤竹管乐被陈列，然后降神的乐曲才奏响。所以高出世俗的明主，必定会借助远近的有用之士；而深藏不露的人才，也想寄身于无声之音的和谐。在下见有隐逸之士广陵人戴若思，年纪三十，清旷淡泊正合谦和之道，德行气度充实饱满。思辨的理性足以探讨暗昧，才情的鉴识足以明辨器物。他安于贫穷乐守志向，没有世俗追名逐利的欲望；砥砺节操建立品行，却有井被淘涤的洁净。真是东南地区被遗置的珍宝，主理朝政未经雕琢的奇璞啊。如果行迹寄托于康庄大道，则能使千里骏马受到约束规范；素质照耀在庙堂朝廷，必然像美玉玙璠那样光彩夺目。但愿明公大人能留神审察采纳，不要让忠诚得当的进言，因我的低微而废弃不顾。

卷　六

启

为卞彬谢修卞忠贞墓启

［梁］任　昉

【题解】

　　卞彬字士蔚，济阴冤句(秦置县名，治所在今山东曹县西北)人，官至绥建太守。高祖卞壶，字望之。晋明帝时任尚书令。永嘉中苏峻举兵作乱，壶奉命迎击，"六军败绩。壶时发背创，犹未合，力疾而战……遂死之；时年四十八。二子眕、盱见父没，相随赴贼，同时见害"(《晋书》本传)。壶卒谥忠贞，祠以太牢。此后七十多年，有盗发其墓，见其"尸僵，鬓发苍白，面如生"，"安帝诏给钱十万，以修茔兆"(同上)。

　　到了卞彬所处的宋、齐时，朝廷又曾下令修缮卞壶旧坟，其确切时间已不可考。这篇启奏，便是有"任笔"之称的任昉，为卞彬答谢皇恩所草拟的。许梿评曰："彦昇(任昉字)文简炼入韵，绝无畦町可窥。所谓秀采外扬，深衷内朗，其体格当在休文(沈约字)之上。"

　　臣彬启：伏见诏书，并郑义泰宣敕[1]，当赐修理臣亡高祖、晋故骠骑大将军、建兴忠贞公壶坟茔[2]。臣门绪不昌^[3]，天道所昧。忠搆身危^[4]，孝积家祸。名教同悲，隐沦惆怅^[5]。而年世贸迁^[6]，孤裔沦塞^[7]，遂使碑表芜灭，丘树荒毁，狐兔成穴，童牧哀歌^[8]。感慨自哀，日月缠迫。

【注释】

〔1〕郑义泰：未详。据情度之，当为齐明帝前朝廷近臣。　敕：皇帝诏书。

〔2〕忠贞公壶：即卞壶。据《晋书·卞壶传》载，壶曾因功封建兴县公，后死国难，成帝时赠侍中、骠骑将军、开府仪同三司。

〔3〕门绪：家族世绪。

〔4〕搆：一作"遘"，构成。

〔5〕"名教"二句：王隐《晋书述》："壶及二子死，征士翟汤闻而叹曰：'父为忠臣，子为孝子。忠孝之道，萃于一门，可谓贤哉！'"此"名教"即指王隐（知书达礼者），"隐沦"即指翟汤（隐居不仕者）。

〔6〕贸：变易。

〔7〕裔：后代。　沦塞：没落不达。

〔8〕"遂使"四句：化用汉桓谭《新论·琴道第十六》雍门周说孟尝君"千秋万岁之后，坟墓生荆棘，狐兔穴其中，游儿牧竖踯躅其足而歌其上"语意。

【今译】

臣卞彬陈述：伏身拜见皇上的诏书，并由郑义泰奉旨宣读，行当恩赐修理臣已故高祖、晋代前骠骑大将军、建兴县忠贞公卞壶的坟墓。臣家族世绪不能昌盛，是当时天道昧暗所致。因忠招来自身的危难，由孝累积成家门的灾祸。名教中人为之同悲，隐居之士哀叹惆怅。而年代世道变化推移，孤独的后辈没落不显，于是使碑铭表文荒芜湮没，坟丘陵树杂乱毁圮，山狐野兔掘洞做穴，樵童牧人凄然歌唱。臣为之感慨不已独自哀伤，日往月来萦绕煎熬。

陛下弘宣教义，非求效于方今；壶馀烈不泯^[1]，固陈力于异世^[2]。但加等之渥^[3]，近阙于晋典^[4]；樵苏之刑^[5]，远流于皇代^[6]。臣亦何人，敢谢斯幸？不任悲荷之至^[7]！谨奉启事以闻。谨启。

【注释】

〔1〕烈：功勋，业绩。　泯：灭，尽。

〔2〕陈力：施展才力，语本《论语·季氏》。　异世：指晋代。

〔3〕加等：古代诸侯薨于朝会，葬，加一等；死王事，加二等（见《左传·僖公四年》）。　渥：沾润。

〔4〕阙：通"缺"。　典：制度。

〔5〕"樵苏"句：据《战国策·齐四》载，颜斶曾对齐宣王说秦攻齐时，曾下令："有敢去柳下季（鲁展禽，字季，食采柳下）垄五十步而樵采者，死不赦。"樵苏，打柴割草。

〔6〕皇代：指卞彬所处的南齐。

〔7〕任：担当。　荷：承受。

【今译】

陛下大力宣扬儒教礼义，并不是在当今收取近效；卞壶留下的业绩没有泯灭，原本是在异世出力建功。但是古时就有的加等优待，却为近来晋朝的制度所缺；而禁止砍柴打草的刑罚，则远远流传到了圣明的时代。臣是什么样的人，怎敢拜谢这样的宠幸？实在无法承担心中极度的悲伤！谨奉上启文奏事以备听闻。恭敬地陈述如上。

送 橘 启

［梁］刘　峻

【题解】

　　橘是南方的特产。它根深叶茂，四季常青，更有果实累累，供人品尝。早在先秦时代，橘就受到了大诗人屈原的热情礼赞。"青黄杂糅，文章烂兮。精色内白，类任道兮"（《橘颂》），便是千古传诵的名句。刘峻的这篇《送橘启》，也以简洁清丽的笔墨，对橘的外形和内美作了极力称道，被许梿誉为"结画短篇，朗润芬烈，读之觉生香如把纸上"。

　　刘峻（462—521），字孝标，平原（今属山东）人。家贫好学，寄人庑下，自课读书。尝燃麻炬，通宵达旦。梁天监初典校秘书，后任荆州户曹参军。曾在东阳紫岩山讲学，从者甚众。死后门人私谥玄靖先生。所注《世说新语》引证富赡，尤为当世和后代所重。

　　南中橙甘[1]，青鸟所食[2]。始霜之旦，采之风味照座，劈之香雾噀人[3]。皮薄而味珍，脉不粘肤，食不留滓[4]。甘逾萍实[5]，冷亚冰壶[6]。可以熏神[7]，可以荐鲜[8]，可以渍蜜[9]。毡乡之果[10]，宁有此邪？

【注释】

　　〔1〕南中：泛指南部地区。齐谢朓《酬王晋安》诗："南中荣

橘柚。"

〔2〕青鸟:传说中的神鸟。旧注引《伊尹书》:"箕山之东,青鸟之所有,卢橘夏熟。"

〔3〕劈:剖开。 噀(xùn 迅):喷。

〔4〕滓:汁液中的杂质。

〔5〕逾:胜过。 萍实:据《孔子家语》载,楚昭王渡江,有物圆大如斗,使问孔子。孔子说是萍实,可剖食之。

〔6〕亚:仅次于。 冰壶:南朝宋鲍照《乐府诗》:"清如玉壶冰。"

〔7〕熏:和悦的样子,此用作动词。

〔8〕芼(mào 冒):采择。

〔9〕渍:浸泡。

〔10〕毡乡:泛指北地,因北方游牧民族多以毡帐为居,故称。

【今译】

南方橙桔甜美,为传说中的青鸟所食。开始下霜的日子,采来它独特的风味照耀四座,剖开它浓郁的芳香扑人口鼻。外皮嫩薄气味奇异,脉理清晰不粘内肤,吃来爽口不留馀渣。味道甘甜超过萍的果实,感觉清凉仅次于玉壶存冰。可以用它来取悦神灵,可以用它来择选时鲜,可以用它来浸泡蜂蜜。毡帐之乡的果品,哪里会有这样的呢?

谢始兴王赐花纨簟启

［梁］刘孝仪

【题解】

　　题中的"始兴王"指梁武帝萧衍十一子萧憺，字僧达，天监元年(502)封始兴郡王。"花纨簟"形制不详，据启文所称，当是一种制作精美、质地轻薄的席子。

　　作者刘孝仪名潜，字孝仪，是刘孝绰(冉)的弟弟。幼孤，与兄弟相励勤学，并工属文，孝绰曾以"三笔"(孝仪排行第三)称之。天监五年(507)举秀才，起为始兴王法曹行参军，随府益州兼记室，又转主簿，迁尚书殿中郎等职。此启应作于其时。

　　这篇短文一意赞叹花纨簟的精美，写得"绮藻宣茂，不滞于俗"(许梿评语)，不及"谢"字而谢意自在，堪称雅洁得体。

　　丽兼桃象[1]，周洽昏明[2]。便觉夏室已寒，冬裘可袭[3]。虽九日煎沙[4]，香粉犹弃；三旬沸海[5]，团扇可捐[6]。

【注释】

　　〔1〕"丽兼"句：晋左思《吴都赋》"桃笙象簟"刘渊林注："桃笙，桃枝簟也。吴人谓簟为笙，又折象牙以为簟。"此句称赏花纨簟有桃枝簟、象牙簟的美艳。

〔2〕洽：适宜。　昏明：指黑夜白天。

〔3〕裘：皮衣。　袭：衣上加衣。

〔4〕九日：旧传太古有十日，九日居下枝，一日居上枝。　煎沙：形容阳光炽烈，燎煎沙石。汉焦赣《易林》："煎沙盛暑，鲜有不朽。"

〔5〕三旬：即三伏，一年中最炎热的时候。　沸海：语本晋傅咸《感凉赋》："赫融融以弥炽，乃沸海而焦陵。"

〔6〕团扇：有柄圆扇，宫中常用。　捐：舍弃。

【今译】

　　兼有桃枝、象牙簟的丽质，黑夜白天都很适宜。就觉得夏日室中清凉，可以穿上冬天的皮衣。虽然有九个太阳并升煎烤沙石，去味爽身的香粉仍能不用；海水沸腾的三伏酷暑，习习生风的圆扇还可舍弃。

谢东宫赉内人春衣启

[梁] 庾肩吾

【题解】

这是作者为答谢太子(东宫,因太子所居而代称)赏赐(赉)妻妾(内人)春衣而写的一篇启文。其先由"光"、"色"入手,赞美春衣巧夺天工的美艳;再从"燕"、"鸾"落笔,称叹春衣形制的生动轻盈;末以观者失神收结,更有烘云托月、画龙点睛之妙。全文仅三十八字,却以少胜多,紧扣题旨,状物出神。

庾肩吾,字子慎,又字慎之,南阳新野(今属河南)人。初为晋安王萧纲常侍,与刘孝威等十人抄撰众籍,号高斋学士。萧纲为太子,兼东宫通事舍人。此启当作于其时。萧纲即位,官度支尚书,与徐摛同为宫体诗代表作家。侯景作乱,逃奔江陵,以中书令卒。

　　阶边细草,犹推缥叶之光[1];户前桃树,翻讶蓝花之色[2]。遂得裾飞合燕[3],领斗分鸾[4]。试顾采薪,皆成留客[5]。

【注释】

〔1〕缥(piǎo)叶:葰草之叶,其色青苍,古代常用以染色。
〔2〕蓝花:红蓝之花,其色赤黄,旧时也用作染料。红蓝即茜草,

多年生，根红黄色。

〔3〕"裾飞"句：语本汉张衡《舞赋》"裾似飞燕，袖如回雪"。裾，上衣的前襟。

〔4〕领：衣领。　鸾：鸾鸟，凤凰一类祥禽。

〔5〕"试顾"二句：用汉乐府《陌上桑》"耕者忘其犁，锄者忘其锄。来归相怨怒，但坐观罗敷"诗意，谓那些过路的樵夫都因叹赏春衣的美艳而止步不去。采薪，打柴割草者。

【今译】

石阶边细嫩的青草，尚且推崇莫草叶的光泽；门户前艳丽的桃树，反而惊讶茜草花的色彩。于是飞燕在襟前双合，鸾鸟在领上分斗。试看那些往来的樵夫路人，一时都成了驻足的观客。

谢明皇帝赐丝布等启

[北周] 庾 信

【题解】

这是庾信留北后，为答谢周世宗明皇帝宇文毓所赐丝绸布匹等而写的一篇启。从文章的内容来看，庾信入北之初的生活还是颇觉拮据的。其中"某比年以来"云云，虽有为文欲扬先抑的需要，但多少也反映出一些当时处境窘伧的现实，以至于在得到明帝的恩赐后，要如此手舞足蹈、感激涕零了。全文遣词用典奇而不俗，偶言骈句华而不纤，故深为许梿推重，以为"唐人自玉溪（李商隐字）金荃（温庭筠，有《金荃集》）而下，不能拟只字"。谭献则以"寒乞太甚"评之（见《骈体文钞》卷三十）。

臣某启：奉敕垂赐杂色丝布绵绢等三十段、银钱二百文[1]。

某比年以来[2]，殊有缺乏。白社之内[3]，拂草看冰；灵台之中[4]，吹尘视甑[5]。怼妻狠妾[6]，既嗟且憎；瘠子羸孙[7]，虚恭实怨。王人忽降，大赉先临[8]。天帝赐年[9]，无逾此乐；仙童赠药[10]，未均斯喜。

【注释】

〔1〕文：犹"枚"。古时银钱一面铸有文字，故称一枚钱为一文。

〔2〕比：近。

〔3〕白社：地名，在今河南洛阳县东。《晋书·董京传》："初……至洛阳，被发而行，逍遥吟咏，常宿白社中，时乞于市。"

〔4〕灵台：古代帝王观天象、祭神灵的高台。《后汉书·第五伦传》注引《三辅决录注》：少子"颉字子陵，为郡功曹……谏议大夫。洛阳无主人，乡里无田宅，客止灵台中，或十日不炊"。

〔5〕"吹尘"句：《后汉书·范冉传》记冉遭党人禁锢，"所止单陋，有时粮粒尽，穷居自若，言貌无改，闾里歌之曰：'甑中生尘范史云（冉字）。'"甑（zèng 赠），古代蒸食炊具。

〔6〕怼（duì 对）：怨恨。

〔7〕瘠：瘦。　羸（léi 雷）：弱。

〔8〕赉：赏赐。此指上言丝布绵绢银钱。

〔9〕"天帝"句：《礼记·文王世子》："武王对曰：'梦帝与我九龄。'"郑玄注："帝，天也。"龄，年龄。

〔10〕"仙童"句：据《列仙传》卷下载，有负磨镜局者行吴市，问人疾苦，总"出紫丸药与之，得者莫不愈"。后主吴山，"悬药下与人"。终归蓬莱山。

【今译】

臣某陈述：接奉诏书垂赐杂色丝绸绵布绢缯三十段、银钱二百枚。

某近年以来，所用很是匮乏。就像住在白社之内，只能拨开荒草观看残冰；寄居灵台之中，吹去尘埃探视空甑。抱怨的妻子怀恨的侍妾，既叹息又厌恶；瘦瘠的子女虚弱的孙儿，表面恭敬实际埋怨。朝廷使者忽然到来，丰厚的赏赐先期抵达。天帝赐以享年，无法超过这样欢乐；仙童遗赠灵药，不能等同如此喜悦。

张袖而舞，元鹤欲来〔1〕；抚节而歌，行云几断〔2〕。所谓舟楫无岸，海若为之反风〔3〕；荞麦将枯〔4〕，山林为之出雨。况复全抽素茧，云版疑倾〔5〕；并落青凫〔6〕，银山或动[7]。是知青牛道士[8]，更延将尽之命；白鹿真人[9]，能生已枯之骨。

【注释】

〔1〕元鹤：即玄鹤，清代避康熙讳改。《玉符瑞图》："晋平公鼓琴，有玄鹤二八而下，衔明珠，舞于庭。"

〔2〕"抚节"二句：用《列子·汤问》"抚节悲歌，声振林木，响遏行云"语意。

〔3〕海若：海神，见《庄子·秋水》。　反：回旋。

〔4〕荠：荠菜。　麦：小麦。

〔5〕"况复"二句：形容所赐丝白。　云版：一种以云为饰的车（君后所乘）版。一作"雪板"。

〔6〕青凫：青鸭。《洞冥记》载汉武帝曾登望月台，有三青鸭化为三小童，"各握鲸文大钱，置帝前"。又凫与蚨音同，青蚨是传说中的一种小虫，《搜神记》谓其生子依草叶，"取其子，母即飞来，不以远近。……以母血涂钱八十一文，以子血涂钱八十一文；每市物，或先用母钱，或先用子钱，皆复飞归，轮转无已"。后因称钱为青蚨。

〔7〕银山：形容除所赐丝布外的钱银。

〔8〕青牛道士：据《汉武帝内传》载，陇西人封君达服黄连五十馀年，又服水银百馀年，常乘青牛，号青牛道士。

〔9〕白鹿真人：《神仙传》记中山人卫叔卿常乘云车，驾白鹿。《古乐府》亦有"仙人骑白鹿……延年寿命长"之说。

【今译】

舒展衣袖翩然起舞，黑色的鹤鸟飘然欲来；打着节拍放声高歌，行云几乎被音响阻隔。所以说舟船不见了涯岸，海神为它刮起返程的大风；荠菜小麦将要枯萎，山林为它送来滋润的雨水。何况又是完全抽出素洁的蚕茧，让人疑心雕云车板倾倒；一起落下青色的鸭儿，让人觉得银山在晃动。于是知道常骑青牛的道士，更延长了将要完结了的寿命；时驾白鹿的仙人，使已枯的骨肉重获新生。

虽复拔山超海[1]，负德未胜；垂露悬针[2]，书恩不尽。蓬莱谢恩之雀，白玉四环[3]；汉水报德之蛇，明珠一寸[4]。某之观此，宁无愧心！直以物受其生[5]，于天不谢。谨启。

【注释】

〔1〕拔山：语出《史记·项羽本纪》"力拔山兮气盖世"。 超海：语本《孟子·梁惠王上》"挟太山以超北海"。此形容恩重如山，德深似海，虽有奇能，不足为报。

〔2〕垂露、悬针：两种书体。庾肩吾《书品序》："流星疑烛，垂露似珠。"又："长短悬针，复想定情之制。"

〔3〕"蓬莱"二句：据干宝《搜神记》载，汉人杨宝九岁时经华阴山，见一黄雀因受鸱枭袭击坠于树下，为蝼蚁所困，遂救护之。后一日读书，有黄衣童子前来拜谢，自称西王母使，为感盛德，赠宝白环四枚。

〔4〕"汉水"二句：《淮南子·览冥训》"隋侯之珠"高诱注："隋侯，汉东之国，姬姓诸侯也。隋侯见大蛇伤断，以药傅之。后蛇于江中衔大珠以报之，因曰隋侯之珠。"

〔5〕直：径直，直接。 受：通"授"，给予。

【今译】

即使再有拔起高山超越大海的能力，也不能负载如此厚德；使用垂似露珠悬如铁针的书体，也写不尽这样的深恩。蓬莱仙岛有谢恩的黄雀，衔来四个白玉连环；汉水之滨的报德大蛇，献上直径一寸的明珠。某看到这些故事，怎么能没有羞愧之心！直接用物来给予需要的生灵，对于天来说原是不用感谢的。因此恭敬地陈述如上。

谢赵王赉丝布启

[北周] 庾　信

【题解】

　　据《周书·庾信传》载，北周"世宗（明帝宇文毓）、高祖（武帝宇文邕）并雅好文学，信特蒙恩礼。至于赵（赵王宇文招，文帝第七子）、滕（滕王宇文逌）诸王，周旋款至，有若布衣之交"。这就是庾信为感谢赵王赏赐丝布而写的一篇启，大约作于明帝武成初宇文招受封赵国公并进爵为王以后。清人倪璠原有注云："赵王赉信，下赉苟娘，其款至如此。"观庾集下篇《又谢赵王赉息丝布启》有"某息（子女）苟娘"云云，知苟娘或为其子庾立小字，则赵王所赏，当并及父子，可谓"周旋款至"。

　　庾信此启写得不卑不亢，既谦恭得体，又巧寓羁旅乡思（如"遂令"四句）。至其"赋物典核而意趣仍复洒然"，更被许梿称为"自是启笺妙手"。谭献称其"用事甚巧"（《骈体文钞》卷三十）。

　　某启：奉教垂赉杂色丝布三十段。

　　去冬凝闭[1]，今春严劲[2]。霰似琼田[3]，凌如盐浦[4]。张超之壁，未足郭风[5]；袁安之门，无人开雪[6]。覆鸟毛而不暖，然兽炭而逾寒[7]。远降圣慈，曲垂矜赈[8]。谕其蚕月[9]，殆罄桑车[10]；津实秉杼[11]，几空织室[12]。

【注释】

〔1〕凝闭：指天寒地冻。

〔2〕严劲：指气候寒冷。

〔3〕霰（xiàn 线）：颗粒状冰雪子。　琼田：玉田。

〔4〕凌：冰。　盐浦：海边盐碱地。

〔5〕"张超"二句：《后汉书·文苑传》有张超，字子并，灵帝时人，有文才，以善草书有名于时。鄣，"障"的本字，遮挡。

〔6〕"袁安"二句：袁安字邵公，平帝时人。《汝南先贤传》记其早年乡居逢大雪，有乞食者至其门，见雪积不扫，以为安死，遂报洛阳令。令使人除雪入户，见安僵卧，问何以不出。安以"大雪人皆饿，不宜干人"答之，令以为贤，举为孝廉。

〔7〕然：同"燃"。　兽炭：《晋朝杂记》谓洛下少炭，羊琇用炭屑和物作兽形温酒。

〔8〕矜：通"怜"，同情，顾惜。　赈：救济。

〔9〕蚕月：指养蚕之时，所指各地不一，江南以四月为蚕月。

〔10〕殆：大概。　罄：尽，空。

〔11〕津：渡口。此指道路。　秉：执持。　杼（zhù 柱）：杼柚，织布机的主要部件梭子和筘。

〔12〕织室：汉代有织室在未央宫，见《三辅黄图》。　以上四句言赏赐丝布之多。

【今译】

　　某人陈述：敬奉书信并垂赏杂色丝绸布匹三十段。

　　去年冬天天寒地冻，今年春天气候寒冷。雪霰好比洁白的玉田，冰霜犹如海边的盐地。张超住所的墙壁，不足以抵挡北风；袁安僵卧的门前，没有人来清除积雪。盖着鸟的羽毛仍不觉温暖，烧着兽形炭火更感严寒。圣王的仁慈从远而降，委婉地垂赏怜惜的救济。诏令于是就在养蚕的季节发布，载桑的车辆多被用尽；手执机杼路旁到处可见，织室的积存几乎出空。

　　遂令新市数钱，忽疑贩绘[1]；平陵月夜，惊闻捣衣[2]。妾遇新缣，自然心伏[3]；妻闻裂帛，方当含笑[4]。庄周车辙，实有涸鱼[5]；信陵鞭前，元非穷鸟[6]。仰蒙经济[7]，伏荷圣慈。

【注释】

〔1〕"遂令"二句：新市，治所在今湖北京山东北。古属江夏，为梁之郢州，庾信故国所在。綵，指杂色丝布。二句谓己本羁旅，得此丝布，宛如从新市来此贩綵。

〔2〕"平陵"二句：平陵，治所在今咸阳西北。古属右扶风，后周都长安，以扶风为三辅之地，庾信留北之处。捣衣，古人制衣，须先用棒捶击洗涤布帛，然后剪裁缝制，寄送远客。二句谓在平陵夜闻捣衣，恍若有以寄远。

〔3〕"妾遇"二句：用《古诗·上山采蘼芜》"新人工织缣，故人工织素。……将缣来比素，新人不如故"句意，赞叹缣（双丝细绢）织工精美。

〔4〕"妻闻"二句：史载周幽王后褒姒好闻裂缯（丝织品）声，此借言妻听见裁衣声而含笑。

〔5〕"庄周"二句：《庄子·外物》："周顾视车辙中有鲋鱼焉……对曰：'我东海之波臣也。君岂有斗升之水而活我哉？'"此借指己处境窘迫。涸（hé 河），干枯无水。

〔6〕"信陵"二句：《列士传》载魏无忌（信陵君）曾令纵一案下鸠，后鸠竟为鹞逐杀，无忌为之不食。邻国为其捕得鹞三百多只，其中有一只低头不敢仰视，便取而杀之。又后汉赵壹作有《穷鸟赋》自况困踬。此言尽管时有匮乏，还不至于身陷绝境。穷，困顿。

〔7〕经济：留意救济。经，经心。

【今译】

于是使自己数着赏钱，忽然怀疑是从新市来贩卖丝布；人在平陵的明月之夜，为听到的捣衣声而感到吃惊。侍妾见到新织的细绢，自然心中叹服；妻子听到扯裁丝帛，正当满意含笑。庄周留下的车辙中，实有失水的鲋鱼；信陵君挥动的鞭子前，原不是走投无路的飞鸟。向上承蒙留心接济，伏身领受圣王的慈悲。

谢赵王赉白罗袍袴启

[北周] 庾　信

【题解】

　　题下原有注云："赵王所赉白罗袍袴，皆冬时具也，览启内便知。"又启文首句亦注云："按下文袍袴似著绵者。"并引《尔雅·释言》："袍，襺也。"襺，音茧，铺丝绵的衣服。袴，本作"绔"，古指套裤。因此全文除首称白罗袍袴有精巧的图案修饰足以凌夸"雉头"、"鹤氅"之裘外，着重在"暖"和"寒"的感觉上赞美袍袴的贵重适用，可谓形实兼及，表里相得。末以"白龟"、"黄雀"结出"报主"、"谢恩"之意，委婉得体，深合谢启之旨。至其"葩采迅发，情韵欲流"和"属对精致"，亦甚为人称(见许梿评语)。

　　某启：垂赉白罗袍袴一具。

　　程据上表，空谕雉头[1]；王恭入雪，虚称鹤氅[2]。未有悬机巧缀[3]，变缉奇文[4]，凤不去而恒飞，花虽寒而不落[5]。披千金之暂暖[6]，弃百结之长寒[7]。永无黄葛之嗟[8]，方见青绫之重[9]。对天山之积雪[10]，尚得开衿[11]；冒广厦之长风[12]，犹当挥汗。白龟报主[13]，终自无期；黄雀谢恩[14]，竟知何日。

【注释】

〔1〕"程据"二句：《晋咸宁起居注》记太医司马程据曾上雉头裘一领，诏于殿前焚之。雉头裘形制不详，或为以雉（野鸡）头为饰的皮服。

〔2〕"王恭"二句：王恭字孝伯，少有美誉，清操过人，曾"被鹤氅裘，涉雪而行"，被孟昶称作"神仙中人"（见《晋书》本传）。鹤氅，鸟羽衣裘。

〔3〕缲（xiè 泄）：系。一作"综"，织布机上使经线上下交错以受纬线的装置。

〔4〕缀：一作"躡"，古代织机上提综的踏板。

〔5〕"凤不去"二句：指白罗上织成的凤、花图案。恒，常。

〔6〕千金：喻指袍袴贵重。语本《史记·刘敬叔孙通列传》："千金之裘，非一狐之腋也。"

〔7〕百结：晋人董京（字威辇）初至洛阳，时乞于市，得残碎缯絮，结以自覆，号百结衣（见《晋书·隐逸传》）。此借指旧衣。

〔8〕黄葛之嗟：据《吴越春秋》载，越王回国后卧薪尝胆，因知吴王好服，便令国中男女上山采葛，作黄纱之布以献。采葛之妇为越王用心所感，作《苦之何》诗以叹。

〔9〕青绫之重：《汉武帝内传》载西王母两个十六七岁的侍女，皆"服青绫之袿"。

〔10〕天山：即祁连山，多雪峰、冰川，在今甘肃、青海。

〔11〕衿：同"襟"，古代衣服的交领。

〔12〕广厦：语见《汉书·王吉传》："广厦之下，细旃之上。"一作"广乐"，又疑作"广莫"，指北方广阔的荒野。

〔13〕"白龟"句：据《幽明录》《搜神后记》等书载，晋咸康中有军人从武昌市得一白龟，长四五寸，置甍中养之，渐大，放归江中，后遭战乱，落江者皆亡，唯养龟人披甲入水，得所放白龟载负生还。

〔14〕"黄雀"句：见前《谢明皇帝赐丝布等启》末段注〔3〕。

【今译】

某人陈告：得垂赏白色罗缎袍裤一套。

程据奉上表文，白白称扬了雉头衣裘；王恭涉雪而行，空空叹赏了鹤羽皮服。它们没有织机高悬的巧妙组合，踏板变化的奇异纹理，常飞的凤鸟停留不去，不落的鲜花虽寒犹放。披上千金之裘带来的暂时温暖，抛弃百结之衣留下的长久寒冷。永远没有采制黄葛布的叹息，刚才显出身着青绫服的贵重。面对积存天山的常年冰雪，还需要敞开衣领；迎着吹过广厦的阵阵凉风，仍然挥汗不止。感恩的白龟要报答主人，自然终于遥遥无期；载德的黄雀想酬谢恩惠，谁知究竟要到什么时候。

谢滕王赉马启

[北周] 庾 信

【题解】

　　滕王即宇文逌，周文帝十三子。武成初封滕国公，建德三年(574)进爵为王。逌字尔固突，少好经史，能属文，与作者庾信过从甚密，如布衣之交。作者死后，逌曾为其集作序。

　　这篇谢马启短小精致，通篇用典，都与马有关；且不言谢字，而其意显见。尤其是"张敞"两联一气贯注，神态宛然，得意处妙不可言。许梿称其"幽峭雅至，斯为六朝碎金"，信然。

　　某启：奉教垂赉乌骝马一匹[1]。

　　柳谷未开[2]，翻逢紫燕[3]；临源犹远，忽见桃花。[4]流电争光，浮云连影[5]。张敞画眉之暇，直走章台[6]；王济饮酒之欢，长驱金埒[7]。

【注释】

　　〔1〕乌骝马：黑色骏马。

　　〔2〕柳谷：据传在张掖(今属甘肃)，有开石，其纹有五马，"象魏晋代之兴"(见《搜神记》)。

　　〔3〕翻：通"反"。 紫燕：骏马名。《西京杂记》记文帝有紫燕骝。

　　〔4〕"临源"二句："临"一作"陵"，用晋陶渊明记武陵人迷路入

桃花源典。桃花，借指骏马，因古有桃花马(黄白杂色)之名。

〔5〕"流电"二句：既形容骏马飞驰疾速，与光影争胜，又巧寓汉文帝九逸中的赤电、浮云二骏马名(见《西京杂记》)。

〔6〕"张敞"二句：张敞字子高，《汉书》本传谓其"无威仪，时罢朝会，过走马章台街(长安章台下街)，使御史驱，自以便面拊马。又为妇画眉……"

〔7〕"王济"二句：王济字武子，《世说新语·汰侈》记其被责，移第北邙下，"买地作埒，编钱币地竟埒，时人号曰'金埒'"。埒(liè劣)，特指马射场四周围墙。

【今译】

某人陈告：敬奉手札并乌骝马一匹。

柳谷的开石尚未启动，反而遇上了名骝紫燕；武陵的桃源还很遥远，忽然见到了骏马桃花。流逸的赤电能与光争速，浮飘的轻云可把影串连。张敞在为妇画眉的空隙，骑着直走章台之街；王济乘着饮酒的欢乐，投鞭长驱金埒的射场。

笺

辞随王子隆笺

［南齐］谢　朓

【题解】

这篇辞笺题一作"拜中军记室辞隋王笺"（见《文选》）。据《南齐书》本传载，谢朓（464—499），字玄晖，陈郡阳夏（今河南太康）人，少好学，有美名。永明四年（486）转至东中郎将随王萧子隆门下。萧子隆"在荆州，好辞赋，数集僚友。朓以文才尤被赏爱，流连晤对，不舍日夕。长史王秀之以朓年少相动，密以启世祖"，于是便被召还京，任新安王的中军记室。这篇辞笺，便是谢朓的告别信，当作于永明十一年（493）。这次调动事出非常，后来萧遥光在诬陷谢朓的启中还专门提及，说他"昔在渚宫（属荆州），构扇藩邸，日夜从谀，仰窥俯画"。尽管所诬非实，但却可见出当时谢朓与萧子隆的亲密关系，因此笺中对随王充满了流连感激之情，甚至表示如果身遭不测，当以妻儿相托。

除了感情深挚外，辞笺在行文上也很有特色。许梿说它"通篇情思宛妙，绝去粉饰肥艳之习，便觉浓古有馀味"，又说它"姿采幽茂，古力蟠注"，体现了"六朝人真实本领"。

故吏文学谢朓死罪死罪[1]：即日被尚书召，以朓补中军新安王记室参军[2]。

朓闻潢污之水[3]，愿朝宗而每竭[4]；驽蹇之乘[5]，希沃若而中疲[6]。何则？皋壤摇落，对之惆怅[7]；歧路西东，或以欷唈[8]。况乃服义徒拥，归志莫从[9]。邈若坠雨，翩似秋蒂[10]。

【注释】

〔1〕文学：古代郡国所置属官，相当于博士助教。谢朓曾由随王镇西功曹转文学。 死罪死罪：古时臣属陈述前的谦语套话。

〔2〕新安王：即海陵王萧昭文，字季尚。郁林王即位后封新安王，邑二千户。 记室参军：古代诸王、三公及大将军幕府所设秘书之职。萧昭文时为中军将军，故有此任。

〔3〕潢污之水：停聚不流之水。语本《左传·隐公三年》"潢污行潦之水"。

〔4〕朝宗：指百川入海。语本《尚书·禹贡》"江汉朝宗于海"。每：往往。

〔5〕驽：劣马。 蹇：跛驴。汉班固《王命论》："驽蹇之乘，不骋千里之途。"

〔6〕沃若：协调柔和的样子。语本《诗经·小雅·皇皇者华》"我马维骆，六辔沃若"。

〔7〕皋壤：沼泽边的洼地。 摇落：指山林凋谢。二句意本《庄子·知北游》"山林与皋壤，使我欣欣而乐；乐未毕也，哀又继之"。

〔8〕"歧路"二句：意本《淮南子·说林训》"杨子见逵(犹歧)路而哭之，为其可以南，可以北"。歧路，岔道。欷唈，即呜唈，又作呜咽，哭泣，抽噎。《淮南子·览冥训》："孟尝君为之增欷歍唈。"

〔9〕"况乃"二句：说与随王过从相得。服义，指出仕为官。归志，指归隐的意愿。

〔10〕"邈若"二句：自叹身世飘泊如坠雨秋蒂。晋潘岳《杨氏七哀诗》："淄如叶落树，邈然雨绝天。"邈，遥远。蒂，叶梗。

【今译】

以前的旧文学官谢朓，死罪死罪：今天接到尚书的召命，把朓补为中军将军新安王的记室参军。

朓听说停蓄不流的水，愿意汇入江海而往往力竭；劣马跛驴所驾的车，盼望舒缓而中途疲劳。为什么呢？沼泽洼地草木凋谢，对此心中倍感惆怅；身临岔道各分东西，有时不免哀伤哭泣。何况现在这样空怀出仕之志，归隐的意愿无法实现。远去如雨水从空中坠离，飘泊像秋叶在树上摇落。

　　朓实庸流，行能无算[1]。属天地休明，山川受纳[2]，褒采一介[3]，抽扬小善，故舍耒场圃[4]，奉笔兔园[5]。东乱三江，西浮七泽[6]。契阔戎旃[7]，从容宴语[8]。长裾日曳[9]，后乘载脂[10]。荣立府庭，恩加颜色[11]。沐发晞阳[12]，未测涯涘[13]；抚臆论报[14]，早誓肌骨[15]。

【注释】
〔1〕行能：行为才能。　算：数。
〔2〕"属天地"二句：以天地喻皇帝，山川喻郡王。休明，美好清明。后句意本《左传·宣公十五年》"川泽纳污，山薮藏疾"。
〔3〕一介：一个。《尚书·秦誓》："如有一介臣。"
〔4〕耒(lěi垒)：耒耜，农具总称。　场：场院。　圃：菜园。
〔5〕兔园：汉梁孝王所筑，为梁孝王与枚乘、邹阳、司马相如等文人游宴聚会之地，故址在今河南商丘东。
〔6〕"东乱"二句：谓常从随王奔走各地。三江，在古越地，所指历代不一。七泽，在古楚地，司马相如《子虚赋》："臣闻楚有七泽。"
〔7〕契阔：形容情投意合难以分离。语本《诗经·邶风·击鼓》"死生契阔"。　戎旃：犹战旗，这里代指随王幕府。
〔8〕宴语：悠闲安乐地谈话。语本《诗经·小雅·蓼萧》"燕（通"宴"）笑语兮"。
〔9〕裾：衣袖。　曳：拖。《汉书·邹阳传》："饰固陋之心，则何王之门不可曳长裾乎？"
〔10〕后乘：文学侍从官出行多坐后车。魏曹丕《与吴质书》："文学托乘于后车。"　载脂：语本《诗经·邶风·泉水》"载脂载辖"，谓涂上车油。载，发语词。

〔11〕颜色：指容貌脸色。

〔12〕沐：洗涤。　晞：晒。《楚辞·九歌·少司命》："与女沐兮咸池，晞女发兮阳之阿。"

〔13〕涯涘：边际。

〔14〕"抚臆"句：语本陆机《演连珠》"抚臆论心"。臆，胸襟。

〔15〕"早誓"句：意本曹植《责躬表》："抱釁归蕃，刻肌刻骨。"

【今译】

　　朓实在是平庸之辈，行为才能都无可称道。正逢天地美好清明，为高山大川接纳吸收。见赏采用一个微臣，征引发扬小小的长处，所以能放下场院菜圃中的农具，来到梁王的兔园供奉笔札。东至纷乱的三江，西游广阔的七泽。在军帐内情投意合，从容悠闲地论说交谈。每天拖着长长的衣袖，乘坐在涂了油的后车。荣幸地侍立在幕府的庭前，得到和颜悦色的恩宠礼遇。一起洗发晒太阳的亲密，无法估算它的边际；按着胸襟说到报答，早已立誓要铭刻肌骨。

　　不寤沧溟未运[1]，波臣自荡[2]；渤澥方春[3]，旅翮先谢[4]。清切藩房[5]，寂寥旧荜[6]。轻舟反溯[7]，吊影独留[8]。白云在天[9]，龙门不见[10]。去德滋永，思德滋深[11]。唯待青江可望，候归舻于春渚[12]；朱邸方开，效蓬心于秋实[13]。如其簪履或存[14]，衽席无改[15]，虽复身填沟壑，犹望妻子知归。

　　揽涕告辞，悲来横集，不任犬马之诚[16]。

【注释】

〔1〕寤：一作"悟"，料想。　沧溟：大海。此用《庄子·逍遥游》言鲲鹏"海运则将徙于南溟"典。

〔2〕波臣：《庄子·外物》中涸辙之鱼自称"东海之波臣"。　荡：飘浮荡漾。

〔3〕渤澥：即渤海，《庄子·逍遥游》中鲲鱼所在的"北溟"。

〔4〕旅翮：指将徙于南溟的鹏翅。

〔5〕藩房：指随王府。

〔6〕旧荜：指谢朓的住所。荜，荜门，陋室。

〔7〕反溯：逆流而上。

〔8〕吊影：对影叹息。

〔9〕"白云"句：用《穆天子传》记西王母《天子谣》成语。

〔10〕龙门：楚南关三门之一，见《江陵记》。时随王府在荆州（今湖北沙市），属古楚地，故云。

〔11〕"去德"二句：意本《庄子·徐无鬼》："不亦去人滋久，思人滋深乎。" 滋：增长。

〔12〕"唯待"二句：谓己唯盼有回返之日。艎，船名。

〔13〕"朱邸"二句：言己既新受命，也当效心尽力。朱邸，古代诸侯有功者赐朱户，故以朱邸（官舍）称王侯宅第。蓬心，语本《庄子·逍遥游》"夫子犹有蓬之心也夫"，以蓬草短而不直喻指见识浅陋。秋实，此以秋天收获指日后回报。

〔14〕簪履或存：用《韩诗外传》载"少原之野，有妇人刈蓍薪而失簪，哭甚哀，言不忘旧"及"楚昭王亡其踦履，已行三十步，复还取之……曰：吾悲与之俱出，不俱反"事。

〔15〕衽席无改：据《韩非子》载，文公至河，命席褥捐之。咎犯闻之曰："席褥，所卧也，而君弃之，臣不胜其哀。" 衽：卧席。

〔16〕不任：不胜，难以承受。 犬马：古代臣下对君主的自喻，表示甘愿服侍奔走。

【今译】

没想到苍茫的汪洋还未飞越，波涛之臣已自飘浮荡漾；浩渺的渤海正值春季，远行的翅膀却先摧折。藩王府内冷清凄切，旧陋居中空旷寂静。船儿轻便地返程，独自留下了孤单的身影。白云悠悠飘浮在天，楚关龙门已不可见。离开仁德越是长久，思念仁德越是深重。只有等到青青的大江能够期望，将在春水岸边迎候归舟的到来；朱漆的官府刚刚打开，当在日后秋收季节报效曲陋的寸心。如果那人的头簪和鞋子还在，所卧的床席没有改换，那么尽管身被填埋在沟坎，仍然盼望妻子儿女能知道归还。

手挥涕泪与您告辞，心中的哀伤填塞聚集，实在难以表述甘效犬马之劳的忠诚赤胆。

卷　七

书

登大雷岸与妹书

[宋]　鲍　照

【题解】

　　大雷岸在今安徽境内。这封家书是作者元嘉十六年(439)临川王刘义庆出镇江州(治所在今江西九江)、引其为佐吏时，从建康(今南京)出发，至大雷时作。一说作于元嘉十七年(440)鲍照随临川王自浔阳返京时(清吴汝纶《古诗钞》)，因其事在四月，与信中所记秋季不合(已见辨于钱仲联《鲍参军集注》)，故不取。鲍照的妹妹鲍令晖，也是南朝刘宋时一位杰出的才女。

　　这封家书，向以描写山水景物著称。在写景方面，它既吸取了自汉代枚乘《七发》以来的模拟技巧，又糅入了六朝文特有的细腻精致，笔触所及，蔚然成画。如其写庐山一段，被许梿击节称赏，谓其"烟云变灭，尽态极妍。即使李思训(唐代著名书画家，尤擅山水景物)数月之功，亦恐画所难到"。而水势一节，也写得"惊涛骇浪，恍然在目"。尤为可贵的是，鲍照在信中称叹赞美山川的奇丽、生态的鲜活时，更融入了对人生之旅的深沉感叹，使主观之情借了客观之物，得以充分宣泄。如其"首述羁旅之苦，意多郁结而气自激昂"(许梿语，下同)，中间"沉郁语非身历其境者不知"，末又"览景述事，意调悲凉"。总之，鲍照以激越奔放的感情、惊挺峻健的笔势、浓墨重彩的渲染，在人们面前展示了一种前所未有的意境，在中国山水文学中留下了光辉的一页。难怪后代论者无不为之折服，称它"奇崛惊绝"（吴汝纶语），又说"明远（鲍照字）骈体高视六代，文通（江淹）稍后出，差足颉颃，而奇峭幽洁不逮也"（许梿语）；"矫厉奇工，足与《行路难》并美。向尝欲以此兴求之，所谓诗人之文也"（谭献评语，见《骈体文钞》卷三十）。

　　吾自发寒雨，全行日少。加秋潦浩汗[1]，山溪猥至[2]，渡泝无边[3]，险径游历，栈石星饭[4]，结荷水宿，旅客贫辛，波路壮阔[5]，始以今日食时[6]，仅及大雷。途登千里，日逾十晨。严霜惨节[7]，悲风断肌，去亲为客[8]，如何如何！

【注释】
　　〔1〕潦：雨水。　浩汗：犹"浩瀚"，水广阔无边的样子。
　　〔2〕猥至：语本汉马融《长笛赋》，谓众流奔集而来。猥，多、盛。
　　〔3〕泝（sù诉）：同"溯"，逆流而上。
　　〔4〕栈：栈道，架在深涧高石间的小木桥。　星饭：在星光下露宿进餐。
　　〔5〕波路：即水路。
　　〔6〕食时：午饭时。
　　〔7〕惨：痛，此用作动词。　节：骨节。
　　〔8〕去：离开，告别。

【今译】
　　我自从在寒冷的雨中出发，全天行走的日子很少。加上秋天的雨水连绵不断，山间众多的溪流奔集而至，横渡溯流都没有边际，所到之处全是危险的小道，在星光下山石的栈道上吃饭，在流水边编搭荷叶睡觉，旅途行客贫乏艰辛，所经水路波澜壮阔，刚在今天吃午饭的时间，只到了大雷岸。路途需行千里，时间已过了十天。凛冽的寒霜刺痛了骨节，悲凉的秋风吹裂着肌肤，离别亲友作客他乡，那能是怎样一种滋味！

　　向因涉顿[1]，凭观川陆[2]；遨神清渚，流睇方曛[3]。东顾五洲之隔[4]，西眺九派之分[5]，窥地门之绝景[6]，望天际之孤云，长图大念，隐心者久矣[7]。南则积山万状，负气争高。含霞饮景[8]，参差代雄。凌跨长陇[9]，前后相属。带天有匝，横地无穷。东则砥原远隰[10]，亡端靡际。寒蓬夕卷，古树云平。旋风四起，思鸟群归[11]。静听无闻，极视不见。北则陂池潜演[12]，湖脉通连。苎蒿攸积[13]，菰芦所繁[14]。栖波之鸟，水化之虫[15]，智吞愚，强捕小，号噪惊聒[16]，纷牣其中[17]。西则回江永指，长波天合。滔滔何穷，漫漫安竭。创古迄今，舳舻相接[18]。思尽波涛，悲满潭壑。烟归八表[19]，终为野尘[20]。而是注集，长写不测[21]，修灵浩荡[22]，知其何故哉！

【注释】

　　[1] 向：以往。　涉顿：过水歇息，泛指旅行。

　　[2] 凭观：眺望。

　　[3] 流睇：转目投视。　曛：日落时分。

　　[4] 五洲：据《水经注·江水》载，洲（水中陆地）在轪县故城南，因江中有五洲相接而名。

　　[5] 九派：指长江在江州（今江西九江）分成的九道水流。《江赋》李善注：“水别流为派。”

　　[6] 地门：《河图括地象》：“武关山为地门，上与天齐。”

　　[7] 隐心：指心隐然而动。

〔8〕景：阳光。

〔9〕凌：腾空。 陇：通"垄"，田中土棱。

〔10〕砥原：平原。砥，磨刀石，此形容平坦。 隰(xí习)：低地。

〔11〕思鸟：思归之鸟。晋陆机《赠从兄车骑》："思鸟有悲音。"

〔12〕陂池：水泽。 演：引。一说当作"濆"，指水脉行地中。

〔13〕苎：苎麻。 蒿：蒿草。 攸：所。

〔14〕菰：俗称茭白。 芦：芦苇。

〔15〕水化之虫：指鱼。《说文》："鱼，水虫也。"

〔16〕聒(guō郭)：声音杂乱响亮。

〔17〕牣(rèn认)：满。

〔18〕舳舻：本指船尾和船头，后泛指船只。

〔19〕八表：古人以为世界边缘有八极，八表即八极之外。

〔20〕野尘：指天地间的游尘。语本《庄子·逍遥游》："野马也，尘埃也，生物之以息相吹也。"

〔21〕写：通"泻"。 不测：不定。

〔22〕"修灵"句：语本屈原《离骚》"怨灵修之浩荡兮"。修灵，此指江神。

【今译】

　　以前由于旅途跋涉停顿，曾眺望沿路的江河陆地；现在心神遨游于清流小岛，纵目正当日落时分。回顾东面五个小洲的阻隔，远望西面九条江水的分流，赏看地门高耸的绝妙景色，放眼天边飘荡的孤独浮云，胸中所怀的宏图大志，早在无意间被激发了起来。南面山峦堆叠形状万变，凭借着气势争高斗险。含隐彩霞吸纳阳光，高低错落更替称雄。就像长长的田垄腾空跨越，前后相互连接。能把天给围合起来，横亘地面则无穷无尽。东面是平坦的原野辽阔的洼地，一眼望去没有边际。夕色中蓬草被寒风卷起，古树森然高与云平。旋转的风从四处刮起，思归的鸟儿结伴而回。屏息去听一片死寂，送目而视不见踪影。北面水泽在地下潜伏延伸，湖泊水脉彼此连通。为苎麻蒿草所积聚，茭白芦苇所繁衍。栖息在波间的水鸟，生活在水中的鱼儿，聪明的吞食愚笨的，强大的捕捉弱小的，发出阵阵哀鸣惊叫，杂乱地充斥其中。西面是流向远方的曲折江水，远去的波涛与天相合。滚滚滔滔怎能穷尽，浩浩渺渺岂会枯竭。自从远古直到如今，往来船只首尾相连。翻腾的波浪流尽了心中的愁绪，潭积的深沟填满了人生的悲哀。弥漫的云气归回到八极之外，终于化为天地间飘浮的尘埃。而这样贯注汇集，永久奔泻变幻不定，江水之神阔大神奇，能知道是什么原因吗！

　　西南望庐山[1]，又特惊异。基压江潮，峰与辰汉连接[2]。上常积云霞，雕锦缛[3]。若华夕曜[4]，岩泽气通，传明散彩，赫似绛天。左右青霭[5]，表里紫霄[6]。从岭而上，气尽金光；半山以下，纯为黛色[7]。信可以神居帝郊[8]，镇控湘、汉者也[9]。

【注释】

　　[1]庐山：在江西北部鄱阳湖、长江之滨。因相传殷周时有匡氏兄弟结庐隐居而名。

　　[2]辰：星辰。　汉：银河。

　　[3]缛：繁密的采饰。

　　[4]若华：若木之花。《淮南子·地形训》："若木在建木西，末有十日，其华照下地。"意指霞光。　曜：照耀。

　　[5]霭：云气。

　　[6]紫霄：紫色云气。一说即庐山一个峰名。

　　[7]黛色：青苍色，似空青而深。

　　[8]信：确实。　帝郊：天帝郊居。郊此处为动词。

　　[9]湘、汉：湘江和汉江，分别流经湖南和湖北。

【今译】

　　面向西南眺望庐山，景色又特别令人惊异。它的山基镇压着翻滚的江潮，高耸的峰岩与星辰银河连接。上面经常积聚着云霞，就像雕饰着锦团花簇。日落时霞光辉映，山水间气韵流动，传递着光亮布散着色彩，鲜明得就像火红的云天。它的左右有青气缭绕，表里被紫云裹挟。从坡岭向上，云气都被金光所染；自半山以下，又都纯是青黛之色。它确实可以为神灵、天帝居住，来镇守控制湘江、汉江流域了。

　　若漴洞所积[1]，溪壑所射[2]，鼓怒之所豗击[3]，涌濆之所宕涤[4]，则上穷荻浦，下至豨洲[5]，南薄燕爪[6]，北极雷淀[7]。削长埠短[8]，可数百里。其中腾波触天，高浪灌日。吞吐百川，写泄万壑，轻烟不流，华鼎振渣[9]。弱草朱靡[10]，洪涟陇戚[11]。散涣长惊[12]，电透箭疾。穹溘崩聚[13]，坻飞岭覆[14]。回沫冠山[15]，奔涛空谷。磴石为之摧碎[16]，碕岸为之鳖落[17]。仰视大火[18]，俯听波声，愁魄胁息[19]，心惊慓矣[20]！

【注释】

　　[1] 漴（cóng 从）：小水汇入大水。　洞：疾流。
　　[2] 壑：深谷大沟。　射：喷射。
　　[3] 豗（huì 会）：相互撞击。
　　[4] 濆（fú 伏）：水洄流。　宕：通"荡"。
　　[5] 豨（xī 西）洲：指野猪出没的荒岛。豨，猪。
　　[6] 薄：迫近。　燕爪：一作"燕辰"，似为地名。
　　[7] 极：穷尽。　雷淀：地名。
　　[8] 埠：增益。
　　[9] 鼎：古代炊器。　渣（tà 沓）：水沸腾溢出。
　　[10] 朱：作"株"解，指茎。　靡：倒伏。
　　[11] 洪涟：大波纹。　陇：田垄。　戚：局促，狭迫。
　　[12] 涣：分散流布。　长：犹"常"。
　　[13] 穹：高大。　溘（kè 克）：水流。
　　[14] 坻：河岸，水中小渚。
　　[15] 冠：覆盖。

〔16〕磕石：即砥石，以坚硬见称。

〔17〕碕岸：曲岸。　韲(jī 基)：切成碎末。

〔18〕大火：即心宿，商星。

〔19〕胁息：屏住呼吸，形容极其恐惧。语本《墨子·兼爱中》"胁息然后带"。

〔20〕慓：迅捷。

【今译】

　　像那支流急速汇聚的积累，溪水在谷沟中的猛烈喷射，发怒鼓动的相互撞击，回流汹涌的来回荡涤，则上能高达长着芦荻的江岸，下可抵达野猪出没的荒岛，向南已逼近燕爪，向北已穷尽雷淀。把它们削长补短合在一起，方圆可有数百里。其中腾起的水波触到了云天，高高的浪花浇灌着太阳。它吞纳喷吐着百条水流，奔泻排泄出万道深谷。上面轻烟弥漫不散，下面却像华美的鼎中沸水翻腾。柔弱的草茎被其淹没，巨大的波纹使田垄狭迫。浪崩涛散经常令人惊骇，速度之快如闪电疾箭。随着高大水柱的崩散聚合，河岸被冲走山岭被掀翻。撞回的水沫盖过山峰，奔散的波涛扫空沟谷。坚硬的砥石被它摧毁撞碎，弯曲的河岸被它击成粉末抛落。抬头仰望明亮的商星，低头俯听凶猛的涛声，愁苦的魂魄使人屏住气息，心中的惊惧立时而生！

　　至于繁化殊育[1]，诡质怪章[2]，则有江鹅、海鸭、鱼鲛、水虎之类[3]，豚首、象鼻、芒须、针尾之族[4]，石蟹、土蚌、燕箕、雀蛤之俦[5]，坼甲、曲牙、逆鳞、反舌之属[6]。掩沙涨[7]，被草渚，浴雨排风，吹溇弄翩[8]。夕景欲沉[9]，晓雾将合。孤鹤寒鸣，游鸿远吟。樵苏一叹[10]，舟子再泣。诚足悲忧[11]，不可说也。

【注释】

〔1〕化、育：指繁衍生息。

〔2〕诡：变异。　章：外表。

〔3〕江鹅：指生活在江河的鸥鸟。　海鸭：也称文鸭，似鸭而有斑白纹。　鱼鲛：即沙鱼。　水虎：一种水陆两栖动物。据《襄沔记》载，其大如三四岁小孩，甲如鳞鱼。秋曝沙上，膝头似虎掌爪，常没水。

〔4〕豚首：即海豚。　象鼻：建同鱼，因鼻如象而名。　芒须：指有尖利触须的虾类。针尾：尾部尖细的水生动物。

〔5〕石蟹：生活在石穴中的蟹类。　土蚌：即河蚌。　燕箕：又名燕虹鱼，头圆秃如燕，身圆褊如簸箕。　雀蛤：即蛤蜊。据《礼记·月令》载，季秋之月，雀入大水为蛤，故名雀蛤。　俦：品类。

〔6〕坼甲：鳖。坼一作"折"。《水族加恩簿》："鳖一名甲坼翁。"曲牙：长有獠牙的水兽。　逆鳞：蜃蛟，因腰以下鳞尽逆而名。　反舌：即虾蟆。其舌本前着口侧，而末向内，故谓反舌。　属：类。

〔7〕沙涨：指潮水起落的沙地。

〔8〕吹涝：吐水。　弄翮：拍打整理翅膀。

〔9〕景：阳光。

〔10〕樵：打柴。　苏：割草。

〔11〕诚：确实。

【今译】

　　至于万物繁衍生息的丰富特殊，形体外表的千奇百怪，则有生活在江海的鸥鸟、文鸭、沙鱼、水虎的品种，海豚、建同鱼、触须锐利、尾部尖细的部族，出没于石间泥中的蟹蚌、形如燕箕的虹鱼、由雀所化的蛤蜊之类，甲坼翁鳖、獠牙兽、逆鳞的蜃蛟、反舌的虾蟆之辈。它们有的隐蔽在潮水沙石中，有的栖息在水草岸边，淋着雨并列迎风，不时口吐水沫、整理羽翼。夕阳的光芒渐渐隐没，拂晓的迷雾即将四合。孤独的鹤鸟在寒气中哀鸣，高飞的大雁远远传来叫声。打柴的樵夫为之一叹，划船的渔家重又哀泣。其景其情确实足以令人悲哀忧伤，无法用语言来加以表述啊。

　　风吹雷飚[1]，夜戒前路[2]。下弦内外[3]，望达所届[4]。寒暑难适，汝专自慎。夙夜戒护[5]，勿我为念。

恐欲知之，聊书所睹。临途草戚[6]，辞意不周。

【注释】

〔1〕飚（biāo 标）：暴风。此指猛烈迅疾。

〔2〕戒：守备，警惕。

〔3〕下弦：阴历每月二十三日前后，月亮半明半暗，呈半圆弓形，故称。

〔4〕届：抵达。

〔5〕夙夜：早晚。

〔6〕草戚：匆忙急促。

【今译】

　　风吹得像雷电一样猛烈迅疾，夜幕降临已难以前行。等到阴历二十三日前后，盼望能到达要去的地方。天气冷暖变化难以适应，你要留意自我珍重。早晚戒备不懈，不要把我放在心上。生怕你想知道我的近况，暂且写下我的沿途所见。人在旅途草率匆促，辞意不周全还望见谅。

答新渝侯和诗书

梁简文帝

【题解】

　　新渝侯萧映，始兴忠武王萧憺之子。史载其聪慧能文，特被东宫(梁简文帝萧纲)友爱。这篇书信，就是萧纲在读了新渝侯的和作后所作的答复。从内容来看，萧纲的原作和萧映的和诗写的都是女子的容貌和怨情，这类作品原是梁朝的宫体特色，因此彼此唱和吹嘘、相扇成风本不足奇。

　　与萧纲的宫体诗相类，此信对和作所描写的女色和恋情作了意趣相投的赞美。许梿说它"貌无停趣，态有遗妍。眉色粉痕，至今尚留纸上"；又说"设与《美人晨妆》、《倡妇怨情》(均见《玉台新咏》)诸什连而读之，当如荀令君坐席，三日犹香(汉侍中、尚书令荀彧，被曹操称作荀令君。习凿齿《襄阳记》："荀令君至人家，坐处三日香。")"。

　　垂示三首，风云吐于行间，珠玉生于字里[1]，跨蹑曹左[2]，会超潘陆[3]。双鬟向光，风流已绝；九梁插花[4]，步摇为古[5]。高楼怀怨[6]，结眉表色[7]；长门下泣，破粉成痕[8]。复有影里细腰，令与真类[9]；镜中好面，还将画等[10]。此皆性情卓绝，新致英奇[11]。故知吹箫入秦，方识来凤之巧[12]；鸣瑟向赵，始睹驻云之曲[13]。

手持口诵，喜荷交并也[14]。

【注释】

〔1〕"风云"二句：形容和诗既有气势又很精美。夏侯湛《抵疑》："咳唾成珠玉，挥袂出风云。"

〔2〕蹑：登攀。　曹左：指魏晋文学家曹植和左思。

〔3〕潘陆：西晋文学家潘岳、陆机。

〔4〕九梁：众多的钗梁。九，泛言其多。

〔5〕步摇：古代妇女的首饰。清王先谦《后汉书集解》引陈祥道曰："汉之步摇，以金为凤，下有邸，前有笄，缀五采玉以垂下，行则动摇。"

〔6〕"高楼"句：用曹植《七哀》"明月照高楼……上有愁思妇"诗意。

〔7〕"结眉"句：用江淹《灯夜和殷长史》"结眉惨成虑"诗意。

〔8〕"长门"二句：用司马相如《长门赋序》记汉武帝时失宠陈皇后别居长门宫"愁闷悲思"事。

〔9〕"复有"二句：据《搜神记》载，汉武帝因思念已故的李夫人不已，方士李少翁夜设帷帐、灯烛，使武帝居别帐遥望，见有美女如李夫人者居帐中。细腰，指美女。

〔10〕"镜中"二句：《汉书·外戚传》载，"李夫人少而蚤卒，上怜闵焉，图画其形于甘泉宫"。

〔11〕新致：新颖的想法、举措。　英奇：英明奇特。

〔12〕"故知"二句：据《列仙传》载，秦穆公时萧史善吹箫，穆公以女弄玉嫁之，并筑凤凰台居之。一日夫妇以箫声引凤，并随之而去。来，招徕。

〔13〕"鸣瑟"二句：汉高祖戚夫人善鼓瑟，又擅歌舞，侍婢数百皆习之，一时后宫齐唱，响驻行云。事见《西京杂记》。又戚夫人生子如意封赵王，夫人常以为言，高祖思而不答。

〔14〕荷：感激。　并：汇集。

【今译】

给我看的三首诗，有风云的气息吞吐在行间，珠玉的亮丽产生于字里，能跨越曹植左思，超过潘岳陆机。秀美的双鬓对着晨光，风流便绝于时世；众多的钗梁插花为饰，步摇便不再时髦。登上高楼心怀幽怨，皱起眉来流露忧愁；独居长门悲哀哭泣，弄坏粉妆留下泪痕。又有灯光烛影里的纤纤细腰，使她与真的一般相像；铜镜中的姣好容貌，还与美丽的图画一般无二。这些都是性情的超凡脱俗，意念的新颖奇特。因此知道吹着竹箫进入秦国，才了解招徕凤凰的巧妙；向着赵王鼓起琴瑟，刚见到能使行云留驻的歌曲。

手把诗篇口中吟诵，我禁不住欣喜感动交相汇集。

与萧临川书

梁简文帝

【题解】

对题中的"萧临川"是指萧子云而非萧子显,许梿已在卷眉的评语中加以辨析。其主要依据是信中有"黑水初旋"、"桂宫既启"云云,证之《梁书·简文帝纪》,时当中大通三年(531)七月;而此年萧子云正"出为贞威将军、临川内史"(《梁书·萧子恪传》附),因此这封送别信当作于是年秋。萧子显虽亦曾任临川内史,但在子云之前;简文帝为太子时,子显已官侍中国子祭酒,显然于事不合。又旧注以文中的"分竹南川",谓指西阳郡南川县(今属湖北),更与史载子云仕历不符,是评语与注牴牾处。按此"南川"当指曾治南城的临川郡(今属江西),方与史籍有关记载相印,故特为表出,以正视听。

这封书信从内容来看,与后来唐代流行的送别序相似,无非是抒写离情别意、旅途珍重一类的话;但措辞雅洁清丽、用典妥帖得体,自有一种"风骨翘秀"的韵致情愫,耐人体味。谭献以"薄锦零玑,把玩而已"评之(《骈体文钞》卷三十)。

零雨送秋[1],轻寒迎节。江枫晓落,林叶初黄。登舟已积,殊足劳止[2]。解维金阙[3],定在何日?

八区内侍[4],厌直御史之庐[5];九棘外府[6],且息官曹之务[7]。应分竹南川[8]，剖符千里[9]。但黑水初旋[10]，未申十千之饮[11]；桂宫既启[12]，复乖双阙之宴[13]。文雅纵横[14]，即事分阻。清夜西园[15]，眇然未克[16]。

【注释】

〔1〕零雨：细雨。语本《诗经·豳风·东山》："零雨其濛。"

〔2〕劳止：辛苦。止，语助词。语本《诗经·大雅·民劳》："民亦劳止。"

〔3〕维：大绳，此指船缆。　金阙：朝廷，此指梁朝都城建康（今江苏南京）。

〔4〕八区：据《三辅黄图》载，武帝以昭阳、飞翔、增成、合欢、兰林、披香、凤凰、鸳鸯等殿为后宫八区。此泛指内宫。

〔5〕直：通"值"，值班守夜。　御史：协助宰相管理国家某项事务的官名。魏晋南北朝时有督军粮御史、禁防御史、监察御史等。　庐：值宿的处所。

〔6〕九棘：古代朝廷树棘以分朝臣品位，左右各九，故称。《周礼·秋官·朝士》："左九棘，孤、卿、大夫位焉，群士在其后；右九棘，公、侯、伯、子、男位焉，群吏在其后。"外府：古代掌管朝廷外部事务的官署。《周礼·天官·外府》："外府掌邦布之入出，以共（供）百物，而待邦之用。"

〔7〕官曹：古代分科办事的官署。《后汉书·百官志》有四曹、六曹之目。

〔8〕分竹：即下文"剖符"，汉代以竹为之，长六寸，分而相合。南川：旧注谓指西阳郡南川县（今属湖北），非。今考萧子云无此仕历。此"南川"当指治所在南城、后移治临汝的临川郡（今属江西），说见【题解】。

〔9〕剖符：古代帝王分封诸侯或功臣，把符节一剖为二，双方各执其半以为凭证。

〔10〕但：只是。　黑水：《尚书·禹贡》有"黑水西河惟雍州"之说，雍州为古九州之一，在正西方。梁普通四年（523）萧纲曾为雍州刺史，故云。　旋：回返。

〔11〕申：通"伸"，舒展。　十千之饮：极言开怀畅饮。语本曹植

《名都篇》：“归来宴平乐，美酒斗十千。”

〔12〕桂宫：汉武帝太初四年(前101)造，后为元帝太子成帝所居。此指简文帝萧纲初为东宫太子，时在中大通三年(531)。

〔13〕乖：错失。　双阙之宴：语本《古诗》：“两宫遥相望，双阙百馀尺。极宴娱心意，戚戚何所迫。”阙，宫门前的牌楼，常两两相对。

〔14〕“文雅”句：谓文才雅思腾涌集聚。语本刘公幹《赠五官中郎将》“君侯多壮思，文雅纵横飞”诗意。

〔15〕“清夜”句：语本曹植《公宴》诗：“清夜游西园，飞盖相追随。”西园，在魏都邺城(在今河北临漳县西南邺镇东)文昌殿西，又名铜雀园，当年太子曹丕曾多次在此宴集群臣。

〔16〕眇：通“渺”，遥遥无期。　克：能够，成功。

【今译】

　　细雨淅沥伴送着秋意，轻寒阵阵迎来了新的季节。江边的枫树在拂晓时飘落，林中的绿叶开始发黄。启程的船只已集聚等待，一路劳顿真是辛苦。从都城解缆出发，定在什么日子？

　　八区的内官奉侍，厌倦了在御史房的值宿；九棘的外府繁杂，暂且放下各科的琐碎事务。应当分了竹节前往南川，剖了信符远赴千里。只是我刚从西方黑水回来，还来不及与你斗酒十千开怀痛饮；桂宫之门既已打开，又错失了双阙相对的欢宴。文才雅思纷然涌现，遇事却被分隔阻拦。在清明之夜畅游西园，竟遥遥无期不能实现。

　　想征舻而结叹〔1〕，望横席而沾襟〔2〕。若使宏农书疏〔3〕，脱还邺下〔4〕；河南口占〔5〕，傥归乡里〔6〕；必迟青泥之封〔7〕，且觊朱明之诗〔8〕。白云在天〔9〕，苍波无极。瞻之歧路〔10〕，眷慨良深。爱护波潮，敬勖光采〔11〕。

【注释】

〔1〕征舻：行舟。　结：盘积。

〔2〕横席：指扬起的船帆。横，一作“挂”。木华《海赋》：“维长

绡，挂帆席。"

〔3〕宏农：指汉末文学家杨修，字德祖，弘农华阴(今属陕西)人。宏农，即弘农，避清乾隆帝弘历讳改。

〔4〕脱：或许。 邺下：汉末先后为冀、相二州治所，建安十八年(213)曹操为魏王，定都于此。按：旧注于此二句言"未详"，又"案魏曹植留守邺，数与宏农杨修书，修亦答书焉"，疑而未定，今存之。

〔5〕"河南"句：据《汉书·游侠传》载，陈遵为河南太守，召善书吏十人于前，治私书谢京师故人。遵凭几，口占书吏，且省官事。书数百封，亲疏各有意，一邑大惊。口占，即口授。

〔6〕傥：或然之词，俗作"倘"，假如。

〔7〕青泥之封：指用青泥封书。古人封缄，多于绳之打结处施以印泥，并加印于上。

〔8〕觏(gòu 构)：通"构"，构思，创作。 朱明：指夏季。《尔雅·释天》："夏为朱明。"

〔9〕"白云"句：用《穆天子传》载西王母为《天子谣》中成语。

〔10〕歧路：岔道。此指因分别而不同之道。

〔11〕勖(xù 序)：勉励。

【今译】

想起远行的舟船就郁结感叹，望着挂起的风帆就泪下沾衣。如果能使宏农的书信疏奏，或许寄返都城邺下；河南太守的口授，倘若回到杜陵乡里；那么也必定延迟了青泥的封缄，而且可以构写夏季的诗篇了。白云悠悠飘浮在天，水波苍茫渺无边际。放眼离别的道路，眷念感慨实在深沉。波浪潮汐请自爱惜珍重，容光神采还须恭敬劝勉。

与刘孝绰书

梁简文帝

【题解】

刘孝绰(481—539)，原名冉，小字阿士，彭城(今江苏徐州)人。幼聪敏，有"神童"之称。历官秘书丞、尚书吏部郎等职。所作诗文为高祖萧衍、昭明太子萧统等赏识，又为后进所宗。

从萧纲此信所言"近拥旄西迈"一语来看，似当作于出为雍州刺史(时在梁普通四年，即公元 523 年)期间。他在信中既称赞了刘孝绰的文才和声誉，又十分真诚地表达了分别后的相思之情。史称其"引纳文学之士，接纳无倦"(《梁书》本纪)，于此可见一斑。

许梿曾评信中"晓河"一联曰："深情婉致，娓娓动人"，确实如此；又说："吕仲悌《与嵇叔夜书》'鸣鸡'一联，是其所祖。"吕仲悌即吕安，《嵇康集校注》后附《吕安集》载《与嵇生书》此联云："鸣鸡戒旦，则飘尔长征；日薄西山，则马首靡托。"(按《晋书·赵至传》亦载此书，谓赵至与嵇康兄子蕃友善，"及将远适，乃与蕃书叙离"云云，则此书此联归属尚待求证。)

执别灞浐[1]，嗣音阻阔[2]。合璧不停[3]，旋灰屡徙[4]。玉霜夜下，旅雁晨飞。想凉燠得宜[5]，时候无爽[6]。既官寺务烦[7]，簿领殷凑[8]，等张释之条理[9]，同于公之明察[10]。雕龙之才本传[11]，灵蛇之誉自高[12]。颇得暇逸于篇章，从容于文讽[13]。

【注释】

〔1〕灞浐：灞水和浐水，分别源出陕西蓝田秦岭北麓和秦岭山中，至西安市东汇合入渭水。汉人多于此送别，此借用之，非实指。

〔2〕嗣：接续。　阻阔：相隔遥远长久。

〔3〕合璧：指日月同升。语本《汉书·律历志上》："日月如合璧"，时在阴历朔日。此谓光阴流转，应候不差。

〔4〕旋灰：据《后汉书·律历志》载，古人为预测节气，将苇膜烧成灰，放在十二乐律的玉管内，置于木案。某节气一到，相应律管内的灰便会飞出。

〔5〕燠：暖和。

〔6〕爽：差，失。

〔7〕官寺：官廷，官署。《释名》："寺，嗣也，官治事者相嗣续于其内也。"

〔8〕簿领：泛指公文。刘公幹《杂诗》"沈迷簿领书"李善注："簿领，谓文簿而记录之。"　殷：众多。　凑：集聚。

〔9〕张释：即张释之，汉代廷尉，字季，因持议平而为天下称（见《汉书》本传）。

〔10〕于公：汉人于定国之父。史载其"为县狱史、郡决曹，决狱平，罗文法者，于公所决，皆不恨"（《汉书·于定国传》）。

〔11〕雕龙之才：指善写文章。《史记·孟子荀卿列传》"雕龙奭"裴骃集解引刘向《别录》："驺奭（战国时齐人）修衍之文，饰若雕镂龙文，故曰'雕龙'。"

〔12〕灵蛇之誉：指不同寻常的声望。语本曹植《与杨祖德书》："人人自谓握灵蛇之珠。""灵蛇之珠"即隋珠，典见《淮南子·览冥训》高诱注，谓受伤大蛇为报隋侯相救之恩，衔江中大珠赠之。

〔13〕文讽：文章教化。《广雅》："讽，教也。"

【今译】

在灞浐执手相别，后来的音讯久被阻隔。日月合璧光阴流转，葭灰已屡见吹移。夜里玉屑般的白霜纷然飘落，晨来远行的大雁振翅高飞。想来冷暖都能适应，时令节候没有不合。既然官署的事务繁杂，众多的公文汇集堆聚，要有与张释之同样才能的人来分条处理，就像于公那样明于断察。善于雕饰龙文的才能原已人口相传，大蛇显灵的声誉自然高扬。因而很能得到留心篇章的闲暇，注意教化的从容。

　　顷拥旄西迈[1]，载离寒暑[2]。晓河未落，拂桂櫂而先征[3]；夕鸟归林，悬孤䑔而未息[4]。足使边心愤薄[5]，乡思遭回[6]。但离阔已久[7]，载劳寤寐[8]。伫闻远驿[9]，以慰相思。

【注释】
　　[1]旄(máo 毛)：古时以旄牛尾作旗杆头上的装饰，因以指有这种装饰的旗。　迈：远行。
　　[2]载：语首词，　无义。离：经历。
　　[3]桂櫂：桂木船桨。　征：启程。
　　[4]䑔：同"帆"。左思《吴都赋》刘渊林注："䑔者，船帐也。"
　　[5]愤薄：郁结，充塞。晋潘岳《寡妇赋》："气愤薄而乘胸兮。"
　　[6]遭回：曲折宛转。语本《楚辞·九叹·怨思》："下江湘以遭回。"
　　[7]阔：疏远。
　　[8]载：语首词，无义。　寤寐：犹日夜。寤指醒时，寐指睡时。
　　[9]伫：长久站立。　驿：此指传递书信的驿马。

【今译】
　　近来在车旗的簇拥下向西远行，经历了寒暑的交替转换。拂晓时银河尚未隐去，已先划起桂木船桨启程；日落时飞鸟纷纷归林，挂起的孤帆却还未收起。足以使赴边的心情郁结，怀乡的思绪宛曲。只是离别疏远已经很久，日夜想念十分劳苦。站着听那远去的驿马，以此慰解心中的相思。

追答刘秣陵沼书

[梁] 刘　峻

【题解】

　　与其他书信不同，这是一封答死者书。关于它的写作，自有一番不同寻常的经过。据《梁书·文学传》载，刘峻（462—521）字孝标，平原（今属山东）人。宋泰始初八岁时即被人掠至中山（今属河北），齐永明中始归；梁天监初又因私载禁物免官；高祖招文学之士，却以率性不见任用，故作《辨命论》，自叹"命也者，自天之命也，定于冥兆，终然不变"。论成，有中山人刘沼（曾任秣陵令）致书难之，"凡再反，峻并为申析以答之。会沼卒，不见峻后报者，峻乃为书以序之"云云，所言即指此书。也就是说，两人就人生的命运问题曾展开过多次论辩，最后一次是刘沼写了信未及寄出便去世了，有人在他家中发现后带给刘峻看，刘峻看后又写了这封信予以答复。

　　追答死者，不仅是书信写作的一种创格，而且行文措词"凄楚缠绵，俯仰裴回，无限痛切"；尤其是结尾两句深婉苍凉，"有味外味"（许梿语），令人掩卷悲叹，难以自抑。谭献以"道上"二字评之（《骈体文钞》卷三十）。

　　刘侯既重有斯难[1]，值余有天伦之戚[2]，竟未之致也。寻而此君长逝[3]，化为异物[4]，绪言馀论[5]，蕴而莫传。或有自其家得而示余者，余悲其音徽未沫[6]，而其人已亡；青简尚新[7]，宿草将列，泫然不知涕之无从也[8]。

【注释】

〔1〕刘侯：即"刘君"，侯在此为古士大夫间的尊称，犹"君"。斯难：指刘沼对其所著《辨命论》的再次论难。

〔2〕天伦：古指兄弟先后伦次。史载梁天监初刘峻请假去探望他的哥哥青州刺史刘孝庆，"坐私载禁物，为有司所奏，免官"（《梁书》本传）。此"天伦之戚"或即指此。

〔3〕寻：不久。　长逝：指死亡。

〔4〕"化为"句：用曹丕《与吴质书》"元瑜长逝，化为异物"成语。

〔5〕绪言：已发而未尽之言。此与"馀论"同指刘沼未及发出的书信。

〔6〕音徽：犹声音语调。　沫：已，尽。

〔7〕青简：用青竹写成的书简。

〔8〕泫然：伤心落泪的样子。　涕之无从：语见《礼记·檀弓上》载孔子语："予恶夫涕之无从也。"意谓没有原因地虚假掉泪。

【今译】

刘君既然又有这样的论难，正逢我有因天伦而起的悲戚，竟然未能有所表示。不久这位君子与世长辞，变化成了其他的物质，那些留下来的言论，保存着无法传达。有人从他家中得到后给我看的，我悲叹他的声音语调尚未止息，而人却已经死去；青竹书简还是新的，隔年的墓草将要长满，因此伤心哭泣，顾不上涕泪乱流。

虽隙驷不留[1]，尺波电谢[2]，而秋菊春兰，英华靡绝[3]。故存其梗概[4]，更酬其旨[5]。若使墨翟之言无爽[6]，宣室之谈有征[7]，冀东平之树，望咸阳而西靡[8]；盖山之泉，闻弦歌而赴节[9]。但悬剑空垄[10]，有恨如何？

【注释】

〔1〕隙驷：穿过空隙的马。形容光阴急速易过。《荀子·礼论》："三年之丧，二十五月而毕，若驷之过隙。" 驷：四马，此泛指马。

〔2〕尺波：喻指短暂的时段。晋陆机《长歌行》："寸阴无停晷，尺波岂徒旋。" 电谢：电光闪灭，形容极快。

〔3〕"而秋菊"二句：语本《楚辞·九歌·礼魂》："春兰兮秋菊，长无绝兮终古。" 靡，不。

〔4〕梗概：大略。此指刘沼《难〈辨命论〉书》（见《刘峻集》附）。

〔5〕酬：回答，答复。

〔6〕墨翟之言：指《墨子·明鬼》一类的有鬼神论。 无爽：没有错失。

〔7〕宣室之谈：《史记·屈原贾生列传》载，汉文帝曾坐宣室（在长安未央殿北），因感鬼神事，而问鬼神之本，贾生因具道所以然之状。

〔8〕"冀东平"二句：《汉书·宣元六王传》颜师古注引《皇览》云："东平思王（刘宇）冢在无盐（东平治所，今属山东），人传言王在国思归京师，后葬，其冢上松柏皆西靡也。"咸阳，秦国都，在今陕西咸阳东北。靡，倾斜，倒伏。

〔9〕"盖山"二句：据《宣城记》载，临城县（今属安徽）南盖山有舒姑泉，相传有舒氏女曾与父砍柴坐泉旁，牵扯不动，因还家告母，及返，唯见清流。遂弦歌泉旁，水流为之回涌，并有朱鲤一双腾跃其间。赴节，应和节拍。

〔10〕悬剑空垅：春秋时吴公子季札出聘晋国，路经徐国，徐君好季札剑而不言，季札因使不便赠送，但心已默许。等他出使回来，徐君已死，于是他就把剑挂在徐君墓地的树上而去。事见《史记·吴太伯世家》及刘向《新序》。垅，同"垄"，墓地。

【今译】

虽然光阴如过隙的骏马不能停留，像尺波和闪电一样飞逝，但是秋天的菊花春天的幽兰，美丽芳香不会断绝。所以保存下他的主要见解，还要回答他的意旨。如果能使墨翟的话没有错失，宣室的交谈得到印证，那么就盼望东平的树木，朝着咸阳的方向往西倾倒；盖山的泉水，听到琴弦歌声应节涌起。只是把剑挂在空空的墓地上，即使心中抱恨又能怎样？

答谢中书书

〔梁〕陶宏景

【题解】

这篇短简，仅六十八字，便将江南山川的秀色描绘得如诗如画，充满了自然的生趣与韵味。

题中的"谢中书"指谢微（或作徵），字元度，陈郡阳夏（今河南太康）人。因仕梁为中书鸿胪，故称"谢中书"。从"答"字来看，谢微似先有书给作者，且其中也谈到了"山川"。

作者陶宏景，"宏"当作"弘"，此为清人为避乾隆讳而改。陶弘景（452—536）字通明，丹阳秣陵（今江苏江宁）人。史载其少有养生之志，"读书万卷，一事不知以为深耻"。梁时隐居句曲山，武帝遇有朝廷大事，总往咨询，被时人称为"山中宰相"。

陶弘景曾作有《诏问山中何所有赋诗以答》，谓"岭上多白云"，"不堪持寄君"；而许梿评此书则云："演迤淡沱，萧然尘埃之外。得此一书，何谓白云不堪持赠？"可见对其赏叹有加了。唯书无起讫，似有脱简。

山川之美，古来共谈。

高峰入云，清流见底。两岸石壁，五色交辉[1]。青林翠竹，四时俱备。晓雾将歇，猿鸟乱鸣[2]；夕日欲颓，沉鳞竞跃[3]。实是欲界之仙都[4]，自康乐以来[5]，未复有能与其奇者[6]。

【注释】

〔1〕五色：古代以青、赤、黄、白、黑五种颜色为正色，其他为间色。

〔2〕"晓雾"二句：王融《巫山高曲》："烟云乍卷舒，猿鸟时断续。"

〔3〕沉鳞：指鱼。阮瑀《为曹公与孙权书》："跃鳞清流。"

〔4〕欲界：佛经中的三界之一，为有七情六欲的众生所居处。此指人间。

〔5〕康乐：即谢灵运，因袭封康乐公而称谢康乐。史载其性"爱山水，每寻山陟岭，必造幽峻，岩嶂数十重，莫不备登"（《南史·谢灵运传》）。

〔6〕与：参与，体味。

【今译】

山川景物的清丽秀美，自古以来就为人们所共同谈论。

高峻的峰峦耸入云霄，明净的水流清澈见底。两岸的石壁相对而立，五种色光交相辉映。青翠的林木竹丛，四个季节无不具备。拂晓的晨雾即将散去，猿猴禽鸟乱声啼鸣；黄昏的落日就要隐没，水中的鱼儿竞相跳跃。这实在是欲望世界中的神仙之都，自从谢康乐以来，就再没有能真正投入与体味其神奇的人了。

为衡山侯与妇书

[梁]何 逊

【题解】

这是作者为衡山侯萧恭(字敬范,南平王子,封衡山县侯)代写的一封家书兼情书。萧恭为人倜傥,《南史》曾记他对元帝说:"下官历观时人多有不好:欢兴乃仰眠床上,看屋梁著书,千秋万岁后谁传此者?岂如临清风、对明月,登山泛水,肆意酣歌也!"他请何逊代作寄闺阁书,也是其性格奇特的一种表现。

而作者何逊(?—约518)字仲言,东海郯(今属山东)人,也是风情万般。此书不仅全文写得"婉娈极艳,情绪绵牵",而且"微笑"、"馀香"一联代人涉想闺中情形,"尤为奇中之奇"。许梿所谓"水部(何逊曾仕尚书水部郎)风情,于斯概见",可称一语中的。他甚至推崇何逊此书与陈伏知道《为王宽与妇义安主书》、北周庾信《为梁上黄侯世子与妇书》(均见后),"并称香奁绝作"。谭献也称其"纤巧如剪彩宫花"(《骈体文钞》卷三十)。

何逊与南平王萧伟交厚,曾与吴均同被荐武帝而得宠,死后又得其迎柩殡藏。他与萧恭的关系自非一般,所以能一展才情,为其作书与妇,流传千古。

昔人遨游洛汭[1],会遇阳台[2],神仙仿佛[3],有如今别。虽帐前微笑,涉想犹存;而幄里馀香[4],从风且歇。掩屏为疾,引领成劳[5]。镜想分鸾[6],琴悲

《别鹤》[7]。心如膏火，独夜自煎[8]；思等流波，终朝不息[9]。

【注释】

〔1〕"昔人"句：用曹植《洛神赋》记遇洛神于洛水边事。洛，洛水，源出陕西雒南，流经洛阳，纳伊水入黄河。汭，曲岸。

〔2〕"会遇"句：用宋玉《高唐赋》记楚襄王昼寝梦遇巫山神女事。阳台，高唐观名。神女自称为朝云行雨，早晚出没"阳台之下"。

〔3〕仿佛：若有若无、时隐时现的样子。汉司马相如《子虚赋》："眇眇忽忽，若神仙之仿佛。"

〔4〕幄：犹"帐"。　馀香：《西京杂记》谓赵飞燕女弟居昭阳殿，杂熏诸香，使席上馀香百日不歇。

〔5〕引领：伸长脖子。形容企盼殷切。

〔6〕"镜想"句：《异苑》载古罽宾王得一鸾鸟，三年不鸣，后听夫人言置镜于前，鸾鸟睹影悲鸣冲霄，一奋而绝。

〔7〕"琴悲"句：据《古今注》载，商陵牧子因娶妻五年无子，父母欲为改娶，故作琴曲《别鹤操》。

〔8〕"心如"二句：语本《庄子·人世间》"膏火自煎也"。膏火，照明用的油火。

〔9〕"思等"二句：语本汉武帝《悼李夫人赋》："思若流波，怛兮在心。"

【今译】

过去有人在洛水边遨游，在阳台下会面，神姿仙态恍恍惚惚，就像现在与你离别。虽然帐前迷人的微笑，回想起来情韵犹在；而帷幔里留下的芳香，却随风飘散而去。掩起屏风愁苦成疾，伸长脖子酸痛劳累。对着镜子想起了分离的鸾鸟，抚起琴来悲怨相别的云鹤。内心就像焚烧的油火，独自在夜间苦苦煎熬；思念如同流淌的波涛，整日翻滚奔腾不息。

始知萋萋谖草[1]，忘忧之言不实；团团轻扇[2]，合欢之用为虚。路迩人遐[3]，音尘寂绝[4]。一日三秋，不足为喻[5]。聊陈往翰[6]，宁写款怀[7]？迟枉琼瑶[8]，慰其杼轴[9]。

【注释】

〔1〕萋萋：草茂盛的样子。《楚辞·招隐士》："王孙游兮不归，春草生兮萋萋。" 谖草："谖"亦作"萱"，一种古代传说能使人忘忧的草。嵇康《养生论》："合欢蠲忿，萱草忘忧，愚智所共知也。"

〔2〕"团团"句：汉班婕妤《怨歌行》："裁为合欢扇，团团似明月。"团扇是古代一种有柄圆形的扇子，多用于宫中闺房。

〔3〕"路迩"句：语本《诗经·郑风·东门之墠》："其室则迩，其人甚远。"迩，近。遐，远。

〔4〕"音尘"句：语本谢庄《月赋》："美人迈兮音尘阙。"

〔5〕"一日"二句：语本《诗经·王风·采葛》："一日不见，如三秋兮。"喻指相别时的感觉特别漫长。

〔6〕翰：书信。

〔7〕宁：岂，难道。 款：诚恳，真切。

〔8〕枉：屈。 琼瑶：美玉。《诗经·卫风·木瓜》："投我以木桃，报之以琼瑶。"此喻指复信。

〔9〕杼轴：织布机的主要部件梭子和筘。《诗经·小雅·大东》："杼轴其空。"此喻指自己的用心。

【今译】

这才知道那谖草尽管茂盛，能使人忘忧的话却不真实；轻扇虽然团圆，可让人聚合欢乐的用途也是空的。路途近而人远离，连一点音信也没有。过一天如经三秋，已不足以作为比喻。姑且在去信中陈述这些，难道能写出恳切的心怀？回报的琼瑶即使屈尊晚到，也可宽慰我的这番用心了。

北使还与永丰侯书

[梁] 刘孝仪

【题解】

据《梁书·刘潜传》载，刘孝仪（潜）于梁大同三年（537）"迁中书郎，以公事左迁安西谘议参军，兼散骑常侍使魏"，则此书当作于其使还之时。永丰侯指萧捴，字智遐，在梁封永丰县侯（见《北史·萧捴传》）。

刘孝仪在这封书信中首叙出使北地的寒苦及毡乡风情，接言使还归国，持节入塞，"绝妙一帧子卿（汉代使者苏武字）归国图，写行役景象，酸凉满目"，"恻怆之情，都在言外"（许梿语）。最后写至家把酒自娱，又俨然一副名士模样。史载其与兄孝绰"并工属文"，有"三笔（刘孝仪排行第三）"之称，观此短简，不谓无征。

足践寒地，身犯朔风[1]。暮宿客亭，晨炊谒舍[2]。飘摇辛苦，迄届毡乡[3]。杂种覃化[4]，颇慕中国[5]。兵传李绪之法[6]，楼拟卫律所治[7]。而毳幕难淹[8]，酪浆易餍[9]。

【注释】

〔1〕犯：冒。 朔：北方。

〔2〕谒舍：犹客店。《汉书·食货志下》："方技商贩贾人，坐肆列里区谒舍。"

〔3〕迄届：到达。　毡乡：指以毡制帐篷为住所的北方游牧民族集居地。

〔4〕杂种：各种种族。　覃化：犹繁衍生息。

〔5〕中国：此指中原地区的汉人政权。

〔6〕李绪：汉代塞外都尉，后降匈奴，曾教匈奴为兵。《汉书·李陵传》："使者曰：'汉闻李少卿（陵）教匈奴为兵。'陵曰：'乃李绪，非我也。'"

〔7〕卫律：父本胡人，因为李延年所荐出使匈奴，"使还，会延年家收，律惧并诛，亡还降匈奴"。又"为单于谋穿井筑城，治楼以藏谷"（《汉书·匈奴传上》）。

〔8〕毳（cuì脆）幕：即毡帐。　淹：滞留。

〔9〕酪：以牛、羊、马等乳炼制成的食品。　餍（yàn厌）：吃饱。

【今译】

　　脚踏上寒冷的边地，身冒着凛冽的北风。傍晚在驿亭内投宿，清晨在客店里做饭。经过飘泊不定的千辛万苦，终于到达了毡帐的故乡。那里多民族繁衍生息，很是向往中原的国家。军队中仍流传着李绪的兵法，城楼还模拟着卫律的建筑。但是毡帐难以久留，乳酪奶浆容易吃饱。

　　王程有限[1]，时及玉关[2]。射鹿胡奴，乃共归国；刻龙汉节，还持入塞[3]。马衔苜蓿[4]，嘶立故墟[5]；人获蒲萄，归种旧里[6]。稚子出迎[7]，善邻相劳。倦握蟹螯[8]，亟覆鰕碗[9]。未改朱颜，略多白醉[10]。用此终日，亦以自娱。

【注释】

〔1〕王程：指奉命出使的路程。

〔2〕玉关：玉门关，在今甘肃敦煌西北小方盘城。汉武帝时置，因

由西域输入玉石取道于此而名。

〔3〕"射鹿"四句：用汉代张骞出使西域事。据《史记·大宛列传》载，张骞以郎应募出使月氏(在今敦煌、祁连间)，与堂邑氏故胡奴甘父俱出陇西。经匈奴，为单于所留达十多年，后与胡妻及甘父一起持汉节归国。节，符节，古代使者所持凭证。

〔4〕苜(mù目)蓿：豆科草本植物，为牛马主要饲料。

〔5〕嘶：长声鸣叫。　墟：土丘。

〔6〕"人获"二句：《史记·大宛列传》："宛左右以蒲陶为酒……俗嗜酒，马嗜苜蓿。汉使取其实来，于是天子始种苜蓿、蒲陶肥饶地。"蒲萄，即蒲陶、葡萄。

〔7〕"稚子"句：语本晋陶渊明《归去来分辞》"僮仆欢迎，稚子候门"。稚子，幼子。

〔8〕"倦握"句：《晋书·毕卓列传》："卓尝谓人曰：'得酒满数百斛船，四时甘味置两头，右手持酒杯，左手持蟹螯，拍浮酒船中，便足了一生矣。'"此即用其意。螯，大足，此指蟹钳。

〔9〕亟：急。　鰕碗：据《南越志》载，南海以虾头为杯，须长数尺，金银镂之。晋康州刺史尝以杯献简文以盛酒，未及饮而跃于外。鰕，同虾。

〔10〕白：《礼记·内则》"酒清白"郑玄注："白，清酒也。"

【今译】

奉命出使的路程有限，这次只到了玉门关。善于射鹿的胡人奴仆，和我一起回了国；刻有龙纹的汉朝符节，仍带着进了关。马儿口衔苜蓿草，站在旧日的土丘上嘶鸣；行人得到了葡萄，打算回来种在家乡。幼子出门前来迎接，友邻纷纷来致慰问。疲倦地手握起肥大的蟹钳，急切地倾覆了虾头酒碗。红润的容颜没有改变，只稍多了几份醉意。就这样来打发日子，也可以自得其乐。

与宋元思书

[梁] 吴 均

【题解】

此题中"宋"一作"朱",非。宋元思字玉山,有刘峻《与宋玉山元思书》可证。这封书信,从现存的情况来看显非原貌,仅为片断;其之所以千古流传,全得力于作者对富春江沿岸自然风光如诗如画般的描绘,令人持卷直作卧游之想。

从富阳沿富春江直下桐庐,任船从流飘荡,两岸奇山异水扑面而来,看不尽景物的千姿百态,听不厌虫鸟的声声啼鸣,大自然的奇妙景色和无穷魅力释解了世俗的种种烦恼,把人带入了与天地四时合一的超然境地。所以许梿说它"扫除浮艳,淡然无尘,如读靖节(陶渊明)《桃花源记》、兴公(孙绰)《天台山赋》";谭献说它"巧构形似,助以山川"(《骈体文钞》卷三十)。

作者吴均(469—520),字叔庠,吴兴故鄣(今浙江安吉)人。出身寒贱,然好学,有俊才。所作文体清拔,尤以小品书札见称,被时人目为"吴均体"。武帝时累官至奉朝请,曾撰三皇至齐通史,未毕而卒。

风烟俱净,天山共色。从流飘荡[1],任意东西。自富阳至桐庐[2],一百许里[3],奇山异水,天下独绝。水皆缥碧[4],千丈见底。游鱼细石,直视无碍。急湍甚箭^[5]，猛浪若奔。夹岸高山，皆生寒树^[6]。负势竞上^[7]，互相轩邈^[8]；争高直指，千百成峰。泉水激石，泠泠作响^[9]。好鸟相鸣，嘤嘤成韵^[10]。蝉则千转不穷^[11]，猿则百叫无绝^[12]。鸢飞戾天者^[13]，望峰息心；经纶世务者^[14]，窥谷忘反^[15]。横柯上蔽^[16]，在昼犹昏；疏条交映，有时见日。

【注释】

〔1〕"从流"句：谓随船自行飘流。

〔2〕富阳：今属浙江，滨临富春江。　桐庐：今属浙江，也在富春江边。

〔3〕许：约计数量，犹"多"、"馀"。

〔4〕缥碧：深青色。晋左思《吴都赋》："缥碧素玉。"

〔5〕湍：急流。　甚：胜过。

〔6〕寒树：耐寒的常青树。

〔7〕负：依凭。南朝宋鲍照《登大雷岸与妹书》："南则积山万状，负气争高。"

〔8〕轩：高举。　邈：远连。

〔9〕泠泠：形容水声清越。晋陆机《招隐》："山溜何泠泠，飞泉漱鸣玉。"

〔10〕嘤嘤：鸟鸣之声。《诗经·小雅·伐木》："鸟鸣嘤嘤。"

〔11〕转：通"啭"，宛转地鸣叫。

〔12〕猿：形似猕猴而大，能啼叫。

〔13〕鸢飞戾天：语出《诗经·大雅·旱麓》。鸢(yuān 渊)，鹞鹰。戾(lì 立)，至。

〔14〕经纶：以整理丝缕喻指治理国事。

〔15〕"窥谷"句：《晋书·嵇康传》："康尝采药游山泽，会其得意，忽焉忘反。"反，通"返"。

〔16〕柯：大树枝。

【今译】

风云烟气都那么明净，碧空青山澄澈一色。听凭水流飘浮荡漾，任船随意往来东西。从富阳到桐庐，相距一百多里，沿途奇异的山水，堪称天下独有的绝景。水都是一抹苍青，深达千丈也能见底。其中的游鱼和细石，可以直接见到没有障碍。水流急得超过飞箭，波浪迅猛就像奔马。那夹岸高耸的大山，都长着耐寒的绿树。它们凭借着气势竞相向上，互相高高举起远远相连；彼此争高直立而指，簇拥成千百座险峻的山峰。流淌的泉水冲击着岩石，发出泠泠的声响。美丽的鸟儿鸣叫相和，嘤嘤之音十分动听。蝉鸣此起彼伏千声不止，猿啼忽近忽远百遍不断。像鸢鹰那样想高飞上天的，望着峰峦平息了竞争之心；那些忙于经营世俗事务的，见到幽谷忘却了回返。上有横斜的枝柯遮蔽，即使白天也好像黄昏；在交错稀疏的树条间，有时才能见到太阳。

与顾章书

[梁] 吴 均

【题解】

这又是最能体现吴均小品书札清丽风格的一篇代表作品。作者在这里以简洁生动的文笔，描写了家乡吴兴梅溪山一带的山水景物。引人入胜之处不光在于状形着色、拟声传响的自然清新，而且更在于寄寓其间的人生乐趣和淡泊情怀。许梿说它"简淡高素，绝去饾饤艰涩之习"，又说"吾于六朝，心醉此种"，可谓知音。

题中"顾章"未详；以情理度之，当是一位与作者颇有文字交往的友人。

仆去月谢病[1]，还觅薜萝[2]。梅溪之西[3]，有石门山者，森壁争霞[4]，孤峰限日；幽岫含云[5]，深溪蓄翠。蝉吟鹤唳[6]，水响猿啼[7]。英英相杂[8]，绵绵成韵。既素重幽居，遂葺宇其上[9]。幸富菊花，偏饶竹实[10]。山谷所资，于斯已办[11]。仁智所乐[12]，岂徒语哉！

【注释】

〔1〕仆：自称谦词。 去月：前一月。 谢病：因病辞归。
〔2〕薜萝：薜荔和女萝，两种野生植物。《楚辞·九歌·山鬼》："若

有人兮山之阿，被薜荔兮带女萝。"后遂以此称隐士的服装。

〔3〕梅溪：据作者《续齐谐记》载，吴兴故鄣县东三十里，有梅溪山。山根直竖一石，高百丈馀，至青而圆，如两间屋大，四面陡绝，无法攀涉。

〔4〕森：森然，高耸林立的样子。

〔5〕岫(xiù 袖)：山穴。晋陶渊明《归去来兮辞》："云无心以出岫。"

〔6〕唳：鸣叫，专指鹤鸣。

〔7〕"水响"句：南朝宋谢灵运《登石门最高顶》："活活夕流驶，噭噭夜猿啼。"

〔8〕英英：形容乐声和鸣。《吕氏春秋·古乐》："其音英英。"高诱注："英英，和盛之貌。"

〔9〕葺宇：修建房屋。晋陆机《葺宇赋》："遵黄川以葺宇。"

〔10〕饶：多。　竹实：指竹笋，可食。《三国志·魏书·王粲传》注："(阮)籍少时尝游苏门山，苏门山有隐者，莫知姓名，有竹实数斛、臼杵而已。"

〔11〕斯：此。　办：完备。

〔12〕"仁智"句：指《论语·雍也》所记孔子语："知(通"智")者乐水，仁者乐山。"

【今译】

我上个月因病告辞，回来寻找薜荔女萝。在故乡梅溪的西面，有座石门山，那里林立的峭壁与云霞争高，孤耸的高峰蔽挡天日；幽暗的山洞含着云气，深邃的溪谷积满苍翠。更有蝉声吟唱鹤鸣警时，潺潺水响阵阵猿啼。和美之音彼此相杂，绵绵不断十分动听。既然平生珍视幽闲的居处，于是便在上面修建了房屋。所幸的是菊花繁盛，美味的竹笋偏偏很多。寄身山谷的生活取资，在这里已经具备了。仁人智者的人生乐趣，难道只是说说而已的吗！

与詹事江总书

陈后主

【题解】

这是陈后主在作太子时，为伤悼管记官陆瑜的早逝，而写给詹事(官名，职掌太子家事)江总的一封书信。陆瑜少笃学，美辞藻，在与兄陆琰并侍东宫时被人比之"二应"(应场、应璩，三国魏人，均以文学为太子曹丕所重)。

关于此信之作，《陈书·文学传》云："时皇太子好学，欲博览群书，以子集繁多，命瑜抄撰。未就而卒，时年四十四。太子为之流涕，手令举哀，官给丧事，并亲制文遣使吊祭。乃与詹事江总书曰……"可见君臣相得，颇类曹丕当时；故其书亦略仿《典论·论文》，追忆以文为布衣交种种情景，尤觉真切感人。许梿谓其"直抒胸臆，全不雕琢，由气格清华，故无一笔生涩"，"情哀理感，能令铁石人动心"。

陈后主(553—604)名叔宝，字元秀，公元582至589年在位。他当政时荒于国事，日与妃嫔、文臣游宴，制作艳词，后被隋军南下攻灭。对于这样一个亡国之君留下的这样一篇情辞并茂的书信，确实不能不使人生"不图亡主竟获如此佳文，我斥其人，我不能不怜其才也"(许梿语)之叹。

管记陆瑜[1]，奄然殂化[2]，悲伤悼惜，此情何已！吾生平爱好，卿等所悉[3]。自以学涉儒雅，不逮古人〔4〕，钦贤慕士，是情尤笃〔5〕。梁室乱离〔6〕，天下麋沸〔7〕。书史残缺，礼乐崩沦〔8〕。晚生后学，匪无墙面〔9〕，卓尔出群〔10〕，斯人而已。

【注释】

〔1〕管记：掌管文牍的官职。　陆瑜：字幹玉，吴郡（治所在今苏州）人。与兄陆琰曾并为东宫管记。

〔2〕奄然：忽然。　殂化：死亡。

〔3〕卿：古代君王对臣的爱称。　悉：知晓。

〔4〕逮：及。

〔5〕尤：特别。　笃：专注、坚定。

〔6〕梁室：梁朝。由萧衍于502年代齐所建，共历四帝，五十六年，于557年为陈所代。

〔7〕麋沸：同“麻沸”。《汉书·王莽传下》颜师古注：“言如乱麻而沸涌。”

〔8〕礼乐：指国家制度、社会秩序。　沦：丧失。

〔9〕匪：通“非”，不。　墙面：也作“面墙”，喻指不学。语本《尚书·周官》“不学墙面”孔安国传：“人而不学，其犹正墙面而立。”

〔10〕卓尔：高超，特出。《汉书·河间献王传赞》：“夫惟大雅，卓尔不群。”

【今译】

任职管记的陆瑜，忽然与世长辞，悲痛哀伤怀念惋惜，这样的情感怎能止息！我生平的爱好，是你们都知道的。自己以为学习儒学风雅，追攀不上古人，钦佩仰慕贤达之士，因此感情特别深厚。梁朝纷乱分裂，天下滋扰沸扬。书集史册残破缺损，礼乐制度败坏丧失。后起的晚辈学者，不是没有对墙而立的，能卓然特出于众的，只有这个人了。

吾识览虽局〔1〕，未曾以言议假人〔2〕。至于片善小才，特用嗟赏；况复洪识奇士，此故忘言之地〔3〕。论其

博综子史[4]，谙究儒墨[5]，经耳无遗，触目成诵。一褒
一贬，一激一扬[6]，语元析理[7]，披文摘句[8]，未尝
不闻者心伏，听者解颐[9]。会意相得，自以为布衣
之赏[10]。

【注释】

〔1〕识览：见识阅历。　局：狭隘，短促。

〔2〕假：给与。

〔3〕忘言：指无须用言语说明。语本《庄子·外物》："言者所以在
意，得意而忘言。"

〔4〕子史：古代典籍分经、史、子、集四部，子指先秦诸子及后代
哲学、政治、科技、艺术类专著，史指史书。

〔5〕谙：熟悉。　儒：指儒家学说，以仁义为本，礼乐为用。　墨：
指墨家学说，以强本节用为宗旨。

〔6〕激：激浊，去除邪恶。　扬：扬清，奖励善良。

〔7〕元：《陈书》作"玄"，可知此为避讳字。玄，妙理。

〔8〕披：翻开。

〔9〕解颐（yí 夷）：开颜。《汉书·匡衡传》"匡说诗，解人颐"颜师
古注引如淳曰："使人笑不能止也。"颐，面颊。

〔10〕布衣之赏：由"布衣之交"变化而来，指贫贱者之间的相互赏
识。据《史记·范雎蔡泽列传》载，秦昭王曾遗平原君书曰："寡人闻
君之高议，愿与为布衣之交。"

【今译】

　　我的见识阅历虽然局促有限，还没有用言语给人作过评议。
对于那些小的优点才能，尚且特意称叹赏赐；何况又是见多识广
的奇异人士，这就是所以得意忘言的地方。说到他的广博聚合子
书史籍，熟知推究儒教墨学，一经耳闻就不遗忘，凡所过目都能
背诵。一字褒扬一字贬抑，一面除恶一面扬善，阐演妙旨分析道
理，援引文章摘录字句，没有不使听到的人心中佩服，听说的人
喜笑颜开的。与他彼此会意各有所得，自己感到这就是布衣间的
相互赏识了。

吾监抚之暇^[1]，事隙之辰，颇用谈笑娱情，琴尊间作^[2]。雅篇艳什^[3]，迭互锋起^[4]。每清风朗月，美景良辰，对群山之参差^[5]，望巨波之滉瀁^[6]。或玩新花，时观落叶；既听春鸟，又聆秋雁。未尝不促膝举觞^[7]，连情发藻^[8]。且代琢磨^[9]，间以嘲谑^[10]。俱怡耳目，并留情致。自谓百年为速^[11]，朝露可伤^[12]；岂谓玉折兰摧^[13]，遽从短运^[14]。为悲为恨，当复何言！

遗迹馀文，触目增泫^[15]。绝弦投笔^[16]，恒有酸恨。以卿同志，聊复叙怀。涕之无从，言不写意。

【注释】

〔1〕监抚：监管安抚。此指协助帝王处理国事。

〔2〕尊：酒杯。　间：更迭。

〔3〕什：泛指篇章卷帙。《诗经·小雅·鹿鸣之什》陆德明注："以十篇编为一卷，名之曰什。"

〔4〕锋起：形容言词犀利。

〔5〕参差(cēn cī)：高低错落。

〔6〕滉瀁(huàng yǎng 晃养)：犹"汪洋"，水深广的样子。

〔7〕"未尝"句：南朝梁何逊《赠韦记室黯别》："促膝今何在，衔杯谁复同。"觞，酒杯。

〔8〕发藻：展示辞藻，指写作议论。

〔9〕琢磨：本为研制玉器时的两道工序，后引申为彼此相互探讨研究。语出《诗经·卫风·淇奥》："有匪君子，如切如磋，如琢如磨。"

〔10〕间：杂，有时。　嘲谑：嘲讽戏谑，打逗玩笑。

〔11〕百年：此代指人生。意本汉代《古诗》"生年不满百"。

〔12〕朝露：喻指人生短暂。《汉书·苏武传》："李陵谓武曰：'人生如朝露，何久自苦如此？'"

〔13〕玉折兰摧：喻指死亡。《世说新语·言语》："毛伯成（名玄）既负才气，常称：'宁为兰摧玉折，不作萧敷艾荣。'"

〔14〕遽(jù 据)：急促，骤然。　短运：短命，未尽寿而终。

〔15〕泫(xuàn 渲)：伤心落泪。

〔16〕绝弦：断绝琴弦，《吕氏春秋·本味》："钟子期死，伯牙破琴绝弦，终身不复鼓琴。"比喻失去知音。

【今译】

　　我在监理国事的空馀，公事有闲的时候，经常用说笑来娱乐性情，抚琴喝酒更迭而行。典雅的篇章和艳丽的作品，相互争锋重叠交替。每逢清风伴着明月，美好的景色宜人的时辰，面对群山的起伏连绵，眼望巨波的汪洋浩瀚，有时赏玩新开的鲜花，有时观叹飘落的黄叶；既聆听春鸟的百啭，又远闻秋雁的哀鸣。没有不曾促膝而坐举杯欢饮，情意相连即兴命笔。而且以此代替研究磋商，并不时杂以嘲讽调笑。这些都使耳目适宜快乐，同时留下了美好的情致。我自以为人生百年太急速，如同早晨的露水真可哀伤；怎会料到玉被折碎兰受摧毁，他竟走得这样匆忙。由此而来的深深悲痛绵绵长恨，又能再说些什么！

　　遗留的形迹剩下的诗文，一见了便泪下不止。绷断了琴弦扔掉了笔，心中常觉酸楚怅恨。由于你我志趣相投，姑且再次叙写情怀。泪不知怎么又落了下来，说的话不能表达现在的心意。

为王宽与妇义安主书

[陈] 伏知道

【题解】

由于中国古代有"男女授受不亲"、婚姻多由父母包办的封建礼教束缚，现存的所谓"情书"，一般都出自男女双方的新婚离别之后。伏知道的这封《为王宽与妇义安主书》和前面何逊的《为衡山侯与妇书》、后面庾信的《为梁上黄侯世子与妇书》，均如此；而且又都是为人代言，传递思慕爱恋之情。

这类书信最大的特点，便是通过对初识、新婚的追忆，表达对美满的家庭生活的渴盼和一旦离别后无穷无尽的思念。许梿说此信写得"柔情绮语，黯然魂销"、"几回搔首，一声长叹，凄绝媚绝"，即由这种现实生活的真切感受引发。信中"九重"一联剖陈用情专注，尤为可贵。谭献则以"娇娆欲语"评之，又说"六朝小启，五代填词"（《骈体文钞》卷三十），可见其影响深远。

题中"王宽"，琅玡临沂（今属山东）人。王固之子，官至司徒左长史侍中（见《陈书·王固传》）。

作者伏知道，昌平（今属北京）人，曾仕陈镇北长史。

昔鱼岭逢车[1]，芝田息驾[2]，虽见妖嬺[3]，终成挥忽[4]。遂使家胜阳台[5]，为欢非梦；人惭萧史[6]，相偶成仙。轻扇初开[7]，欣看笑靥[8]；长眉始画[9]，愁对离妆。犹闻徙佩^[10]，顾长廊之未尽；尚分行幰^[11]，冀迥陌之难回^[12]。广摄金屏^[13]，莫令愁拥；恒开锦幔^[14]，速望人归。

【注释】

〔1〕鱼岭逢车：据《搜神记》载，魏济北郡从事掾弦超嘉平中夜梦神女成公知琼来归，后事泄而去。五年后弦超奉使至洛，途经济北鱼山，遥见一车马似知琼，便追及之。两人相见，同车至洛，旧梦重圆。此即用此事。

〔2〕"芝田"句：用曹植《洛神赋》"尔乃税驾乎蘅皋，秣驷乎芝田"而遇神女事。芝田，长有芝草的田地。息驾，停车。

〔3〕妖嬈（yáo 瑶）：妖艳美丽。此代指神女，隐喻王宽妇义安主。

〔4〕挥忽：即"挥霍"，疾速。晋陆机《文赋》："纷纭挥霍，形难为状。"

〔5〕阳台：本楚国高唐观名，此用宋玉《高唐赋》记巫山神女自称朝云行雨出没阳台事。

〔6〕萧史：《列仙传》载秦穆公时人萧史善吹箫，穆公以女弄玉妻之，后吹箫引凤，随之而去。

〔7〕"轻扇"句：言新婚初见姣容。南朝宋鲍照《中兴歌》："美人掩轻扇，含思歌春风。"

〔8〕靥（yè 夜）：面颊上的微涡，俗称酒窝。

〔9〕"长眉"句：言夫妻恩爱。《汉书·张敞传》载敞"为妇画眉"。又崔豹《古今注》："魏宫人好画长眉。"

〔10〕徙佩：行走有声的玉佩。徙，移动。

〔11〕尚：还，犹。 幰（xiǎn 显）：车幔。

〔12〕冀：希望，期盼。 迥：远。 陌：田间小道。

〔13〕摄：收敛。

〔14〕恒：常。 幔：帘幕。

【今译】

以前在鱼山遇见车乘，在芝田停下马匹，虽然见到了绝色美人，最终成了稍纵即逝的瞬间。于是便让家胜过神秘的阳台，尽情欢乐不是梦幻；人使萧史感到惭愧，出双入对成了神仙。轻盈的团扇初次打开，满心欢喜地看着笑脸；修长的眉毛开始描画，满怀愁苦面对离妆。好像听到玉佩移动的声响，望着长长的走廊似乎还没有走尽；出行的车乘犹已分别，心怀希望远路却无法挽回。把饰金的屏风都收起来，不要让愁思堆积拥聚；把绣锦的帘幕一直打开，盼望行人快快回来。

　　镜台新去，应馀落粉[1]；熏炉未徙[2]，定有馀烟。泪滴芳衾[3]，锦花常湿；愁随玉轸[4]，琴鹤恒惊[5]。已觉锦水丹鳞[6]，素书稀远[7]；玉山青鸟[8]，仙使难通。彩笔试操[9]，香笺遂满；行云可托，梦想还劳[10]。九重千日[11]，讵忆倡家[12]；单枕一宵，便如荡子[13]。当令照影双来，一鸾羞镜[14]；弗使窥窗独坐，嫦娥笑人[15]。

【注释】
　〔1〕"镜台"二句：语本南朝梁何逊《咏春风》："镜前飘落粉。"镜台，镜奁。
　〔2〕熏炉：古代用来熏香和取暖的炉子。
　〔3〕衾（qīn 钦）：被子。
　〔4〕轸（zhěn 诊）：通"紾"，弦乐器上调弦的轴。
　〔5〕琴鹤：指琴曲《别鹤操》。晋陶渊明《拟古九首》之五："上弦惊别鹤。"
　〔6〕锦水：即锦江，在四川成都南。汉司马相如《报卓文君书》："锦水有鸳。" 丹鳞：指鲤鱼，相传能传书。
　〔7〕素书：用绢帛书写的书信。古乐府《饮马长城窟行》："呼童剖鲤鱼，中有尺素书。"
　〔8〕玉山：群玉山，相传为西王母所居。 青鸟：据《汉武故事》载，为西王母的侍使，经常传送书信。
　〔9〕彩笔：即五色笔。相传南朝梁江淹夜梦郭璞对他说"吾有笔在

卿处多年，可以见还”，淹即从怀中取五色笔授之，后作诗无佳句，时人谓其才尽。(见《南史·江淹传》)

〔10〕"梦想"句：《古诗十九首》之十六："独宿累长夜，梦想见容辉。"

〔11〕九重：帝王所居之处，即京城。

〔12〕讵：岂。　倡家：歌馆妓院。

〔13〕荡子：浪游不归的男子。《古诗十九首》之二："昔为倡家女，今为荡子妇。荡子行不归，空床难独守。"

〔14〕"一鸾"句：据《异苑》载，古罽宾王得一鸾鸟，三年不鸣。王听妻言置镜于前，鸾见影悲鸣，一奋而绝。

〔15〕嫦娥：神话中的后羿之妻，因偷吃西王母的不死之药，奔入月宫。事见《淮南子·览冥训》及高诱注。

【今译】

　　新拿走了梳妆镜台，应该还留着洒落的脂粉；熏香暖炉没有移动，一定仍有残存的馀烟。泪水滴在芳香的被上，锦缎的绣花常被沾湿；愁怨伴着调弦的玉纱，别鹤的琴声时令心惊。已经觉得那锦江中的红鳞，所传帛书遥远稀疏；玉山上的青鸟，仙界使者也难相通。试着拿起五色彩笔，飘香的信笺于是写满；巫山的行云或可托付，日想夜梦思念劳苦。身居京城长达千日，岂能留意风流的歌馆舞榭；头靠单枕短仅一夜，便像那久出不归的落拓行客。应当使照出的影子双双而来，一只孤鸾羞对明镜；不要让窥探窗户的嫦娥，笑人孤单地独自而坐。

复王少保书

［陈］周宏让

【题解】

这封书信当与后面的王褒《与周宏让书》并读。

题中的"王少保"即王褒，因曾仕北周太子少保（辅导太子的官）而名。据《周书·王褒传》载，王褒早年仕梁时与处士周弘让相善，江陵为西魏攻陷后王褒即随入北，两人分离，音信不通。后弘让兄弘正在陈时出使北周，武帝特许王褒等人"通亲知音问"，于是王褒便赠诗弘让，并致书悲叹离别之情。当弘让在江南读到王褒写自渭北的来信后，就写了这封回信。信中感慨离别，追忆当年，互道珍重，声情悲切哀亮。尤其是"人生乐耳"一折，"愤激无聊，不可一切。读此则笔可掷，砚可焚矣"（许梿语）。

作者"周宏让"，本作"周弘让"，此系清人避乾隆弘历讳而改。《南史·周朗传》谓其"性简素，博学多通。始仕不得志，隐于句容之茅山，频征不出。晚仕侯景……获讥于代"。陈天嘉初，以白衣领太常卿、光禄大夫，加金章紫绶。

甚矣悲哉，此之为别也。云飞泥沉[1]，金铄兰灭[2]。玉音不嗣[3]，瑶华莫因[4]。家兄至自镐京[5]，致来书于穷谷[6]。故人之迹，有如对面。开题申纸[7]，流脸沾膝。

【注释】

〔1〕"云飞"句：以在天之云与在地之泥喻上下悬殊。《后汉书·矫慎传》："虽乘云行泥，栖宿不同。"

〔2〕"金铄"句：喻指交往断绝。语本《周易·系辞上》："二人同心，其利断金；同心之言，其臭如兰。"铄，熔化。

〔3〕玉音：对他人言语的敬称。曹植《七启》："将敬涤耳，以听玉音。" 嗣：接续。

〔4〕瑶华：白花。语本《楚辞·九歌·大司命》："折疏麻兮瑶华，将以遗兮离君。"

〔5〕家兄：指周弘正，官至国子祭酒、尚书右仆射。 镐京：即镐、宗周，与丰同为西周国都，故址在今陕西西安西。

〔6〕穷谷：王褒致书中有"铲迹幽溪，销声穷谷"句，故云。南朝宋谢惠连《陇西行》："谁能守静？弃禄辞荣。穷谷是处，考槃是营。"

〔7〕题：书写。 申：通"伸"，展开。

【今译】

多么悲伤啊，这全是为了离别啊。云飞天上泥沉地下，金已熔化兰香熄灭。美玉般的言词不能接续，折送白花也没有缘由。家兄从镐京而来，把你的来信捎到了荒僻的山谷。看着老朋友的手迹，就像面对面那样亲切。铺开纸来开始书写，泪禁不住从脸上落到了膝上。

江南燠热[1]，橘柚冬青；渭北沍寒[2]，杨榆晚叶。土风气候，各集所安。餐卫适时[3]，寝兴多福[4]，甚善甚善。与弟分袂西陕[5]，言反东区[6]。虽保周陂[7]，还依蒋径[8]。三荆离析[9]，二仲不归[10]。麋鹿为曹[11]，更多悲绪。丹经在握[12]，贫病莫谐；芝朮可求〔13〕，聊因采缀。

【注释】

〔1〕燠：温暖。

〔2〕渭：渭水，黄河最大的支流，在陕西中部。　冱寒：严寒冻结。《左传·昭公四年》："深山穷谷，固阴冱寒。"

〔3〕卫：护理。

〔4〕兴：起床。

〔5〕分袂：离别。袂，衣袖。南朝梁何逊《赠从兄与宁寡南》："当怜此分袂，脉脉泪沾衣。"　西陕：陕陌（今河南陕县西南）以西，周成王时由召公分治。

〔6〕言：语首助词。　反：通"返"。　东区：一作"东瓯"，汉惠帝时古越族首领摇受封东海王，都东瓯（今浙江温州）。

〔7〕周陂：据《后汉书·周燮传》载，燮有先人草庐在冈畔，下有陂田，曾耕耘自守。

〔8〕蒋径：据《三辅决录》载，汉代高士蒋诩归乡，以荆棘塞门，院中留三径。闭门不出，只与求仲、羊仲往来。

〔9〕三荆：古有兄弟欲分异，出门见三荆同株，接叶连阴，于是感而复和。事见《孝子传》。荆，野生灌木。又"三荆"《周书·王褒传》载此书作"三姜"，《后汉书·姜肱传》记肱与二弟仲海、季江"友爱天至，常共卧起"。　离析：离开分散。

〔10〕二仲：即汉代与蒋诩往来的隐士求仲、羊仲。

〔11〕曹：群。《楚辞·招隐士》："禽兽骇兮亡其曹。"

〔12〕丹经：古代道家记载炼丹方法的书籍。王褒致周弘让书中有"中药养神，每禀丹砂之说"云云。

〔13〕芝：灵芝。　尤：山蓟。相传两者服之都可成仙。南朝宋谢灵运《昙隆法师诔》："茹芝尤而共饵，披法言而同卷。"

【今译】

长江以南温和暖热，橘树柚木冬季常青；渭水以北寒冷冰冻，杨树榆木长叶很晚。土地风物气候不同，我们各自所处都能适应。饮食护理不失时节，入睡起居多多有福，这样就很好很好。与贤弟在西陕分手后，就回到了东瓯，虽然守着周家的坡地，却仍依着蒋诩的小道。同株的三荆已经分离，二仲兄弟也久去不归。麋鹿出没成群结队，更添了许多悲伤情绪。炼丹的经书既在手中，贫困和疾病便不能兼备；灵芝和山蓟也可求得，姑且因此多采摘收集。

昔吾壮日，及弟富年。俱值邕熙[1]，并欢衡泌[2]。南风雅操[3]，清商妙曲[4]。弦琴促坐，无乏名晨[5]。玉沥金华[6]，冀获难老[7]。不虞一旦[8]，翻覆波澜[9]。吾已愒阴[10]，弟非茂齿。禽尚之契[11]，各在天涯。永念生平，难为胸臆。正当视阴数箭[12]，排愁破涕。

【注释】

〔1〕邕熙：和睦兴盛。汉张衡《东京赋》："上下共其雍（通"邕"）熙。"

〔2〕衡泌：语出《诗经·陈风·衡门》："衡门之下，可以栖迟；泌之洋洋，可以疗饥。"毛传："衡门，横木为门，言浅陋也。泌，泉水也。"

〔3〕南风：南方的音乐。 操：琴曲的一种。

〔4〕清商：郑音，以声调悲惋清越著称。

〔5〕名晨：指美好的时光。名，通"明"。

〔6〕玉沥：指仙露。南朝梁江淹《惜晚春应刘秘书》："山中有杂桂，玉沥乃共斟。" 金华：金花。古人炼丹，"以金华和丹，向日和之，光与日连，服之长生"（《抱朴子·金丹》）。

〔7〕难老：语出《诗经·鲁颂·泮水》："永锡难老。"

〔8〕虞：料想。

〔9〕"翻覆"句：晋陆机《乐府诗》："休咎相乘蹑，翻覆若波澜。"

〔10〕愒（kài 慨）：荒废，虚度。《左传·昭公元年》："玩岁而愒日。" 阴：光阴。

〔11〕"禽尚"句：据《后汉书·向长传》载，向（《高士传》作"尚"）长"与同好北海禽庆俱游五岳名山，竟不知所终"。 契：意气相投。

〔12〕箭：古代计时器漏刻中标有刻度的箭形指针。

【今译】

　　过去我在壮年，正逢弟岁月方富。两人都处于安稳兴盛，一起欢聚在陋室泉边。古雅的南风琴操，美妙的清商乐曲。手抚琴弦促膝而坐，并不缺乏美好时光。那些白玉仙露黄金丹华，都被用来祈求长生不老。不曾料想有朝一日，天地翻覆波澜起伏。我已光阴虚度，弟也不复年轻。禽庆、尚长间的投合，各自已远在天涯。常常想起这种生平经历，胸中怎么也难以平静。正应该看着日影数着漏箭，排解忧愁破涕寻欢。

　　人生乐耳，忧戚何为？岂能遽悲次房[1]，游魂不返；远伤金产[2]，骸枢无托[3]！但愿爱玉体[4]，珍金相[5]，保期颐[6]，享黄发[7]。犹冀苍雁赪鲤[8]，时传尺素[9]；清风朗月，俱寄相思[10]。子渊子渊，长为别矣！握管操觚[11]，声泪俱咽。

【注释】

　　〔1〕遽：恐惶，窘迫。　　次：停留。

　　〔2〕金产：未详；或指金丹的产生。《周书·王褒传》此句缺"伤"、"金"两字。

　　〔3〕枢：装有尸体的棺材。

　　〔4〕但：只。　　玉体：对他人身体的敬称。

　　〔5〕金相：喻指珍贵的内质。《诗经·大雅·棫朴》："金玉其相。"相，本质，一作"箱"。

　　〔6〕期(jī基)颐：百年之养。《礼记·曲礼上》："百年曰期，颐。"颐，保养，养护。

　　〔7〕黄发：指年老高寿。《诗经·鲁颂·閟宫》"黄发台背"郑玄笺："皆寿征也。"

　　〔8〕苍雁、赪鲤：相传都能为人传书。事见《汉书·苏武传》和《史记·陈涉世家》。　　赪：红。

　　〔9〕尺素：指书信。古人通常以绢帛书写，长一尺，故称。南朝梁王僧孺《咏捣衣》："尺素在鱼肠，寸心凭雁足。"

〔10〕"清风"二句:《世说新语·言语》:"刘尹(惔)云:清风朗月,辄思玄度(晋征士许询)。"

〔11〕管:指笔。 觚(gū孤):古代用以书写的木简。晋陆机《文赋》:"或操觚以率尔。"

【今译】

　　人生本当是快乐的啊,为什么要忧愁悲戚?怎么能恐惶哀伤久留房中,神魂游荡迷而不返;远远损伤金丹的生成,使尸骸棺木没有依托。只愿爱护玉体,珍重金质,保养百年人生,安享黄发高寿。还盼望灰黑的雁和红鲤鱼,经常来传递书信;清泠的风和明月光,同时寄托相思情。子渊啊子渊,与你长久离别了啊!拿起笔来书写木简,声音和泪一起呜咽。

与阳休之书

[北魏] 祖鸿勋

【题解】

　　作者祖鸿勋是北魏一个很有性格和才气的人。据《北齐书·文苑传》载，他早年以文学为北魏临淮王拓跋彧荐为奉朝请，"竟不相谢"；后又为城阳王元徽奏为司徒法曹参军事赴洛，以"今来赴职，非为谢恩"相答。史称其"在官清素，妻子不免寒馁，时议高之"。这封书信，是他在一度辞官归里时写给阳休之（字子烈，右北平无终人，官至太子少保、和州刺史）的。

　　许梿对此信的评价甚高。总而言之，他说："衰乱之世，能息心岩岫，甚不可多得。文亦幽陷灵珑，饶有两晋风力。"具体来说，对信中"尝试论之"一段曰："此一服清凉散耳。彼营营于名缰利锁者，其肯尝之否耶。"对"今弟官位既达"一段曰："不知止足，读此当颜变愧生矣。"最后又曰："热病无一人不染，冷药无一人肯服，有心者恒代为滋泪也。"尽管祖鸿勋本人在归隐一段时间后又应齐高祖高欢之召，位至高阳太守卒官，但他在信中所表露的淡泊名利、知足而止的情怀，不能不说是人生一种难得的清醒。

　　阳生大弟：吾比以家贫亲老[1]，时还故郡[2]。在本县之西界，有雕山焉。其处闲远，水石清丽[3]，高岩四匝[4]，良田数顷[5]。家先有野舍于斯，而遭乱荒废，今复经始[6]。即石成基，凭林起栋[7]。萝生映宇[8]，泉流绕阶。月松风草，缘庭绮合[9]；日华云实[10]，旁沼星罗。檐下流烟，共霄气而舒卷；园中桃李，杂松柏而葱蒨[11]。时一牵裳涉涧[12]，负杖登峰，心悠悠以孤上，身飘飘而将逝，杳然不复自知在天地间矣[13]。

【注释】

〔1〕比：近来。

〔2〕故郡：指涿郡范阳（治所在今河北涿县）。

〔3〕"其处"二句：《宋书·隐逸传论》："岩壑闲远，水石清华。"闲远，僻静遥远。

〔4〕匝：围绕。

〔5〕顷：古代以百亩为顷。

〔6〕经始：开始测量营建。语本《诗经·大雅·灵台》："经始灵台，经之营之。"

〔7〕栋：屋梁。

〔8〕萝：女萝，野生藤本植物。

〔9〕绮：有花纹的丝织品。此喻松草宛然妙合。

〔10〕日华云实：此即美称各种花果。华，通"花"。

〔11〕葱蒨：葱翠鲜明。

〔12〕涧：两山间的流水。

〔13〕杳然：幽远深广的样子。

【今译】

阳生大兄弟：我近来由于家中贫困亲人年老，经常返归故乡。在本县的西面地界，有一座雕山。那里僻静幽远，流水山石清澈绚丽，高高的岩壁四面围绕，肥沃的农田数顷。家中原先有茅屋在这里，遭遇动乱已经荒废，现在又开始修建经营。就着山石建成地基，靠着林木横起屋梁。女萝攀生映入屋内，泉水流淌绕着石级。月下的松、风中的草，沿着庭院罗绮般地相合；向阳的花，云间的果，依着池沼繁星般地罗列。屋檐下飘出的炊烟，和山间云气一起升腾舒卷；小园内生长的桃李，间杂松柏更觉葱翠鲜美。时常一人手提衣裳跋涉过涧，拄着手杖登上山峰，心中悠悠似独自飞升，身子飘飘如将要远去，幽远浩渺已不再觉得自己在天地之间了。

　　若此者久之，乃还所住。孤坐危石，抚琴对水；独咏山阿，举酒望月[1]。听风声以兴思，闻鹤唳以动怀[2]。企庄生之逍遥[3]，慕尚子之清旷[4]。首戴萌蒲，身衣缊褐[5]。出艺粱稻[6]，归奉慈亲。缓步当车，无事为贵[7]。斯已适矣，岂必抚麈哉[8]！

【注释】

〔1〕"独咏"二句：《晋书·王徽之传》：徽之"尝居山阴，夜雪初霁，月色清朗，四望浩然，独酌酒咏左思《招隐》诗"。阿，弯曲处。

〔2〕"听风声"二句：《晋书·谢玄传》记前秦苻坚在淝水被东晋军击败，"闻风声鹤唳，皆以为王师已至"。此借言情怀为自然声响所动。又晋陆机为人所陷，临死前有"华亭鹤唳，岂可复闻乎"之叹。事见《晋书·陆机传》。

〔3〕庄生：战国宋人庄周，著名的哲学家。　逍遥：自由自在，无牵无挂。《庄子·让王》："逍遥于天地之间而心意自得。"又庄子作有《逍遥游》，讲述"顺万物之性，游变化之涂"（郭象注）的道理。

〔4〕尚子：《后汉书·逸民列传》："向（《高士传》作"尚"）长字子平，河内朝歌人也。隐居不仕，性尚中和，好通《老》《易》。贫无资食，好事者更馈焉，受之，取足而反其馀。"

〔5〕"首戴"二句：语本《国语·齐语》："首戴茅蒲，身衣袯襫，沾体涂足，暴其发肤。"萌蒲，新生竹皮制成的斗笠，也作"茅蒲"。缊褐（bó 脖），麻制襄衣。

〔6〕艺：种植。

〔7〕"缓步"二句：语本《战国策·齐策》颜斶曰："晚食以当肉，安步以当车，无罪以当贵，清静贞正以自虞。"

〔8〕抚麈（zhǔ 主）：指手执拂尘凭空谈玄。麈，一种似鹿而大的动

物，尾毛可作拂尘，为魏晋人清谈时常备之物。

【今译】

　　像这样待久了，便回到住所。一个人坐在兀立的石上，面对泉水手抚琴弦；独自在山间吟咏，举起酒杯抬头望月。听到风声思绪萌发，耳闻鹤鸣情怀涌动。企望庄子那样的逍遥自在，羡慕尚君那样的清闲旷达。头上戴着竹编的斗笠，身上穿了麻制的蓑衣。出门种植高粱稻麦，回家侍奉父母双亲。缓步而行就当作车驾，没有是非就是富贵。这样已经很适宜了，何必还要摆弄麈尾空谈呢！

　　而吾子既系名声之缰锁[1]，就良工之剞劂[2]。振佩紫台之上[3]，鼓袖丹墀之下[4]。采金匮之漏简[5]，访玉山之遗文[6]，敝精神于《丘》《坟》[7]，尽心力于河汉[8]。摘藻期之罄绣[9]，发议必在芬芳[10]。兹自美耳，吾无取焉。尝试论之：夫昆峰积玉[11]，光泽者前毁；瑶山丛桂[12]，芳茂者先折。是以东都有挂冕之臣[13]，南国见捐情之士[14]。斯岂恶粱锦、好蔬布哉[15]，盖欲保其七尺[16]，终其百年耳[17]。

【注释】

　　〔1〕既：已经。　缰锁：缰绳枷锁，喻指束缚、牵累。《汉书·叙传》："贯仁义之羁绊，系名声之缰锁。"

　　〔2〕良工：能工巧匠，喻指从学之师。　剞劂(jī jué 基决)：刻镂用的刀凿。

　　〔3〕佩：指贵族身上佩戴的玉器。　紫台：犹紫官，古称帝王所居。

　　〔4〕丹墀：古代宫殿前涂红色的石阶。

　　〔5〕金匮：汉代国家藏书的金属柜。《汉书·高帝纪下》："丹书铁契，金匮石室。"　简：竹片，战国至魏晋为书写的主要材料。

〔6〕玉山：群玉山，相传为西王母所居。据《穆天子传》载，山有藏书的策府。

〔7〕《丘》《坟》：传说中的古书。《左传·昭公十二年》："是能读三坟、五典、八索、九丘。"

〔8〕河汉：指银河。汉王充《论衡·案书》："汉作书者多，以司马子长、扬子云河汉也，其馀泾渭也。"

〔9〕摛藻：铺陈词藻。　鞶（pán盘）绣：绣花囊，古代官吏用以盛印绶。汉班固《与窦宪笺》："固于张掖县，受赐所服物虎头绣鞶囊一双。"

〔10〕芬芳：喻指美好动听。

〔11〕昆峰：即昆冈，传说中的产玉之山。《尚书·胤征》："火炎昆冈"孔安国传："山脊曰冈，昆山出玉。"

〔12〕瑶山：蕴藏美玉的山。

〔13〕"是以"句：《后汉书·逸民传》："逄萌字子康，北海都昌人也。家贫，给事县为亭长。时尉行过亭，萌候迎拜谒。既而掷楯叹曰：'大丈夫安能为人役哉！'遂去之长安，学通《春秋经》。时王莽杀其子宇，萌……即解冠挂东都（指洛阳）城门，归将家属浮海，客于辽东。"

〔14〕"南国"句：用战国楚大夫屈原怀忠见谗，被放逐投汨罗江自沉事，见《史记·屈原贾生列传》。

〔15〕粱：精美的饭食。

〔16〕七尺：指身躯。古代成人一般身长七尺，故称。

〔17〕"终其"句：魏曹丕《芙蓉池》："保己终百年。"

【今译】

　　而你已经套上了名声的缰绳枷锁，身受能工巧匠的刀雕斧凿，在紫禁宫上摇动玉佩，在红台阶下拂拭衣袖。收集金匮藏书遗漏的书简，寻访玉山策府未收的文籍，钻研《九丘》《三坟》耗竭精神，追求文如银河费尽心力。铺陈词藻希望能像印囊上的刺绣，发表议论务必使人如嗅芳香。这些都是你自己的爱好，对我来说并不足取。曾经试着对此这样议论：那昆冈上堆积的玉石，光泽闪亮的早被开采；瑶山中丛生的桂树，芳香茂盛的先被采摘。所以东都洛阳有挂冠而去的朝臣，南方泽国出现了为情捐躯的志士。我这样难道是厌恶佳肴锦缎、偏爱蔬菜粗布吗，那全是为了要保全这七尺之躯，尽享人生百年啊。

今弟官位既达，声华已远[1]。象由齿毙[2]，膏用明煎[3]。既览老氏谷神之谈[4]，应体留侯止足之逸[5]。若能翻然清尚[6]，解佩捐簪[7]，则吾于兹，山庄可办。一得把臂入林[8]，挂巾垂枝；携酒登𪩘[9]，舒席平山。道素志[10]，论旧款[11]，访丹法[12]，语元书[13]。斯亦乐矣，何必富贵乎？去矣阳子，途乖趣别[14]。缅寻此旨[15]，杳若天汉[16]。已矣哉，书不尽言。

【注释】

〔1〕声华：声誉。南朝梁任昉《宣德皇后令》："客游梁朝，则声华籍甚。"

〔2〕"象由"句：语本《左传·襄公二十四年》："象有齿以焚其身，贿也。"

〔3〕"膏用"句：三国魏阮籍《咏怀诗》"膏火自煎熬"沈约注："膏以明自煎。"膏，油脂。用，因为。

〔4〕老氏：即老子李耳，春秋时楚人，著名的哲学家。谷神之谈：指《老子》六章所谓"谷神不死，是谓玄牝。玄牝之门，是谓天地根。绵绵若存，用之不勤"。

〔5〕留侯：汉代谋臣张良，汉六年（前201）封留侯（因始见刘邦于徐州沛县东南之留城而求封）。止足之逸：《史记·留侯世家》载萧何为相，张良辞曰："家世相韩，及韩灭，不爱万金之资，为韩报仇强秦，天下振动。今以三寸舌为帝者师，封万户，位列侯，此布衣之极，于良足矣。愿弃人间事，欲从赤松子游耳。"

〔6〕翻然：又作"幡然"，形容转变迅速。 清尚：清高自重。

〔7〕解佩：脱去朝服。佩是古代文官朝服上的饰物。 捐簪：犹挂冠散发。簪用于束发系冠。

〔8〕一得：一旦得以。 把臂入林：《世说新语·赏誉》："谢公道：'豫章若遇七贤，必自把臂入林。'"

〔9〕𪩘（yǎn 演）：大小两截的山。

〔10〕素志：生平志向。晋葛洪《神仙传》五"阴长生"："著书三篇，以示将来。其一曰：……高尚素志，不事王侯……"

〔11〕款：情意。

〔12〕丹法：炼丹的方法。

〔13〕元书：即玄书，清人避康熙玄烨讳而改。

〔14〕乖：相背。

〔15〕缅：遥远的样子。

〔16〕杳：深远。　天汉：指银河。

【今译】

现在贤弟官位已经通达，声誉也已远播。然而大象由于象牙珍贵而毙命，油膏因为能照明而受煎熬。既然已读了老子有关谷神的议论，应当体味留侯知足而止的旷达。如果能幡然以清闲自重，解下玉佩拿去发簪，则我在这里，山庄可以办妥。一旦能挽着手臂同入山林，可把头巾挂在低垂的枝上；带着村酒共登峰峦，将席铺在平坦的山间。彼此叙说生平志向，共同谈论往日的情意，探讨炼丹的方法，讲述玄妙的书籍。这样也是很快活的啊，何必一定要求富显贵呢？我走了啊阳君，道路相背意趣不同。远远追寻这种人生旨趣，却像银河那样遥遥无期。就这样吧，信中写不尽要说的话。

与周宏让书

[北周] 王　褒

【题解】

　　王褒(约513—576)，字子渊，琅玡临沂(今属山东)人。梁元帝时官吏部尚书、左仆射。西魏陷江陵，梁元帝出降，他与王克、刘毅等数十人俱至长安被留，终身未能南返。北周时任小司空，出为宜州刺史。与庾信并有名于时。史载其"初与梁处士汝南周弘让相善，及让兄弘正自陈来聘，帝许褒等通亲知音问，褒赠弘让诗并书焉"(《北史·王褒传》)。

　　作为身经时乱、由南入北的才学之士，王褒能有与旧朝故乡知友通信的机会，自然难免会触发一腔幽怨、满怀哀愁。许梿评"河阳"诸句"数语酸凄入骨，情何以堪"，不谓无因。谭献也说此书"情语可味"(《骈体文钞》卷三十)。

　　为便体味，今特将王褒《赠周处士》诗一并移录如下："我行无岁月，征马屡盘桓。崤曲三危岨，关重九折难。犹持汉使节，尚服楚臣冠。巢禽疑上幕，惊羽畏虚弹。飞蓬去不已，客思渐无端。壮志与时歇，生年随事阑。百龄悲促命，数刻念馀欢。云生陇坻黑，桑疏蓟北寒。鸟道无蹊径，清汉有波澜。思君化羽翮，要我铸金丹。"

　　题中"宏"字，系清为避乾隆弘历讳改。

　　嗣宗穷途〔1〕，杨朱歧路〔2〕。征蓬长逝〔3〕，流水不归。舒惨殊方[4]，炎凉异节。木皮春厚，桂树冬荣。想摄卫惟宜[5]，动静多豫[6]。贤兄入关，敬承款曲[7]。犹依杜陵之水[8]，尚保池阳之田[9]。铲迹幽溪，销声穷谷[10]。何其愉乐，幸甚幸甚！

【注释】

〔1〕嗣宗：三国魏阮籍，字嗣宗。史载其"时率意独驾，不由径路。车迹所穷，辄恸哭而返"（《三国志·魏书·阮籍传》注）。

〔2〕杨朱：战国时魏人，哲学家。《列子·说符》记其邻人亡羊，率众人追之，仍未获。杨子问其故，邻人以"多歧路"、"歧路之中又有歧焉"而不知所从答之。

〔3〕征蓬：远飞的蓬草，此自喻入北。

〔4〕舒惨：犹甘苦。 殊方：异域。

〔5〕摄卫：保养护理。

〔6〕豫：安乐。《尚书·金縢》："王有疾，弗豫。"

〔7〕"贤兄"二句：指周弘让兄周弘正自陈出使北周。款曲：详尽的情况。

〔8〕杜陵：汉置县名，治所在今陕西西安东南。汉代名士张仲蔚、蒋诩皆隐居于此。

〔9〕池阳：汉置县名，因在池水之阳而名。治所在今陕西泾阳西北。《汉书·沟洫志》载武帝时赵中大夫白公穿渠引泾水注渭，溉田四千五百馀顷，民歌曰："田于何所？池阳谷口。"

〔10〕穷谷：指周弘让曾隐居的句容茅山（在今江苏西南）。

【今译】

就像阮嗣宗无路可走，杨朱感叹岔道太多。远飞的蓬草从此消失，流淌的水不再回归。舒心愁苦地域不同，炎热寒冷季节有别。树皮春季依然厚实，桂枝冬日却也开花。想来保养护理得当，起居行止安好。贤兄来到关内，已恭敬地听说了你的详情。似乎仍依靠着杜陵的流水，还保留了池阳的良田。铲去了幽溪中的足迹，隐没了荒谷内的名声。这是多么快乐啊，真的非常非常幸运！

　　弟昔因多疾，亟览九仙之方[1]；晚涉世途，常怀五岳之举[2]。同夫关令，物色异人[3]；譬彼客卿，服膺高士[4]。上经说道，屡听元牝之谈[5]；中药养神，每禀丹砂之说[6]。年事遒尽[7]，容发衰谢。芸其黄矣[8]，零落无时。还念生涯，繁忧总集。视阴惕日，犹赵孟之徂年[9]；负杖行吟，同刘琨之积惨[10]。河阳北临[11]，空思巩县[12]；霸陵南望[13]，还见长安[14]。所冀书生之魂，来依旧壤[15]；射声之鬼[16]，无恨他乡。

【注释】

　　〔1〕亟：屡次。　九仙之方：《列仙传》载滑子好饵尤，食其精。隐宕山，能致风雨，受伯阳九仙法。汉代淮南王刘安曾得其文，却不能解其旨。

　　〔2〕五岳之举：指汉代隐士向长与好友禽庆同游五岳名山而不知所终事，见《后汉书·向长传》。五岳，指东岳泰山、南岳衡山、西岳华山、北岳恒山和中岳嵩山。

　　〔3〕"同夫"二句：指《列仙传》载关令尹喜善内学星宿，曾观气"候物色而迹之"，知老子将至事。

　　〔4〕"譬彼"二句：战国时燕人蔡泽入秦为客卿前，曾问相于唐举，后富贵、享寿果如其言。事见《史记·范睢蔡泽列传》。客卿，在本国做官的外国人。服膺，衷心信服。膺，胸。

　　〔5〕"上经"二句：《老子》六章："谷神不死，是谓玄牝。玄牝之门，是谓天地根。绵绵若存；用之不勤。"上，头等的。元，本作"玄"，清人避康熙玄烨讳改。玄牝，道家所称大自然孳生万物的根源。

　　〔6〕"中药"二句：《本草》有"中药一百二十种为臣，主养性以应人"之说(见《文选》嵇叔夜《养生论》李善注)；《史记·封禅书》、《本草经》又有丹砂益寿延年之说。禀，领受。

　　〔7〕年事：岁数，年纪。　遒：迫近。

　　〔8〕"芸其"句：语出《诗经·小雅·苕之华》："苕之华，芸其黄矣。"芸，枯黄的样子。

　　〔9〕"视阴"二句：据《左传·昭公元年》载，秦桓公子后子曾与

赵孟论国亡年限，"赵孟视荫曰：'朝夕不相及，谁能待五？'后子出而告人曰：'赵孟将死矣。主民玩岁而愒日，其与几何？'"愒，荒废。徂，通"殂"，死亡。

〔10〕"负杖"二句：刘琨《答卢谌书》："块然独立，则哀愤两集；负杖行吟，则百忧俱至。"刘琨，字越石，西晋中山魏昌（今河北无极）人。惨，悲痛。

〔11〕河阳：汉置县名，治所在今河南孟县。

〔12〕巩县：今属河南，在黄河南岸、洛河下游。

〔13〕霸陵：因汉文帝葬此而置县命名，治所在今陕西西安东北。

〔14〕长安：隋唐前故城在今陕西西安西北。

〔15〕"所冀"二句：汉代班超早年投笔从戎，长年戍守边关。年老思乡，曾上疏"但愿生入玉门关"，后因其妹上书恳请，得以还乡。事见《后汉书·班超传》。

〔16〕"射声"二句：汉代李陵善射，曾拜骑都尉，"教射酒泉、张掖，以屯卫胡"。后率兵出击匈奴，战败而降，病死塞外。射声，汉武帝时设射声校尉，掌待诏射声士，见《汉书·百官公卿表上》。其名据服虔注，谓"工射者也。冥冥中闻声则中之，因以名也"。

【今译】

愚弟过去由于多病，屡次阅读九仙的妙方；晚来涉足人间仕途，常想着同游五岳的行为。就像守关的尹令，能依据气色来识别卓异的人；好比那个秦国客卿，衷心信服高明之士。头等的经典讲述天道，多次听说有关玄牝的谈论；中等的药物滋养人的神性，时常领教丹砂益寿的学说。年纪已近终老，容颜鬓发衰败凋谢。枯黄萎缩像草一样，不断地零星脱落。回想起生活的这些年月，众多的忧愁聚集在一起。眼看光阴流逝虚度时日，就如赵孟到了死亡之年；拄着手杖行走吟诵，和刘琨的悲痛郁积相同。在河阳向北临眺，白白思念着巩县；在霸陵朝南遥望，还能见到京城长安。所盼望的只是书生的游魂，前来依附故乡的土地；射声的幽鬼，在他乡别无所恨。

白云在天〔1〕，长离别矣。会见之期，邈无日矣〔2〕。

援笔揽纸[3]，龙钟横集[4]。

【注释】

〔1〕"白云"句：语出《穆天子传》载西王母为《天子谣》。

〔2〕邈：遥远。

〔3〕援：拿来。 揽：持取。

〔4〕龙钟：泪流纵横的样子。

【今译】

白云飘在天上，离别太长久了。会面相见的日子，是遥遥无期的了。拿起笔来铺开信纸，老泪纵横难以自抑。

为梁上黄侯世子与妇书

[北周] 庾　信

【题解】

"梁上黄侯世子"指梁宗室上黄侯萧晔之子萧悫，字仁祖，齐武平中为太子洗马。后主时为齐州录事参军，待诏文林馆。工篇什，曾以《秋夜诗》"芙蓉露下落，杨柳月中疏"为颜之推赏识。

清人倪璠《庾子山集注》评此书云："昔陆机入洛，有代彦先之词；何逊裁书，有为衡山之札。才子词人，自能挥翰，而夫妻致词，间多代作。此亦感其燕婉之情，代传别恨，可以葛龚无去者也。悫本梁朝宗室，疑江陵陷后，随例入关，若非隔绝，即是俘虏。此书摹暂离之状，写永诀之情，茹恨吞悲，无所投诉，殆亦《哀江南赋》中'临江愁思'之类也。"如果真像倪璠所猜测的那样，那么这封书信，又非一般的家信情书了。

许梿称书中"想镜中看影"诸语"艳极韵极，恐被鸳鸯妒矣"；谭献则以"气举其辞"评之(《骈体文钞》卷三十)。

昔仙人导引，尚刻三秋[1]；神女将梳，犹期九日[2]。未有龙飞剑匣[3]，鹤别琴台[4]，莫不衔怨而心悲，闻猿而下泪[5]。人非新市[6]，何处寻家；别异邯郸[7]，那应知路。

【注释】

〔1〕"昔仙人"二句：据干宝《搜神记》载，汉时杜兰香多次前往张传(后改名硕)家，有大小婢女萱友、松支引导通报，谓"阿母所生，遣授配君，可不敬从"，后八月旦复来，以婚约相期。三秋，指秋季。

〔2〕"神女"二句：相传魏时弦超夜梦神女自称天上玉女前来相从，后为人觉，别去。五年后又于济北鱼山下相遇，共载至洛，以每年三月三、五月五、七月七、九月九、旦十五日相会，事见干宝《搜神记》。九日，指九月初九。

〔3〕"未有"句：《豫章记》载雷爽(雷焕子)，路经浅濑，所佩之剑忽从腰间跃出，"入水乃变为龙，见二龙相随而逝焉"。此以晋时张华、雷焕于丰城掘得双剑各执其一(见《晋书·张华传》)喻离别。

〔4〕"鹤别"句：汉蔡邕《琴操》："商陵牧子娶妻五年无子，父兄欲为改娶，牧子援琴鼓之，歌别鹤以舒其愤懑。"

〔5〕"闻猿"句：北魏郦道元《水经注·江水注》引渔歌："巴东三峡巫峡长，猿鸣三声泪沾裳!"

〔6〕新市：古县名，有南北二地。北属中山国，治所在今河北正定东北新城铺，为西汉所置；南属江夏郡，治所在今湖北京山东北，东汉置南新市县，南朝宋改名新市。此信若如倪璠注所言，系庾信代入北梁宗室萧峟所拟，则当指后者。

〔7〕"别异"句：《汉书·张释之传》载其"从行至霸陵，上居外临厕。时慎夫人从，上(汉文帝)指视慎夫人新丰道曰：'此走邯郸道也。'"张晏注："慎夫人，邯郸人也。"此指回乡无路，有生离死别之意。邯郸，古县名，今属河北。

【今译】

以前仙人前来引导，还限定了三秋季节；神女行前梳妆，仍以九月九日为期。没有龙从剑匣中飞走，鹤在琴台上离去，没有不怀着哀怨而内心悲伤，听到猿鸣而泪下不止的。如今人不在新市，到什么地方去找家；别后不同于邯郸，哪里还应辨识途径。

想镜中看影〔1〕，当不含啼；栏外将花〔2〕，居然俱笑。分杯帐里〔3〕，却扇床前〔4〕。故是不思，何时能忆?

当学海神，逐潮风而来往^[5]；勿如织女，待填河而相见^[6]。

【注释】

〔1〕"想镜中"句：《异苑》载古罽宾王得一鸾鸟三年不鸣，后听夫人言置镜于前，鸾鸟睹影悲鸣，一奋而绝。

〔2〕将：就，靠近。

〔3〕"分杯"句：古代婚礼有合卺（jǐn）的仪式。《礼记·昏义》"合卺而酳"孔颖达疏："以一瓠分为二瓢谓之卺，婿与妇各执一片以酳（用酒漱口），故云合卺而酳。"此以"分杯"及以下"却扇"，忆写新婚情景。

〔4〕"却扇"句：古代婚礼新妇在行礼时以扇遮面，交拜后才能去扇。《世说新语·假谲》：温峤娶姑女，"既婚，交礼，女以手披纱扇，抚掌大笑"。后唐代习俗，成婚之夕有催妆、却扇诗。却，拿去。

〔5〕"当学"二句：据《神异经》载，西海上有河伯使者，从十二童子驰马海上，风潮随之。

〔6〕"勿如"二句：《白孔六帖》"鹊"部引《淮南子》："乌鹊填河成桥而渡织女。"织女，由星名衍化而来的神话人物，天帝孙女，长年织造云锦，后与河西牛郎成婚，织乃中断，触怒天帝，被迫分离，每年七夕只能相会一次。

【今译】

回想当年在镜中顾盼倩影，当不至于含泪啼哭；到栏外与花一起，居然相对共笑。在鸳鸯帐里分杯而饮，在绣花床前拿了遮扇。不思念这种过去的情景，还能回忆起什么时间？真该学那传说中的海神，随着风雨潮汐自由往来；不要像那可怜的织女，等到乌鹊填河才能相见。

召王贞书

[隋]杨　暕

【题解】

　　王贞是隋代一位才学之士。据《北史·文苑传》载，他"少聪敏，七岁好学，善毛《诗》《礼记》《左氏传》《周易》，诸史百家无不毕览。善属文，不事产业，每以讽读为娱"。杨暕字世朏，美容仪，仁寿(601— 604)中拜扬州，总管江淮以南诸军事。炀帝即位，进封齐王。这封信，便是杨暕在镇江都时耳闻王贞之名而写的，其内容无非是思贤若渴之意。

　　许梿分别以"写情如诉，流美不涩"、"不甚砍削，然却有劲气"评之，又说："南北朝文至隋始大坏，初唐始复，亦时运使然尔。此书犹是六朝剩馥，取其疏宕磊落，宋人四六宗风，实开于此。"

　　也许是有感于杨暕的诚意，或出于对书信所见才思的仰慕，总之王贞见书赴召，为齐王礼待。史载其曾上文集三十三卷，齐王"甚善之，赐良马四匹"；又复上《江都赋》，"王赐钱十万贯、良马二匹"，可谓投合相知。

　　夫山藏美玉，光照廊庑之间[1]；地蕴神剑，气浮星汉之际[2]。是知毛遂颖脱，义感平原[3]；孙惠文词，来迁东海[4]。顾循寡薄[5]，有怀髦彦[6]。藉甚清风[7]，为日久矣。未获披觌[8]，良深伫迟[9]。

【注释】

〔1〕"夫山藏"二句：魏有田父在野外耕作，得一玉，邻人诈以怪石，田父疑而携归，"置于庑下，其玉光明一室"。事见《尹文子》。庑，门屋。

〔2〕"地蕴"二句：据《晋书·张华传》载，晋灭吴之际，斗、牛间有紫气，张华与雷焕登楼观之。后焕为丰城令，于狱下掘地得双剑，曰龙泉和太阿。汉，河汉，银河。

〔3〕"是知"二句：《史记·平原君虞卿列传》："平原君曰：'夫贤士之处世也，譬若锥之处囊中，其末立见。'……毛遂曰：'……使遂蚤得处囊中，乃颖脱而出……'"后毛遂果然帮助平原君迫使楚王同意赵楚联合抗秦。毛遂，战国时赵国平原君门下食客。颖，尖端。平原，平原君赵胜，曾相赵惠文王及孝成王。

〔4〕"孙惠"二句：吴国富阳人孙惠曾因擅杀成都王颖牙门将改姓隐匿，后逢东海王越举兵，自称南岳逸士秦秘之"以书干越"，越"榜道以求之"，任为记室参军，专职文疏。事见《晋书·孙惠传》。

〔5〕"顾循"句：《晋书·慕容德载记》：德曾"宴其群臣，酒酣笑而言曰：'朕虽寡薄，恭己南面而朝诸侯，在上不骄，夕惕于位，可方自古何等主也？'"顾，回头看，此指思索。

〔6〕有：语首助词。 髦彦：俊杰之士。

〔7〕藉甚：又作"籍甚"，盛大。 清风：喻指清高的名声。语本《诗经·大雅·烝民》："穆如清风。"

〔8〕披觌(dí 敌)：发现相见。

〔9〕良：很，甚。 伫迟：久立等待。

【今译】

山中埋藏的美玉，光亮照在走廊门屋之间；地下蕴伏着神剑，紫气浮于星辰银河之际。因此可知毛遂的脱颖而出，义行感动了平原君；孙惠用动人文词，前去谋职东海王。寻思自己孤寡浅薄，眷念怀想俊杰之士。你的名声如盛吹的清风，已为时很久了。未能得以及时引见相会，使我站着等待深深期盼。

比高天流火[1]，早应凉飙[2]；凌云仙掌[3]，方承清露。想摄卫攸宜[4]，与时休适。前园后圃，从容丘壑之情[5]；左琴右书，萧散烟霞之外[6]。茂陵谢病，非无封禅之文[7]；彭泽遗荣，先有《归来》之作[8]。优游儒雅[9]，何乐如之？

【注释】

〔1〕比：近来。　流火：《诗经·豳风·七月》"七月流火"孔颖达疏："于七月之中有西流者，是火之星也，知是将寒之渐。"

〔2〕凉飙(biāo 标)：凉风。《礼记·月令》："（孟秋之月）凉风至。"

〔3〕凌云：魏许昌宫景福殿中所建承露之盘，见何晏《景福殿赋》及李善注。　仙掌：据《三辅故事》载，汉建章宫承露盘"上有仙人掌承露"。

〔4〕摄卫：保养护理。　攸：语助词。

〔5〕丘壑：山水深处，指隐居之地。南朝宋谢灵运《斋中读书》："昔余游京华，未尝废丘壑。"

〔6〕烟霞：云烟霞气。北齐孔稚珪《褚伯玉碑》："泉石依情，烟霞在抱。"

〔7〕"茂陵"二句：《史记·司马相如列传》载相如常称病居家茂陵（在今陕西兴平东南），后病危，武帝遣使前往，得其所遗书一卷，"言封禅事"。封禅，古代帝王登泰山筑坛祭天曰"封"，在山南梁父山辟基祭地曰"禅"。

〔8〕"彭泽"二句：《晋书·陶潜传》载潜为彭泽（今属江西）令，因不堪俗务，遂挂印去县，作《归去来兮辞》。

〔9〕优游：悠闲自得的样子。《诗经·大雅·卷阿》："优游尔休矣。"　儒雅：指饱学风雅。

【今译】

近来高空中大火星西流，早应验了有凉风吹来；凌云盘和仙人掌上，刚承接了清泠的露珠。想来保养护理得宜，适应季节起居安康。前有花园后有菜圃，隐逸山川丘壑的情怀从容不迫；左置琴弦右置诗书，处身烟霞之外的日子潇洒自在。当年告病退居茂陵的相如，不是没有谈论封禅的文章；辞官彭泽令的渊明，先前已有了《归去来兮》的辞作。悠然自得饱学风雅，还能有什么快乐与其相比？

余属当藩屏[1]，宣条扬越[2]。坐棠听讼[3]，事绝咏歌；攀桂摛词[4]，眷言高遁[5]。至于扬旌北渚[6]，飞盖西园[7]，托乘乏应刘[8]，置醴阙申穆[9]。背淮之宾，徒闻其语[10]；趋燕之客，罕值其人[11]。

【注释】

〔1〕属：官属。《尚书·周官》："六卿分职，各率其属以倡九牧。"藩屏：守护保卫。又作"蕃屏"。《左传·僖公二十四年》："故封建亲戚，以蕃屏周。"

〔2〕宣条：犹"管理"。 扬越：指扬州和江淮以南古越地。

〔3〕"坐棠"句：《诗经·国风·召南》郑玄笺："（周宣王时）召伯（名虎，姬姓）听讼，不重烦百姓，止舍小棠下而听断焉。"棠，甘棠，乔木，实可食。讼，诉讼，打官司。

〔4〕"攀桂"句：汉刘安《招隐士》："攀援桂枝兮聊淹留。"摛，铺陈。

〔5〕眷：回顾留恋。 高遁：指隐逸之士。

〔6〕"至于"句：用魏曹丕所言"时驾言出游，北遵河曲"事（见《与吴质书》）。旌，旗帜。渚，河岸。

〔7〕"飞盖"句：语本魏曹植《公宴》："清夜游西园，飞盖相追随。"盖，车篷，此代指车乘。西园，东汉皇家苑囿，在洛阳城西。

〔8〕托乘：指文学侍从之士。魏曹丕《与朝歌令吴质书》："文学托乘于后车。" 应刘：指应玚和刘桢，两人在曹操时同为丞相掾属，邺下文人集团的重要作家。

〔9〕醴（lǐ礼）：甜酒。 申穆：指申公和穆生，汉初同为楚元王刘交中大夫。《汉书·楚元王传》载："元王敬礼申公等，穆生不嗜酒，元王每置酒，常为穆生设醴。"

〔10〕"背淮"二句：汉邹阳《上吴王书》："臣所以立数王之朝，背

淮千里而自致者，非恶臣国而乐吴民也。"

〔11〕"趋燕"二句：《史记·燕召公世家》载昭王为郭隗筑宫并师事之，"乐毅自魏往，邹衍自齐往，剧辛自赵往，士争趋燕"。

【今译】

　　我官属皇室的护卫，掌管治理扬州越地。坐在棠树下听断诉讼，事务繁忙无法咏歌；攀援桂枝铺陈文词，眷念留意隐逸高士。至于旌旗飞扬北巡河岸，车乘急驰纵游西园，托乘随从缺了应场刘桢，设置甜酒少了申公穆生。离别淮河的宾僚，白白听说他的言语；争赴燕国的来客，很少遇见那样的人才。

　　　卿道冠鹰扬[1]，声高凤举[2]。儒墨泉海，词章苑囿[3]。栖迟衡泌[4]，怀宝迷邦[5]。徇兹独善[6]，良以於邑[7]。今遣行人[8]，具宣往意。侧望起子[9]，甚于饥渴。想便轻举[10]，副此虚心[11]。无信投石之谈[12]，空慕凿坏之逸[13]。书不尽言，更惭词费。

【注释】

　　〔1〕卿：古代君王对臣或朋友间的称谓。　鹰扬：威武的样子。语出《诗经·大雅·大明》："维师尚父，时维鹰扬。"

　　〔2〕凤举：喻指奉诏出使。汉班固《功德论》："空令朱轮之使，凤举龙堆之表。"

　　〔3〕苑囿：古代帝王贵族畜养禽兽花木的园林。

　　〔4〕栖迟：游息。　衡：横木为门，指陋室。泌：春秋时陈国泌丘的一处泉水。此句语本《诗经·陈风·衡门》："衡门之下，可以栖迟。泌之洋洋，可以乐饥。"

　　〔5〕"怀宝"句：语出《论语·阳货》："怀其宝而迷其邦。"

　　〔6〕徇：曲从。　独善：语出《孟子·尽心上》："穷则独善其身。"

　　〔7〕於(wū 乌)邑：气逆结不下。《楚辞·九章·悲回风》："气於邑而不可止。"

　　〔8〕行人：使者。

〔9〕侧望：侧身眺望。 起予：犹给我启发。语出《论语·八佾》："子曰：'起予者商(子夏)也。'"

〔10〕轻举：指飘然应命而来。

〔11〕副：符合。

〔12〕投石之谈：李康《命运论》："张良受黄石之符，诵《三略》之说，以游于群雄，其言也如以水投石，莫之受也。"

〔13〕凿坏之逸：汉扬雄《解嘲》"或凿坏以遁"应劭注："鲁君闻颜阖贤，欲以为相，使者往聘，因凿后垣而亡。坏，壁也。"

【今译】

　　卿的道行超过飞翔的鹰，名声高出腾空的凤。儒学笔墨如泉水江海，词作文章像花园兽苑。游息在衡门下泌水边，身怀珍宝迷恋其地。这样委屈地独善其身，真可让人心气郁结。现在派出召募的使者，陈述表达前来的诚意。侧身盼望能给我启示，超过了忍饥受渴。想能即便飘然前来，应称这种求贤的虚心。不要相信以水投石的说法，白白羡慕凿壁而逃的隐匿。书信不能尽言，更惭愧文词繁琐语不达意。

卷 八

移 文

北山移文

[南齐] 孔稚珪

【题解】

史载南齐汝南(今属河南)人周颙初隐钟山(即今紫金山,在南京东北),后应诏出为海盐(今属浙江)令。秩满入京(齐都建业,今南京),欲经钟山,孔稚珪便写了这篇文章来讽刺他。

移文本是一种官方的文书。《文心雕龙·檄移》:"移者,易也。移风易俗,令往而民随者也。"以北山神灵的身份,用官方文书的形式,来揭露周颙始隐终仕的虚伪,这本身就是一种寓庄于谐的巧妙手法;加上作者行文"造语精缛,却无一字拾人牙慧"(许梿语,下同)、"处处总不脱山灵,骨劲气完,刻镂尽态"、"险语破鬼胆",以及极力形容"先贞"和着意揭露"后黩"两下对照,更使全文新意叠出,妙语横生。其中"使我高霞孤映"四句,尤为宋代王安石激赏,可谓情致超旷,独得千古名士之心。至于文章规范,也正如许梿所云:"此六朝中极雕绘之作,炼格炼词,语语精辟;其妙处尤在数虚字旋转得法。当与徐孝穆(陵)《玉台新咏序》并为唐人轨范。"谭献则称之为"俗调开山"(《骈体文钞》卷三十一)。

作者孔稚珪(448—501)字德璋,会稽山阴(今浙江绍兴)人。

初仕宋安成王车骑法曹行参军，入齐任太子詹事等职。《南齐书》本传载其"风流清疏，好文咏，饮酒七八斗"，"不乐世务，居宅盛营山水，凭几独酌，旁无杂事。门庭之内，草莱不除，中有蛙鸣"。《北山移文》虽为游戏之作，亦颇见其为人性情。

> 钟山之英[1]，草堂之灵[2]，驰烟驿路，勒移山庭：夫以耿介拔俗之标[3]，萧洒出尘之想[4]，度白雪以方洁，干青云而直上，吾方知之矣。若其亭亭物表，皎皎霞外，芥千金而不眄[5]，屣万乘其如脱[6]，闻凤吹于洛浦[7]，值薪歌于延濑[8]，固亦有焉。岂期终始参差[9]，苍黄翻覆[10]，泪翟子之悲[11]，恸朱公之哭[12]。乍回迹以心染，或先贞而后黩[13]，何其谬哉！呜呼，尚生不存[14]，仲氏既往[15]，山阿寂寥，千载谁赏？

【注释】

〔1〕英：神灵。

〔2〕草堂：李善注引梁简文帝《草堂传》："汝南周颙，昔经在蜀，以蜀草堂寺林壑可怀，乃于钟岭雷次宗（南朝宋隐士）学馆立寺，因名草堂，亦号山茨。"

〔3〕耿介：正直。《楚辞·九辩》："独耿介而不随兮，愿慕先圣之遗教。" 标：仪表。

〔4〕萧洒：即潇洒，豁达而不拘束。

〔5〕"芥千金"句：《史记·鲁仲连列传》载仲连助赵击退秦军，平原君"以千金为鲁连寿"，鲁仲连以天下士贵"为人排患释难解纷乱而无取"笑辞。芥，草芥，此用作动词，意谓看得轻如草芥。

〔6〕"屣万乘"句：《淮南子·主术训》："尧年衰志闵，举天下而传之舜，犹却行而脱屣也。"屣(xǐ 洗)，草鞋。万乘，周制王畿能出兵车万乘，后即以代指帝位。

〔7〕"闻凤吹"句：用《列仙传》载王子乔"好吹笙作凤鸣，游伊、

洛之间”事。浦，水边。

〔8〕“值薪歌”句：《文选》吕向注：“苏门先生游于延濑，见一人采薪，谓之曰：‘子以终此乎？’采薪人曰：‘吾闻圣人无怀，以道德为心，何怪乎而为哀也？’遂为歌二章而去。”延濑，长河边。

〔9〕参差：错杂不一。

〔10〕苍黄：指白丝可染成青色，也可染成黄色。

〔11〕翟子：即墨翟，墨家学说的创始人。

〔12〕朱公：即杨朱，先秦哲学家。　以上四句用《淮南子·说林训》载“杨子见歧路而哭之，为其可以南，可以北。墨子见练丝而泣之，为其可以黄，可以黑”典。

〔13〕黩(dú渎)：污垢。

〔14〕尚生：即汉隐士尚(《后汉书·逸民列传》作“向”)长，字子平，隐居不仕，子女婚嫁毕即入名山，不知所终(见《高士传》)。

〔15〕仲氏：指汉人仲长统，字公理，史载其“每州郡命召，辄称疾不就”(《后汉书·仲长统传》)。

【今译】

钟山的神明，草堂的精灵，腾云驾雾驰过驿道，在山庭内刻上移文：

那些以正直脱俗的仪表，潇洒出世的情怀，来与白雪的纯洁相比，能凌驾于青云之上，我是知道的。像他们那样亭亭而立超然物外，光明磊落胜过云霞，把千金看作草芥不加注意，将帝位视同草鞋随意脱去，在洛水边听笙吹凤鸣，在长河旁遇樵夫作歌，原本也是有的。怎么能想到有些人言行前后不一，或青或黄来回反复，使墨子为他们悲伤落泪，让杨朱为他们失声恸哭。暂时隐遁心里却不忘世俗，或者开始贞洁后来污秽，那是多么荒谬啊！啊呀呀，尚子平人不在了，仲长统已经去世，山林空寂幽静，千年中谁来欣赏？

世有周子〔1〕，僪俗之士〔2〕，既文既博，亦元亦史〔3〕。然而学遁东鲁〔4〕，习隐南郭〔5〕。偶吹草堂〔6〕，滥巾北岳〔7〕。诱我松桂，欺我云壑。虽假容于江皋〔8〕，乃撄情于好爵[9]。其始至也，将欲排巢父[10]，拉许由[11]，傲百氏[12]，蔑王侯。风情张日，霜气横秋。或叹幽人长往[13]，或怨王孙不游[14]。谈空空于释部[15]，核元元于道流[16]。务光何足比[17]，涓子不能俦[18]。

【注释】

〔1〕周子：即指周颙。

〔2〕儁：同"俊"，杰出。

〔3〕元：当作"玄"，清人避康熙玄烨讳改。

〔4〕"然而"句：《庄子·让王》载鲁君闻颜阖得道之人，遣使致币，颜阖以恐听错让使者回去复核，使者证实后再次前往，颜阖已不见了。此喻周颙学样隐遁。

〔5〕"习隐"句：《庄子·齐物论》："南郭子綦隐几而坐，仰天而嘘，荅焉似丧其偶。"

〔6〕偶吹：用《韩非子·内储》载南郭处士混在人群中滥竽充数典。

〔7〕滥：过分。　巾：隐者所戴头巾。　北岳：即北山。

〔8〕假容：装模作样。　皋：水边地。

〔9〕撄(yīng 英)：萦绕，纠缠。　好爵：语出《周易·中孚》："我有好爵，吾与尔靡之。"

〔10〕巢父：尧时隐士。

〔11〕许由：与巢父同为尧时隐者。《高士传》载尧召许由为九州长，由洗耳颍水，逢巢父牵犊饮，闻其事，牵犊饮上流。

〔12〕百氏：指其他众多名士。

〔13〕"或叹"句：西晋潘岳《西征赋》："悟山潜之逸士，悼长往而不反。"

〔14〕"或怨"句：《楚辞·招隐士》："王孙游兮不归，春草生兮萋萋。"王孙，古代贵族子弟的通称。

〔15〕空空：佛家语，指色即空，空即色。　释部：指佛经。

〔16〕元元：即"玄玄"。《老子·一章》："玄之又玄，众妙之门。"道流：道家。

〔17〕务光：夏时人。殷汤伐桀得天下而让光，光负石沉蓼水自匿，事见李善《文选》注引《列仙传》。

〔18〕涓子：齐人，好饵朮，隐于宕山（事见同上）。　俦：同列。

【今译】

现今世上有个周君，是才智出众的人，既有文才又很博学，也通玄学也知历史。然而他效仿颜阖藏遁东鲁，学习子綦隐居南郭。在草堂内滥竽充数，在北山中乱戴头巾。诱惑我的松林桂丛，欺骗我的云霞山壑。虽然在江边装模作样，实际上情牵高官厚禄。他刚来的时候，想要排比巢父，拉拢许由，傲视众多名士，轻蔑王公贵族。风情张扬蔽天遮日，气概凌厉如霜横秋。有时赞叹隐者长久不返，有时埋怨贵人不出漫游。谈谈佛经中的空空之说，考考道学里的玄玄之论。务光怎么足以与他相比，涓子也不能与他相配。

及其鸣驺入谷^{〔1〕}，鹤书赴陇^{〔2〕}，形驰魄散，志变神动。尔乃眉轩席次^{〔3〕}，袂耸筵上^{〔4〕}。焚芰制而裂荷衣^{〔5〕}，抗尘容而走俗状^{〔6〕}。风云凄其带愤，石泉咽而下怆。望林峦而有失，顾草木而如丧。

【注释】

〔1〕鸣驺：指皇帝前来征召的车骑。驺，主驾官。

〔2〕鹤书：即鹤头书，此指招书。《文选》李善注引萧子良《古今篆隶文体》："鹤头书与偃波书，俱诏板所用。在汉则谓之尺一简，仿佛鹄头，故有其称。"

〔3〕轩：高举，飞扬。　次：中间。

〔4〕袂：衣袖。

〔5〕芰制、荷衣：指隐士服饰。语本《楚辞·离骚》："制芰荷以为衣兮，集芙蓉以为裳。"芰，菱。

〔6〕抗：高举。

【今译】

等皇帝征召的车骑进入山谷，鹤头诏书抵达田垄，他形貌松散魂不守身，心意改变神情动摇。于是就在席间眉飞色舞，在筵上衣袖拂扬。撕裂焚烧了芰荷制成的衣裳，抬起头来做出种种庸俗的举动。风云带着愤怒凄惨呼啸，泉石含着悲怆呜咽而下。望望山林峰峦如有所失，看看草丛树木也丧魂落魄。

至其钮金章[1]，绾墨绶[2]，跨属城之雄，冠百里之首[3]。张英风于海甸[4]，驰妙誉于浙右[5]。道帙长摈[6]，法筵久埋[7]。敲扑喧嚣犯其虑[8]，牒诉倥偬装其怀[9]。琴歌既断，酒赋无续。常绸缪于结课[10]，每纷纭于折狱[11]。笼张赵于往图[12]，架卓鲁于前箓[13]。希踪三辅豪[14]，驰声九州牧[15]。使我高霞孤映，明月独举，青松落阴[16]，白云谁侣？涧户摧绝无与归，石径荒凉徒延伫。

【注释】

〔1〕钮：通"纽"，扣结。　金章：铜印。

〔2〕绾：系挂。　墨绶：黑丝带，用以系印。

〔3〕"跨属城"二句：谓周颙官海盐县令，名声在邻近各县之上。

〔4〕甸：郊野。

〔5〕浙右：《字书》："江水东至会稽山阴为浙右。"

〔6〕道帙：道家书籍。帙，书套。　摈：排斥，弃置。

〔7〕法筵：指佛经讲席。

〔8〕敲扑：刑杖。汉贾谊《过秦论》"执敲扑以鞭笞天下"《文选》李善注引臣瓒说，"以为短曰敲，长曰扑"。

〔9〕牒诉：诉讼状。　倥偬：繁忙紧迫的样子。

〔10〕绸缪：缠绵。　结课：总结考课，指汉以后考核官吏政绩并分出等级以备升贬。

〔11〕纷纭：杂乱众多的样子。　折狱：决断刑狱，处理各类案件。

〔12〕张赵：指西汉做过京兆尹的名吏张敞、赵广汉。

〔13〕卓鲁：指东汉做过县令的名吏卓茂、鲁恭。　箓：书籍记载。

〔14〕希：企望，仰慕。　三辅：汉代称长安附近辅为京城的京兆、左冯翊、右扶风为三辅。　豪：显官。

〔15〕九州：古代分天下为九州。　牧：一州之长。
〔16〕阴：树阴。

【今译】

　　到了他佩戴铜印，系上黑丝带，称雄于相邻的各个县城，在百里内首屈一指。英名风行于海边郊野，美誉播扬在江浙之东。于是道家典籍长被弃置，佛经讲席久被埋没。敲扑鞭笞的喧嚣扰乱了他的思虑，诉讼状告的烦杂装满了他的胸怀。抚琴歌诗已经中断，饮酒作赋无法继续。经常牵挂计较品级的考核，不时忙碌操劳案件的决断。盖过以往图像中的张敞赵广汉，超出先前记录里的卓茂鲁恭。企望追踪三辅的显官，在九州的长官中名声四扬。使我山中高空烟霞孤独地映照，明月悬挂形影只单，青松投下浓重的树阴，白云悠悠与谁为伴？涧中门户摧坏无人来归，石径荒凉蜿蜒空空等待。

　　至于还飙入幕[1]，写雾出楹[2]，蕙帐空兮夜鹤怨，山人去兮晓猿惊。昔闻投簪逸海岸[3]，今见解兰缚尘缨[4]。于是南岳献嘲，北陇腾笑，列壑争讥，攒峰竦诮[5]。慨游子之我欺，悲无人以赴吊。故其林惭无尽，涧愧不歇，秋桂遣风，春萝罢月[6]。骋西山之逸议[7]，驰东皋之素谒[8]。

【注释】

〔1〕还飙：回风。
〔2〕写：同"泻"。　楹：堂前立柱。
〔3〕"昔闻"句：汉代东海（今江苏连云港东）人疏广，曾为太子太傅，后弃官归隐故里。簪，束发系冠所用长针。
〔4〕兰：香草，隐者所佩。　尘缨：此指官帽带。
〔5〕攒：集聚。　竦：耸起。　诮：讥讽。
〔6〕萝：女萝，一种攀援植物。

〔7〕骋：宣布。　西山：一说指周代伯夷、叔齐隐居的首阳山，在今山西永济南。　逸议：犹高论。

〔8〕驰：告示。　皋：水边高地。　素谒：平常的交往议论。

【今译】

　　以至于回风吹入幕帘，云雾漫出堂前，空空的蕙草帐幔夜来使鹤哀鸣，山居人去后晓时让猿惊啼。过去听说弃了发簪逃隐海边，现在看见解去香兰带上官冕。就这样南面的山岳献上嘲讽，北面的高坡发出耻笑，排列的谷壑争相讥刺，集聚的峰峦传送冷诮。慨叹浮荡之人如此欺我，悲哀没人前来好言相慰。所以林木羞惭不尽，涧谷愧恨难消，秋天的桂花不迎清风，春季的女萝拒对明月。西山大声宣布它的高论，东皋明白告示它的灼见。

　　今又促装下邑[1]，浪栧上京[2]。虽情殷于魏阙[3]，或假步于山扃[4]。岂可使芳杜厚颜[5]，薜荔蒙耻[6]，碧岭再辱，丹崖重滓[7]，尘游躅于蕙路[8]，污渌池以洗耳[9]！宜扃岫幌[10]，掩云关，敛轻雾，藏鸣湍，截来辕于谷口，杜妄辔于郊端[11]。于是丛条瞋胆[12]，迭颖怒魄[13]，或飞柯以折轮[14]，乍低枝而扫迹：请回俗士驾，为君谢逋客[15]。

【注释】

〔1〕促装：急理行装。　下邑：指周颙为官的海盐县。

〔2〕浪栧（yì 忆）：犹荡桨。栧，船桨。　上京：指齐都建业，今江苏南京。

〔3〕魏阙：高大的宫门，指朝廷。《吕氏春秋·审为篇》：“身在江海之上，心居魏阙之下。”

〔4〕假步：犹借道。　扃（jiōng 坰）：门户。

〔5〕杜：杜若，野生香草。

〔6〕薜荔：又称木莲，藤本植物。

〔7〕淬：污秽。

〔8〕躅：足迹。

〔9〕洗耳：事见本篇第二段注〔11〕。

〔10〕扃：关闭。　岫：洞穴。　幌：布幔。

〔11〕杜：拒绝。　妄辔：指乱闯的马匹。辔，缰绳，此代指马。

〔12〕瞋胆：指胆因怒而张大。瞋，本指怒目圆睁。

〔13〕颖：草的尖端。

〔14〕柯：树枝。　轮：车轮，此代指车。

〔15〕遁客：逃亡者，指周颙。遁，逃避。

【今译】

　　如今周颙又在地方县邑急理行装，荡桨前来都城。虽然他心情殷切向往朝廷，但也许要借道从山门路过。怎么可以使芬芳的杜若厚着脸皮，坚贞的薛荔蒙受羞耻，碧绿的层岭再被侮辱，红色的岩崖重遭玷污，在芳草路上扬起行走的尘埃，在渌水池边洗耳把水弄脏！应该放下岩穴前的帘幔，遮闭白云浮动的关隘，收敛起轻薄的烟雾，藏好了叮咚的泉流，在谷口就把前来的车辕截住，在郊外便拒绝乱闯的马匹。就这样丛生的枝条肝胆开张，层叠的草尖魂魄怒集，有的扬起树枝折断车轮，或忽然低下杖叶扫除痕迹：请全力挡回俗士的车驾，为我山灵拒绝这个叛逃的来客。

序

玉台新咏序

［陈］徐 陵

【题解】

《玉台新咏》是一部收录梁以前作品的诗歌总集。其中五言八卷，七言一卷，五言二韵一卷。许梿以为所收"虽皆绮丽之作，尚不失温柔敦厚之旨，未可概以淫艳斥之"。集中同时也保留了少数表现真挚爱情和妇女痛苦的作品，如《古诗为焦仲卿妻作》（也称《孔雀东南飞》），即最初见于此书。这也是序中所言"往世名篇，当今巧制，分诸麟阁，散在鸿都。不藉篇章，无由披览。于是然脂暝写，弄墨晨书"的结果。

徐陵（507—583），字孝穆，东海郯（今山东郯城）人。八岁能文，十二通《老》《庄》。既长，博涉史籍。目有清睛，时人以为聪慧之相，又纵横有口辩。梁时为东宫学士，入陈历任尚书左仆射、丹阳尹、中书监等职。他在梁朝宫廷与庾信齐名，是宫体诗的重要作家之一。由他编撰的《玉台新咏》是继《诗经》《楚辞》之后的又一部诗歌总集，收录标准颇能反映其创作崇尚轻靡绮艳的特点。

此序首称历代佳丽倾国倾城之容貌，继言其无对无双之才情，末叙编集缘起、选录标准，次序井然；加之行文流畅清丽、属对工巧、韵律和谐，深为历代论者激赏。程琰删补本吴兆宜笺注《玉台新咏》引《奇赏》云："绣口锦心，又香又艳"，"又齐云：云中彩凤，天上石麟，即此一序，惊才绝艳，妙绝人寰。序言'倾国倾城，无双无对'，可谓自评其文"。许梿则说"骈语至徐、庚，五色相宣，八音迭奏，可谓六朝之渤澥、唐代之津梁。而是篇尤为声偶兼到之作，炼格炼词，绮绾绣错，几于赤城千里霞矣"。谭献也称其"无字不工"，"四六之上驷，峭倩丽密"（《骈体文钞》卷二十一）。总之好评如潮，如要体味六朝骈文之美，此序当为首选之作。

凌云概日，由余之所未窥[1]；万户千门，张衡之所曾赋[2]。周王璧台之上[3]，汉帝金屋之中[4]，玉树以珊瑚作枝，珠帘以玳瑁为柙[5]。其中有丽人焉。其人也，五陵豪族[6]，充选掖庭[7]；四姓良家[8]，驰名永巷[9]。亦有颍川、新市[10]，河间、观津[11]，本号娇娥[12]，曾名巧笑[13]。楚王宫内，无不推其细腰[14]；魏国佳人，俱言讶其纤手[15]。阅诗敦礼[16]，非直东邻之自媒[17]；婉约风流，无异西施之被教[18]。弟兄协律[19]，自小学歌；少长河阳[20]，由来能舞。琵琶新曲，无待石崇[21]；筝簧杂引，非因曹植[22]。传鼓瑟于杨家[23]，得吹箫于秦女[24]。

【注释】

〔1〕"凌云"二句：言楼台宫室高耸，非秦穆公时戎王的使者由余所能见。《周书·武帝纪》：既灭北齐，诏斥其"事穷雕饰，或穿池运石，为山学海；或层台累构，概日凌云"。概，系挂。又秦穆公让由余观宫室、登三休台，事见《史记·秦本纪》。

〔2〕"万户"二句：汉张衡《西京赋》："闶庭诡异，门千户万。"

〔3〕"周王"句：周穆王曾筑重璧之台，见《穆天子传》。

〔4〕"汉帝"句：据《汉武故事》载，汉武帝幼时，曾对长公主说欲得阿娇为妇，"当作金屋贮之"。

〔5〕"玉树"二句：《汉武故事》："上起神屋于前庭，植玉树，以珊瑚为枝……又以白珠为帘，玳瑁柙之。"玉树，槐树别称。一说指用珍

宝制成的树。珊瑚，腔肠动物珊瑚虫分泌的石灰质骨骼，形似树枝，用作装饰。玳瑁，海中动物，形似龟。柙(yā押)，通"押"，压帘物。

〔6〕五陵：长安附近汉代高、惠、景、武、昭五帝陵墓。因由陵置县，豪门贵族多在此建宅集居。

〔7〕掖庭：皇宫中的旁舍，为宫嫔所居。据《后汉书·皇后纪论》载，汉制八月宫中常派官员到洛阳等地农村，选年十三以上、二十以下姿色端丽的童女入宫。

〔8〕四姓：史载北魏孝文帝元宏雅重门族，以范阳卢敏、清河崔宗伯、荥阳郑羲、太原王琼四姓为士人推重，故"咸纳其女，以充后宫"。

〔9〕永巷：指皇宫中妃嫔住所。《南史·后妃传总论》："永巷贫空，有同素室。"

〔10〕颍川：秦置郡名，治所在阳翟(今河南禹县)。此指颍川鄢陵人晋明穆庾皇后，史载其"性仁慈，美姿仪"(《晋书·后妃传》)。 新市：指东汉置南新市，属江夏郡，治所在今湖北京山东北。旧注引汉光武帝南阳新野人光烈皇后阴丽华，未知其故；此当指某个出生于新市的后妃，其人俟考。

〔11〕河间：古郡国名，治所在乐城(今河北献县东南)。《汉书·外戚传》载武帝巡幸河间，得奇女"两手皆拳，上自披之，手即伸"，因为钩弋赵倢伃。 观津：汉置县名，治所在今河北武邑东南。汉景帝母窦太后"家在清河"，"亲早卒，葬观津"(《汉书·外戚传》)。观津为清河属县。

〔12〕娥：美好。秦地方言谓好曰娥。

〔13〕巧笑：语出《诗经·卫风·硕人》"巧笑倩兮，美目盼兮"。魏文帝时有宫人名段巧笑，始作紫粉拂面，见《中华古今注》。

〔14〕"楚王"二句：《墨子·兼爱》中："昔者楚灵王好细腰，灵王之臣皆以一饭为节，胁息然后带，扶墙然后起。"

〔15〕"魏国"二句：《诗经·魏风·葛屦》："掺掺女手。"毛传："掺掺，犹纤纤也。"

〔16〕敦：勉力躬行。

〔17〕"非直"句：战国楚宋玉《登徒子好色赋》："臣东家之子，嫣然一笑，惑阳城，迷下蔡。然此女登墙窥臣三年，至今未许也。"直，当。

〔18〕西施：春秋末越国苎罗(今浙江诸暨南)美女，去吴国前曾受教于越王勾践。

〔19〕"弟兄"句：汉代李延年为武帝协律都尉，上召其女弟(即妹

妹），见其妙丽善舞而封为李夫人（见《汉书·外戚传》）。

〔20〕河阳：当作"阳阿"，汉置县名，治所在今山西阳城西北。汉成帝时赵飞燕本以宫人赐阳阿主家学歌舞，后遇微服出访的成帝，被召入宫中，封为皇后，事见《汉书·外戚传》。颜师古注云："阳阿，平原之县也。今俗书阿字作河，又或为河阳，皆后人所妄改耳。"

〔21〕"琵琶"二句：晋人石崇，曾作《王明君辞序》，谓汉元帝时王嫱远嫁匈奴，"令琵琶马上作乐，以慰其道路之思"，"其造新曲，多哀怨之声"。

〔22〕"箜篌"二句：三国魏曹植作有《箜篌引》乐府。箜篌，一作"坎侯"，古代拨弦乐器。引，乐曲的一种体裁，有序奏之意。

〔23〕"传鼓瑟"句：《汉书·杨恽传》载恽《报孙会宗书》："家本秦也，能为秦声；妇，赵女也，雅善鼓瑟。"

〔24〕"得吹箫"句：据《列仙传》载，秦穆公时萧史善吹箫，公以女弄玉妻之，后两人以箫作凤声，随凤仙去。

【今译】

凌云挂日的楼台，是由余未能见到的；万户千门的宫室，为张衡曾经铺写过。在周穆王的重璧台上，汉武帝的黄金屋中，玉树用珊瑚来作枝条，珠帘用玳瑁来作帘押。里面住着佳丽美人。这些人，有的从五陵的豪族，被挑选来到掖庭；有的出于四大姓的良家，在后宫中名声传扬。也有的来自颍川、新市，河间、观津，本来号称娇好，曾经名叫巧笑。楚王的宫内，没有不称叹她们细弱的腰身；魏国的佳人，都同声惊讶她们纤柔的双手。她们阅读诗书笃行礼教，不当像东家之子那样自求婚嫁；姿容婉约性情风流，与西施的接受教习没有不同。兄长通晓音律，从小就学习歌唱；幼年长在阳阿，本来就擅长舞蹈。弹奏琵琶制作新曲，不等石崇为其作序；拨弄箜篌填写乐府，不因曹植而加模仿。鼓瑟传自杨恽之家，吹箫得于秦穆公女。

至若宠闻长乐，陈后知而不平[1]；画出天仙，阏氏览而遥妒[2]。且如东邻巧笑，来侍寝于更衣[3]；西子微颦，将横陈于甲帐[4]。陪游驭娑，骋纤腰于《结风》[5]；长乐鸳鸯，奏新声于度曲[6]。妆鸣蝉之薄鬓[7]，照堕马之垂鬟[8]。反插金钿[9]，横抽宝树[10]。南都石黛[11]，最发双蛾[12]；北地燕脂[13]，偏开两靥[14]。

【注释】

〔1〕"至若"二句：据《汉书·外戚传》载，卫子夫原为平阳主歌女，后为武帝所宠。陈皇后"闻卫子夫得幸，几死者数焉"。长乐，汉代宫名。

〔2〕"画出"二句：汉桓谭《新论·述策》记陈平为高祖解平城之围，对阏氏称汉有好女，容貌无双，已使归迎娶，欲献单于，单于必爱而疏之。若得脱，则不持女来。阏氏妇女"有妒媢之性"，于是助汉解围。阏氏(yān zhī 烟支)，匈奴单于的王后。

〔3〕"且如"二句：汉司马相如《美人赋》："臣之东邻，有一女子云发丰艳，蛾眉皓齿，欲留臣而共止。"

〔4〕"西子"二句：《庄子·天运》："故西施病心而矉其里。"矉，同"颦"，皱眉。横陈，旧题司马相如《好色赋》："花容自献，玉体横陈。"甲帐，汉武帝所造帐幕，以甲乙为次，甲帐集聚天下珍宝。

〔5〕"陪游"二句：汉建章宫有驱娑殿。《结风》，楚地曲名。汉司马相如《上林赋》："邬郌缤纷，《激楚》、《结风》。"

〔6〕"长乐"二句：汉成帝曾居鸳鸯殿便房。度曲，按曲谱歌唱。汉张衡《西京赋》："度曲未终，云起雪飞。"

〔7〕"妆鸣蝉"句：《中华古今注》：魏文帝宫人莫琼树"始制为蝉鬓，望之缥缈如蝉翼"。

〔8〕堕马：即堕马髻，古代妇女一种偏垂一边的发式，为东汉梁冀妻孙寿所制。

〔9〕金钿：金制花形首饰。

〔10〕宝树：指形同树枝的步摇，古代妇女的一种首饰。《后汉书·舆服志》：皇后"步摇以黄金为山，贯白珠为桂枝相缪，一爵九华"。

〔11〕"南都"句：《留青日记》："广东始兴县溪中石墨，妇女取以画眉，名画眉石。"

〔12〕蛾：蛾眉。

〔13〕"北地"句：崔豹《古今注》卷下："纣以红蓝花汁凝作燕脂，

以燕国所生，故曰燕脂，涂之作桃花妆。"燕脂，即今之胭脂。

〔14〕徧：通"遍"。　靥（yè 夜）：面颊上的微涡，此指面颊。

【今译】

以至于受宠传入长乐宫，陈皇后知道了忿忿不平；画出个天仙模样，让阏氏见了遥生嫉妒。又如东邻女子嫣然而笑，前来服侍更衣就寝；西施微皱眉头，即将横躺在甲帐之中。在驳娑殿奉陪游宴，和着乐曲《结风》舒展纤腰；在鸳鸯宫长久取乐，按照曲谱演奏新声。梳妆好轻薄的蝉鬓，映照出堕马的垂髻。反插了金制首饰，横抽出树形步摇。南方都城出产的石墨，最能显现双眉的神采；北地制作的胭脂，可使两颊都容光焕发。

亦有岭上仙童，分丸魏帝[1]；腰中宝凤，授历轩辕[2]。金星与婺女争华[3]，麝月共嫦娥竞爽[4]。惊鸾冶袖，时飘韩掾之香[5]；飞燕长裾，宜结陈王之佩[6]。虽非图画，入甘泉而不分[7]；言异神仙，戏阳台而无别[8]。真可谓倾国倾城[9]，无对无双者也[10]。加以天情开朗，逸思雕华[11]，妙解文章，尤工诗赋。琉璃砚匣，终日随身；翡翠笔床[12]，无时离手。清文满箧，非惟芍药之花[13]；新制连篇，宁止蒲萄之树[14]。九日登高，时有缘情之作[15]；万年公主，非无诔德之辞[16]。其佳丽也如彼，其才情也如此。

【注释】

〔1〕"亦有"二句：三国魏曹丕《折杨柳行》："西山一何高，高高殊无极。上有两仙僮，不饮亦不食。与我一丸药，光耀有五色。服药四五日，身体生羽翼。"据《颜修内传》，两仙僮为乔顺二子，师事仙人于栖霞谷。

〔2〕"腰中"二句：《汉书·律历志》："黄帝使泠纶……取竹之解谷

生，其窍厚均者……制十二筒以听凤之鸣。其雄鸣为六，雌鸣亦六，比黄钟之宫，而皆可以生之，是为律本。"又传黄帝以律起历，制作历法。轩辕，即黄帝。

〔3〕婺(wù 务)女：即女宿，古星名。金星：与下句"麝月"同为古代妇女的面部妆饰。梁简文帝《美女篇》："约黄能效月，裁金巧作星。"

〔4〕麝月：《酉阳杂俎》："近代妆尚靥，如射月曰黄星靥。……盖自孙吴邓夫人也。" 嫦娥：羿妻，相传因窃羿得西王母不死药奔月。此代指月。 爽：明亮。

〔5〕"惊鸾"二句：据《世说新语·惑溺》载，晋人韩寿美姿容，贾充辟以为掾。贾女见而悦之，与其私通。后充见女盛饰，又闻寿有奇香，而此香系晋武帝赐己与陈骞，遂生疑。后拷问知情，以女妻之。惊鸾，指美女。语本三国魏曹植《洛神赋》"翩若惊鸿"。掾，古代属官通称。

〔6〕"飞燕"二句：三国魏曹植《洛神赋》："愿诚素之先达兮，解玉佩以要之。"飞燕，汉成帝赵皇后，因身轻如燕号称"飞燕"。陈王，即陈思王曹植。

〔7〕甘泉：甘泉宫。汉武帝李夫人早卒，武帝思怜，遂画其像于甘泉宫。

〔8〕阳台：战国楚宋玉《高唐赋》记楚怀王昼寝，梦遇巫山神女，自称朝暮为云为雨在"阳台之下"。

〔9〕倾国倾城：极言貌美动人。语出《汉书·孝武李夫人传》载李延年歌："一顾倾人城，再顾倾人国。"

〔10〕无对无双：语本《孔雀东南飞》："精妙世无双。"

〔11〕雕华：指富有个性色彩。

〔12〕笔床：即笔架。

〔13〕芍药：初夏开花，形如牡丹。晋傅统妻《芍药花颂》："惟昔风人，抗兹荣华。聊用兴思，染翰作歌。"

〔14〕蒲萄：即葡萄。汉张骞出使西域带回中原。魏钟会、晋荀勖等人并作有《蒲萄赋》。

〔15〕"九日"二句：古代九月初九为重阳节，流行登高饮酒赋诗的习俗。缘情之作，指诗。语本晋陆机《文赋》"诗缘情而绮靡"。

〔16〕"万年"二句：据《晋书·后妃传》载，晋武帝女万年公主薨，帝痛悼不已，诏贵嫔左芬(左思之妹)为诔，"其文甚丽"。诔，古代一种表彰死者德行并致哀悼的文体，多用于上对下。

【今译】

也有山岭上的仙童，把药丸分给魏文帝曹丕；腰中神奇的凤筒，将历法传于黄帝轩辕。裁出金星能与女宿比亮，妆成黄月可和嫦娥争明。鸾鸟惊起的艳袖，不时飘出韩寿揄的奇香；轻燕翩飞的长带，正当系结陈思王的玉佩。虽然不是图画，进了甘泉宫却难以分辨；有别神仙，戏游阳台也没有不同。真可以说是倾国倾城，无双无对的了。加上天生性情开朗，联想丰富多彩，善于悟解文章，尤其擅长诗赋。装砚的琉璃匣，整天随身携带；搁笔的翡翠架，无时不在手上。满箱清丽的文辞，不仅仅是题咏芍药之花；连篇新奇的制作，怎只限于赋写葡萄之树。九日重阳登高，经常有抒发情感的诗作；万年公主去世，不是没有称颂德行的诔文。她们的姿色是那样的美丽，她们的才情又是如此秀异。

　　既而椒房宛转[1]，柘馆阴岑[2]，绛鹤晨严[3]，铜蠡昼静[4]。三星未夕，不事怀衾[5]；五日犹赊[6]，谁能理曲。优游少讬，寂寞多闲。厌长乐之疏钟[7]，劳中宫之缓箭[8]。轻身无力，怯南阳之捣衣[9]；生长深宫，笑扶风之织锦[10]。虽复投壶玉女，为欢尽于百骁[11]；争博齐姬，心赏穷于六箸[12]。无怡神于暇景，惟属意于新诗。可得代彼萱苏，微蠲愁疾[13]。

【注释】

　　〔1〕椒房：古代皇后所居之殿。以椒和泥涂壁，既暖又香，且取多子之义。

　　〔2〕柘馆：汉成帝时班婕妤（昭）所居，馆在上林苑内。　阴岑：阴暗寂静。

　　〔3〕绛鹤：红色鹤形锁。鹤，即鹤籥，见江总《为陈六宫谢表》注〔1〕。

　　〔4〕铜蠡(luó 罗)：铜制蠡状衔门环的底座。蠡，通"蠃"，即螺。

　　〔5〕"三星"二句：三星当指黄昏时出现、夜分入户的河鼓三星。

衾，被子。

〔6〕五日：古代官员五天得一休假。　赊：漫长。

〔7〕长乐：汉宫名，为帝母所居。

〔8〕缓箭：指计时漏刻缓慢移动的指针。

〔9〕南阳：所指历代不一。此当指河南西南一带，战国时分属楚、韩。　捣衣：用棒敲击放在石上的衣布，用以清洗。

〔10〕扶风：古郡名，辖境相当今陕西麟游、乾县以西，秦岭以北地区。　织锦：晋人窦滔符坚时为秦州刺史，远徙流沙。其妻苏蕙织锦为回文旋图诗以赠，宛转循环皆成意。事见《晋书·窦滔妻苏氏传》。

〔11〕"虽复"二句：《神异经》："东王公与玉女投壶。"投壶是古代宫廷和贵族之家盛行的一种用箭投入壶口，以多少计胜负的游戏（见《礼记·投壶》）。百骁指用一箭投壶，中者即返，累至百次（事见《西京杂记》卷四载郭舍人善投壶）。

〔12〕"争博"二句：《战国策·齐策》载齐都临淄甚富而实，其民无不六博者。博通"簙"，古代一种用六箸十二棋相博的游戏（详见鲍宏《博经》）。六箸为大博，《西京杂记》卷四载许博昌"善陆博……法用六箸，或谓之究，以竹为之，长六分"。箸，竹片。

〔13〕"可得"二句：三国魏王朗《与魏太子书》："萱草忘忧，羛苏释劳，无以加也。"苏，紫苏，一种枝、叶、茎、果均可入药的草本植物。蠲（juān 捐），免去，排除。

【今译】

　　不久以后椒房曲折宛转，柘馆阴沉寂寞，鹤状红锁早晨不开，螺形铜座白天无声。河鼓三星未到夜分，不去上床拥被入寝；五天仍嫌时间太久，谁能有心抚琴弄曲。养尊处优少有寄托，寂寞无奈多得空闲。听厌了长乐宫中的疏钟，疲倦了室内缓缓而行的漏箭。身体轻柔无力，害怕南阳闺妇的捣洗征衣；长期生在深宫，多笑扶风贤妻的织锦寄诗。虽然又有投壶的仙女，以百发百中取乐尽欢；争博的齐姬，把六箸作为开心的游戏。但无法在闲暇的景致中消遣，只有在做新诗上用心尽意。这样可得以代替那萱草紫苏，用来稍稍排解忧愁和疾病。

　　但往世名篇，当今巧制，分诸麟阁〔1〕，散在鸿都[2]。不藉篇章，无由披览。于是然脂暝写[3]，弄墨晨书，撰录艳歌，凡为十卷。曾无参于《雅》《颂》[4]，亦靡滥于风人[5]。泾渭之间[6]，若斯而已。于是丽以金箱，装之宝轴[7]。三台妙迹[8]，龙伸蠖屈之书[9]；五色花笺，河北、胶东之纸[10]。高楼红粉，仍定鲁鱼之文[11]；辟恶生香[12]，聊防羽陵之蠹[13]。灵飞六甲，高擅玉函[14]；《鸿烈》仙方，长推丹枕[15]。

【注释】

〔1〕麟阁：即麒麟阁，在长安未央宫左，汉萧何所建，藏皇室秘籍。

〔2〕鸿都：东汉皇家藏书之所。《后汉书·儒林传》："自辟雍、东观、兰台、石室、宣明、鸿都诸藏典策文章，竞共剖散。"

〔3〕然：通"燃"。 脂：油膏。

〔4〕《雅》《颂》：《诗经》内容分类名。《雅》为宫廷乐曲，《颂》为宗庙祭祀乐曲。

〔5〕风人：即诗人。因《诗经》有《国风》一类多收民间乐曲而称。

〔6〕泾渭：泾水和渭水，一清一浊，在陕西中部。

〔7〕轴：圆木。古代常把书装成卷轴形。

〔8〕三台：汉代称尚书为中台，御史为宪台，谒者为外台，合称三台。

〔9〕龙伸蠖(huò 获)屈：形容书法笔势蜿蜒虬屈。语本《易经·系辞下》"尺蠖之屈，以求伸也；龙蛇之蛰，以存身也"。蠖，昆虫名，因行走时屈伸其体如尺量物，故称尺蠖。

〔10〕"五色"二句：指河北、山东出产的精致华美的笺纸。五色，古以青、赤、黄、白、黑五种颜色为正色，其馀为间色。

〔11〕鲁鱼：指因形近而易写错的文字。《抱朴子·遐览》："谚曰：'书三写，鱼成鲁，虚成虎。'"

〔12〕"辟恶"句：鱼豢《典略》："芸香辟纸鱼蠹。"辟，排除。香，指芸香，一种有强烈气味可以驱除蠹鱼的香草。

〔13〕"聊防"句：《穆天子传》："仲秋甲戌，天子东游，次雀梁，

因蠹书于羽陵。"羽陵，古地名。蠹（dù 妒），蠹鱼，即蟬，一种蛀蚀书籍衣物的小虫。

〔14〕"灵飞"二句：《汉武内传》："帝受西王母真形、六甲、灵飞十二事。帝盛以黄金几，封以白玉函。"

〔15〕"《鸿烈》"二句：《博物志》："刘德治淮南王狱，得枕中鸿宝秘书。"《鸿烈》，即刘安及门客所著《淮南鸿烈》，又称《淮南子》，中多道家炼丹成仙之说。

【今译】

只是前代著名的篇章，当今精巧的作品，分布在麒麟阁内，散存于鸿都馆中。不借助这些书册，便无从翻阅观看。于是就在夜间点起油灯来誊抄，白天磨了墨来书写，撰著移录艳歌，共分为十卷。不曾参考斟酌《雅》《颂》，也没有假充诗人。泾渭清浊之间，不过如此而已。就这样存放在精致的箱中，装裱成珍贵的卷轴。所见三台神妙的墨透，有龙伸蠖屈蜿蜒虬屈的笔势；五色精美的书笺，用的是河北、胶东出产的名纸。身居高楼的红粉女子，依然校定了鲁鱼易错的文字；驱除邪气的芸香，姑且预防羽陵的蛀虫。像灵飞、六甲等事，已用白玉函独自高藏；《鸿烈》所记的仙方，因存枕中长久流传。

至如青牛帐里[1]，馀曲未终；朱鸟窗前[2]，新妆已竟。方当开兹缥帙[3]，散此绦绳[4]。永对玩于书帷，长循环于纤手。岂如邓学《春秋》[5]，儒者之功难习；窦传黄老[6]，金丹之术不成。固胜西蜀豪家，托情穷于鲁殿[7]；东储甲观，流咏止于《洞箫》[8]。娈彼诸姬[9]，聊同弃日。猗与彤管[10]，丽矣香奁[11]。

【注释】

〔1〕青牛帐：《列异传》载老子西游，关令尹喜望见有紫气浮关，而老子果乘青牛而过。后道家作法设帐，常画青牛紫气于上。

〔2〕朱鸟窗：《博物志》载西王母降九华殿，与武帝分食仙桃，"时东方朔窃从殿南厢朱鸟牖中窥母"。

〔3〕缥帙：青白色帛所制书函。

〔4〕缥绳：丝带。

〔5〕"岂如"句：东汉和熹邓皇后（绥）少通诗书经传，志在典籍，常昼修妇业，暮诵经典。入宫后从曹大家（班昭）受经书，又博选诸儒诣东观校雠传记（见《后汉书·皇后纪》）。《春秋》，儒家经典之一，相传曾为孔子删定。

〔6〕"窦传"句：汉文帝窦皇后好黄帝、老子之言，景帝及诸窦不得不读《老子》，尊其术（见《汉书·外戚传》）。

〔7〕"固胜"二句：三国蜀车骑将军刘琰"车服饮食，号为侈靡，侍婢数十，皆能为声乐，又悉教诵读《鲁灵光殿赋》"。事见《三国志·蜀书·刘琰传》。鲁灵光殿，汉恭王刘馀所筑。

〔8〕"东储"二句：《汉书·王褒传》载元帝为太子，"常嘉褒《洞箫颂》，令后宫贵人左右，皆诵读之"。东储，东宫太子。甲观，《三辅黄图》："太子宫有甲观。"

〔9〕娈（luán 銮）：美好的样子。此句用《诗经·邶风·泉水》成句。

〔10〕猗与：叹美之词。 彤管：语出《诗经·邶风·静女》"静女其娈，贻我彤管"。毛传及郑笺皆以为赤管笔，故后代有"女史彤管，记功书过"（《后汉书·皇后纪序》）之说。

〔11〕奁（lián 帘）：古代盛梳妆用品的匣子。

【今译】

至于像画着青牛的道帐里，乐曲的馀音还未终了；饰有朱鸟的绣窗前，新的梳妆已经完毕。正宜打开这青帛书函，解去上面的丝带。在书房帷下长久相对把玩，在纤纤玉手中经常来回翻阅。怎会像邓皇后学《春秋》，儒者的学问难以诵习；窦太后传授黄老，金丹的冶炼无法成功。原本就胜过西蜀的豪门大户，寄托情致只尽于诵读《鲁灵光殿赋》；东宫甲观的太子，传咏仅限于《洞箫颂》。这些姬妃年轻美貌，姑且同她们一起度过时光。书写的彤管实在有用，存卷的香匣多么华丽。

卷 九

论

郑 众 论

梁元帝

【题解】

东汉的郑众,与西汉的苏武一样,在奉命出使匈奴的过程中虽遭凌辱,却表现出不为威武所屈的民族气节。据《后汉书》本传记载,郑众(字仲师)于汉明帝永平八年(65)奉命出使匈奴,"至北庭,虏欲令拜,众不为屈。单于大怒,围守闭之,不与水火,欲胁服众。众拔刀自誓,单于恐而止,乃更发使随众还京师"。"其后帝见匈奴来者,问众与单于争礼之状,皆言匈奴中传众意气壮勇,虽苏武不过"。

梁元帝此论,不仅就事论事,称颂了郑众与苏武同样"直以为臣之道,义不为生;事君之节,生为义尽"的凛然正气,渲染形容,倍致感叹,而且在篇末点出二人生还,"虽在己之愿自隆,而于时之报未尽",揭示了他们的付出远没得到相应的回报,更具有一种惋惜的深意,这恐怕也是梁元帝立论的原因和卓异之处吧。

汉世衔命匈奴[1],困而不辱者,二人而已。子卿手持汉节,卧伏冰霜[2];仲师固无下拜[3],隔绝水火。况复风生稽落[4]，日隐龙堆[5]，翰海飞沙[6]，皋兰走雪[7]。岂不酸鼻痛心，忆洛阳之宫陛[8]；屑泣横悲[9]，想长安之城阙[10]！直以为臣之道，义不为生；事君之节，生为义尽。岂望拔幽泉，出重仞[11]，经长乐[12]，抵未央[13]。及还望塞亭，来依候火[14]，旁观上郡[15]，侧眺云中[16]，虽在己之愿自隆，而于时之报未尽。

【注释】

〔1〕衔：承奉，接受。《礼记·檀弓上》："衔君命而使。"

〔2〕子卿：汉武帝时人苏武，字子卿。《汉书》本传载其以中郎将持节使单于，被扣幽置大窖，绝饮食，"武卧啮雪与旃毛并咽之"。　节：符节，古代使者所持凭证。《汉书·苏武传》："杖汉节牧羊，卧起操持，节旄尽落。"

〔3〕仲师：郑众字仲师，事见【题解】。

〔4〕稽落：稽落山，后汉大将窦宪曾大破北匈奴于此。

〔5〕龙堆：即白龙堆沙漠，在新疆罗布泊以东至甘肃玉门关间。

〔6〕翰海：旧注作北海名，疑即今蒙古呼伦贝尔湖；今人岑仲勉谓系蒙古杭爱山的不同音译。

〔7〕皋兰：皋兰山，在甘肃兰州南。

〔8〕洛阳：东汉都城。　陛：帝王宫殿中的台阶。

〔9〕屑泣：谓泪下纷洒如末。

〔10〕长安：即今陕西西安，西汉都城。

〔11〕重仞：指深山。

〔12〕长乐：本秦兴乐宫，在长安，汉高祖七年改建竣工。

〔13〕未央：即未央宫，在长安西北十里，高祖八年萧何督建，九年宫成，大朝诸侯群臣。

〔14〕"及还望"二句：据《汉书·匈奴传》载，"匈奴行攻塞外亭障，略取吏民去。是时，汉边郡烽火候望精明"。候，指边塞伺望斥候的设置。火，烽火，古代边防为报警而点燃的信号。

〔15〕上郡：汉代郡名，辖境相当今无定河流域及内蒙古鄂托克旗等地。

〔16〕云中：秦汉郡名，治所在今内蒙古托克托东北。

【今译】

汉代奉命出使匈奴，被困而不辱使命的，只有二人而已。苏子卿手里拿着汉朝符节，躺卧在冰霜之中；郑仲师坚持不肯下跪叩拜，被断绝了水火。何况又有狂风在稽落山吹起，暮日在白龙堆隐落，北海湖黄沙飞卷，皋兰山大雪弥漫。怎能不鼻酸心痛，思念洛阳巍峨的宫殿；悲集泪溅，想起长安高大的城阙！就因为坚守为臣的品行，大义凛然绝不苟且偷生；保持事君的节操，活着不惜舍身取义。怎么还指望脱身深渊，走出高山，途经长乐，抵达未央。等到回来望见边塞亭障，到了烽火台前，看着身旁的上郡，远眺久违的云中，尽管自己的愿望得以实现，但当时的酬报却远未能尽。

卷 十

铭

石帆铭

[宋] 鲍 照

【题解】

　　据盛弘之《荆州记》载，"武陵舞阳县（故城在今湖南芷江县东南）有石帆山，若数百幅帆"；而鲍照曾在荆州为临海王子顼前军参军，掌书记之任（见《宋书·临川烈武王道规传》），则此铭当作于宋武帝大明七年（463）在荆州时。

　　与《登大雷岸与妹书》相似，这篇铭文也是描写山水景物的杰作。作者不仅善于捕捉自然界的雄浑奇特加以形象的描绘，而且属对精核，下字新警，极富表现力。许梿以"奇突古兀，锤炼异常"评之，并说"昔人论鲍诗谓得景阳（张协）之俶诡，合茂先（张华）之靡嫚，吾于斯铭亦云"。谭献则称其"不尽巧，故为大方"（《骈体文钞》卷二十二）。

　　应风剖流，息石横波，下濛地轴[1]，上猎星罗[2]。吐湘引汉[3]，歙蠡吞沱[4]，西历岷、冢[5]，北泻淮河[6]。眇森宏蔼[7]，积广连深，沦天测际[8]，亘海穷阴〔9〕。云旌未起〔10〕，风柯不吟，崩涛山坠，郁浪雷沉〔11〕。

【注释】

〔1〕潨（zhōng 忠）：众水相会。《诗经·大雅·凫鹥》："凫鹥在潨。"地轴：《博物志》："地有四柱，广十万里，有三千六百轴，犬牙相制。"

〔2〕猎：揽取。

〔3〕湘：湘江，在湖南。　汉：汉水，源出陕西宁强，于湖北武汉入长江。

〔4〕歙（xì 细）：收敛。　蠡：彭蠡，古泽名，旧释即今江西鄱阳湖，一说为今鄂东皖西一带江湖。　沱：沱江，在四川中部。

〔5〕岷：岷山，在四川北部，绵延川、甘边境。　冢：嶓冢，山名，在今陕西宁强北。

〔6〕淮河：源出河南桐柏山，经河南、安徽入江苏洪泽湖。

〔7〕眇：通"渺"，高远。　蔼：昏暗的样子。

〔8〕沦：没入。

〔9〕亘：竟，终。　阴：言深不可测。

〔10〕云旌：《吕氏春秋·明理》："有其状若悬旌（同旌）而赤，其名曰云旌。"高诱注："云气之象旌旗者。"

〔11〕郁：集聚。

【今译】

应着风势剖开水流，屹立岩石横分波涛，众水下汇深达地轴，峰峦高耸上及群星。吐纳湘江牵引汉水，收敛彭蠡吞吸沱江，向西抵达岷山、嶓冢，去北奔泻千里淮河。浩渺幽暗苍茫宏大，累积广阔勾连深远，没入天宇遥测边际，终及海域穷尽幽冥。旌状云气还未聚起，树枝间的风没有吹响，巨涛崩裂如山坠毁，大浪相聚似雷轰鸣。

在昔鸿荒〔1〕，刊启源陆〔2〕，表里民邦，经纬鸟服〔3〕。瞻贞视悔〔4〕，坎永巽木〔5〕，乃剡乃铲〔6〕，既刳既斫〔7〕。飞深浮远，巢潭馆谷〔8〕。涉川之利〔9〕，谓易则难；临渊之戒〔10〕，曰危乃安。泊潜轻济，冥表劝言〔11〕。穆戎遂留〔12〕，昭御不还〔13〕。徒悲猿鹤，空驾沧烟。

【注释】

〔1〕鸿荒：即洪荒，指远古时代。鸿，通"洪"。

〔2〕刊：砍削。　源：指江河湖海等水域。

〔3〕"表里"二句：言内外有民居住，四方逐渐开化。经，指南北。纬，指东西。鸟服，《汉书·地理志》"鸟夷皮服"颜师古注："一说居在海曲，被服容止皆象鸟也。"

〔4〕贞、悔：《尚书·洪范》"曰贞曰悔"孔安国传："内卦曰贞，外卦曰悔。"卦是《周易》中象征自然和人事变化的一套符号。

〔5〕坎：八卦之一，卦形☵，象征水。　巽（xùn 逊）：八卦之一，形☴。《周易·说卦》："巽为木，为风。"

〔6〕剡（yǎn 眼）：削。《周易·系辞下》："剡木为楫。"铲：削平。

〔7〕刳（kū 枯）：剖开挖空。《周易·系辞下》："刳木为舟。"　斫（zhuó 酌）：砍。

〔8〕巢：居住。　馆：筑舍。

〔9〕"涉川"句：语本《周易·需》："利涉大川，往有功也。"

〔10〕"临渊"句：语本《诗经·小雅·小旻》："战战兢兢，如临深渊。"

〔11〕"泊潜"二句：指《庄子·逍遥游》记北冥有鱼化为大鹏，将高飞九万里而南图，有蜩与斑鸠笑而劝之。冥表，海边。一说"泊"当作"汨"，指屈原怀石投汨罗江自沉事，并引《礼记·祭法》"冥勤其官而水死"证之，见钱仲联《鲍参军集注》。

〔12〕"穆戎"句：指周穆王南征，"一军尽化，君子为猿为鹤，小人为虫为沙"事（见《太平御览》卷九一六引《抱朴子》）。

〔13〕"昭御"句：指《左传·僖公四年》载"昭王南征而不复"事，杜预注："昭王，成王孙，南巡守，涉汉，船坏而溺。"

【今译】

在以往远古时期，开发经营水域陆地，山里河边有民居集，南北东西身披鸟羽。他们用贞卦、悔卦来探测内外，用坎卦、巽卦来利用水木，于是砍伐铲削做成木桨，分剖掏挖造了舟船。用来飞越深广飘浮远行，寄居溪潭筑舍河谷。跋涉川流的便利，说来容易其实很难；面临深渊的戒备，说来危险却也安全。身处幽隐看轻远渡，海边蜩鸠笑言相劝。周穆王出兵于是被留，周昭王南巡因而不返。猿啼鹤鸣徒自悲切，水波云烟空空泛起。

君子彼想[1]，祗心载惕[2]。林简松栝[3]，水采龙鹢[4]。觇气涉潮[5]，投祭沉璧[6]；揆检含图[7]，命辰定历[8]。二崤虎口，周王夙趋[9]；九折羊肠，汉臣电驱[10]。潜鳞浮翼，争景乘虚[11]。衡石赖鳐[12]，帝子察岨[13]；青山断河[14]，后父沉躯[15]。川吏掌津[16]，敢告访途[17]。

【注释】

〔1〕"君子"句：清孙德谦《六朝丽指》："'君子彼想'恐是'想彼君子'，类彦和(即刘勰)之所谓颠倒之句者……以期其新奇也。"

〔2〕祗：恭敬。　载：语助词。　惕：戒惧。

〔3〕简：通"柬"，选择。　栝(guā 瓜)：即桧，柏叶松身。

〔4〕龙鹢(yì 益)：指船。《淮南子·本经训》："龙舟鹢首。"鹢，一种能高飞的大鸟，古代多雕画在船头。

〔5〕觇：察看。

〔6〕"投祭"句：《帝王世纪》："尧与群臣沉璧于河，乃为《握河记》，今《尚书候》是也。"

〔7〕揆：揣度。　检：标识。《汉书·武帝纪》孟康注："刻石纪号，有金策石函金泥玉检之封焉。"　图：指河图。相传伏羲氏时有龙马从黄河中出，背负图，上书历象日月星辰。

〔8〕"命辰"句：《路史》："轩辕黄帝受河图作历，岁纪甲寅，日纪甲子。"

〔9〕"二崤"二句：《左传·僖公三十二年》："崤有二陵焉，其南陵夏后皋之墓也，其北陵文王之所避风雨也。"崤(yáo 摇)，崤山，在河

南西部。虎口，形容地势险要。

〔10〕"九折"二句：据《汉书·王尊传》载，以前益州刺史王阳奉先人遗体经邛郲九折阪，不畏险而过；后王尊为刺史经此，亦不避而驱之。羊肠，太行山有羊肠阪道，后用以形容道路盘曲如羊肠。

〔11〕景：日光。　乘虚：犹凭空。

〔12〕衡石：《山海经·大荒北经》："大荒之中，有衡石山。"　赪鳐：文鳐鱼，状如鲤，鱼身鸟翼，白首赤嘴，出泰器山观水（见《西山经》）。

〔13〕帝子：指居住在洞庭山的尧帝二女娥皇、女英，嫁舜为妃。后舜南巡，死于苍梧，二女追至江湘溺死，化为水神（见刘向《列女传》）。　殂（cú 徂）：往死。

〔14〕"青山"句：《山海经·中山经》：青要之山"实惟帝之密都，是多驾鸟。南望墠渚，禹父之所化"。

〔15〕后父：指禹父鲧，相传曾奉尧命治水，九年无功，自沉于羽渊。事见《拾遗记》。

〔16〕津：渡口。

〔17〕访途：指路过的寻访者。

【今译】

　　揣想那些古代君子，心中怀着恭敬戒惧。挑选林木中的松桧，用龙鹢装饰了行水之舟。观看天气利用潮汐，投沉玉璧祭祀神灵；揆度标志获见河图，命名时辰制定历法。崤山二陵险如虎口，早年为周文王所走避；九折阪道曲似羊肠，经过的汉臣快如电驶。水中的游鱼天上的飞鸟，争趋日光凭借虚空。传说中的衡石山红鳐鱼，是尧帝二女死后所见；青要山阻断了河流，当为自沉禹父的身躯所化。掌管水域渡口的官吏，冒昧以此告示过往行人。

飞白书势铭

[宋] 鲍　照

【题解】

飞白是一种书写方法特殊的字体，又称"草篆"。其特点是笔画呈枯丝平行，转折处笔路毕显。相传东汉灵帝时修饰鸿都门，书法家蔡邕从工匠用刷白粉的帚子刷字中得到启发，从而创立的。

关于其名的由来，唐代张怀瓘《书断》云："飞白者，后汉左中郎将蔡邕所作也。王隐、王愔并云：'飞白，变楷制也。本是宫殿题署，势既寻文，字宜轻微不满，名曰飞白。'"后来又有人说"飞白法飞而不白，白而不飞，盖取其若丝发处谓之白，其势飞举谓之飞"（见宋黄伯思《东观馀论》）。

作者此铭，盛赞飞白书势笔致轻重有节，浓淡相宜，疏密错落，风格"博奥苍坚，声沉旨郁"，"唐惟柳子厚（宗元）往往胎息此种"（许梿语）。

秋毫精劲[1]，霜素凝鲜[2]。沾此瑶波[3]，染彼松烟[4]。超工八法[5]，尽奇六文[6]。鸟企龙跃，珠解泉分[7]。轻如游雾，重似崩云[8]。绝锋剑摧，惊势箭飞[9]。差池燕起[10]，振迅鸿归[11]。临危制节[12]，中险腾机[13]。圭角星芒[14]，明丽烂逸[15]。丝萦发垂[16]，平理端密[17]。盈尺锦两[18]，片字金镒[19]。故仙、芝烦弱〔20〕，既匪足双；虫、虎琐碎〔21〕，又安能匹。君子品之，是最神笔。

【注释】

〔1〕秋毫：本指动物秋季新生的毫毛，后借以指笔。晋成公绥《弃故笔赋》："乃发虑于书契，采秋毫之颖芒。"

〔2〕"霜素"句：形容供书写用的细绢洁白光泽。汉班婕妤《怨歌行》："新裂齐纨素，鲜洁如霜雪。"

〔3〕瑶波：指清水。

〔4〕松烟：指用松烟煤制成的墨。东晋卫夫人(铄)《笔阵图》："其墨取庐山之松烟，代郡之鹿胶，十年以上强如石者为之。"

〔5〕"超工"句：相传晋代书法家王羲之多年来"偏工书'永'，以其八法之势，能通一切字"(见《书苑》)。八法指书写"永"字时所用侧、勒、努、趯、策、掠、啄、磔八种笔法。

〔6〕六文：指汉代以来流传的古文、奇字、篆书、隶书、缪篆、鸟虫书六种字体，见《说文序》。

〔7〕"鸟企"二句：皆形容书法的笔势。鸟企，汉崔瑗《草书势》："竦企鸟峙，志在飞移。"企，踮起脚跟。龙跃，蔡邕《篆势》："龙跃鸟震。"珠解，崔瑗《草书势》："或飙黜点㸌，状如连珠，绝而不离。"泉分，卫恒《书势》："若翔风厉水，清波漪涟。"

〔8〕"轻如"二句：钟氏《隶势》："若钟簴设张，庭燎飞烟。"又："郁若云布。"

〔9〕"惊势"句：刘绍《飞白赞》："直准箭飞。"

〔10〕"差池"句：晋索靖《草书状》："玄熊对距于山岳，飞燕相追而差池。"差池，高低前后不齐。

〔11〕"振迅"句：汉蔡邕《篆势》："远而望之，若鸿鹄群游，络绎迁延。"振迅，振翅奋飞的样子。

〔12〕制节：钟氏《隶势》："随笔从宜，靡有常制。"

〔13〕腾机：崔瑗《草书势》："机微要妙，临时从宜。"

〔14〕圭角：玉圭的棱角，犹言锋芒。 星芒：梁庾肩吾《书品》："真草既分于星芒，烈火复成于珠珮。"

〔15〕烂逸：形容笔墨绚焕飘逸。钟氏《隶势》："焕若星陈。"

〔16〕"丝萦"句：蔡邕《篆势》："或轻笔内投，微本浓末，若绝若连，似水露缘丝，凝垂下端。"

〔17〕平理：钟氏《隶势》："或砥平绳直。"

〔18〕锦两：《左传·闵公二年》"重锦三十两"杜预注："重锦，锦之熟细者。以二丈双行，故曰两。"

〔19〕"片字"句：用战国秦吕不韦著《吕氏春秋》在咸阳悬赏千金给能增损一字者事，见《史记·吕不韦传》。镒，古以二十两为镒。

〔20〕仙、芝：指古代篆隶文书体中的仙人书、芝英书。

〔21〕虫、虎：指虫书、虎爪书，其名与上同见齐萧子良《古今篆隶文体》。

【今译】

毛笔精致刚健，细绢洁白光鲜。沾了这瑶池的清波，染上那庐山的松烟。工巧胜过永字八法，奇妙尽于六种字体。鸟踪脚跟龙身腾跃，珠串离散泉流分支。轻淡时像薄雾飘浮，浓重处如积云崩陷。笔锋似剑摧枯拉朽，书势惊挺若离弦飞箭。前后错落燕群翩然而起，振翅高飞雁阵有序回返。面临急迫从容节制，遭遇困窘随机行事。玉圭的楞角繁星的光芒，明艳绚丽灿烂飘逸。细柔的丝发萦绕下垂，平直的纹理端正严密。盈尺的书卷贵如锦缎，数字能值黄金百两。因此仙人、芝英书体烦弱，已无法与之配对成双；虫书、虎爪笔意琐碎，又有什么能和其相比。各位君子细细品赏，这才是最具神采之笔。

药 奁 铭

[宋] 鲍 照

【题解】

奁本是古代盛梳妆用品的器具，由漆木或陶制成，有圆形、长方形或多边形等多种，内部分层。药奁顾名思义，自然是指存放各种药物的匣子。

作者此铭由灵药奇效入手，写得神异莫测，虚幻飘忽。许梿也以为"换头紫粉，七返丹砂，此二药世人千百中无一人解作。读是铭如得秘药于孟简，可以悦心脾，可以涤肠胃，即谓明远能为二药，亦何愧焉"。

岁霣走丸[1]，生厌陨墙[2]，时无骤得[3]，年有退方。水玉出烟[4]，灵飞生光[5]，龟文电衣，龙采云裳[6]。九芝八石[7]，延正荡斜[8]；二脂六体[9]，振衰返华。毛姬饵叶[10]，凤子藏花[11]。景绝翠虬[12]，气隐赪霞。深神罕别，妙奇不扬。或繁虎杖[13]，或乱蛇床[14]。故不世不可以服[15]，未达不可以尝[16]。眩睛逆目[17]，是乃为良[18]。

【注释】

〔1〕霣：即陨，坠落。 走丸：《汉书·蒯通传》："边城皆将相告曰

'范阳令先下而身富贵',必相率而降,犹如阪上走丸也。"

〔2〕隤墙:语出汉司马相如《上林赋》"隤墙填堑"。此喻病弱之躯。隤,败坏。

〔3〕"时无"句:《楚辞·九歌·湘夫人》:"时不可兮骤得。"

〔4〕水玉:水晶。晋嵇康《难养生论》:"赤松以水玉乘烟。"

〔5〕灵飞:《汉武内传》:"求道益命,皆须五帝六甲灵飞之术。"

〔6〕"龟文"二句:当指龟板、龙骨一类灵药。晋郭璞《华岳赞》:"其谁从之?龙驾云裳。"后句语本此。

〔7〕九芝:《汉书·宣帝纪》:"金芝九茎,产于函德殿铜池中。"八石:指道家所服食的朱砂、雄黄、云母、空青、硫黄、戎盐、硝石和雌黄八种矿物质。《神仙传》:"老子所出度世之法,九丹八石,玉醴金液。"

〔8〕正:指人体元气。 斜:通"邪",指致病之因。《素问·遗篇刺法论》:"正气存内,邪不可干。"

〔9〕二脂:未详。 六体:指头、身和四肢。《汉书·翼奉传》:"人之有五藏六体,五藏象天,六体象地。故藏病则气色发于面,体病则欠申动于貌。"

〔10〕"毛姬"句:《列女传》:"毛女字玉姜,秦始皇宫人。逃之华阴山中食松叶,遍体生毛,故谓毛女。"

〔11〕"凤子"句:晋葛洪《神仙传》一:"凤纲者,渔阳人也。常来百草花,以水渍泥封之。"凤子即指凤纲。

〔12〕景:日光。 翠虬:苍龙。

〔13〕虎杖:即荭,一种"似红草而粗大,有细刺,可以染赤"的植物(见《尔雅》注)。

〔14〕蛇床:一名马床,多年生草本植物,"似麋芜而不能芳"(《淮南子·说林训》)。

〔15〕"故不世"句:《礼记·曲礼》:"医不三世,不服其药。"

〔16〕"未达"句:《论语·乡党》:"丘未达,不敢尝。"

〔17〕"眩睛"句:《尚书·说命》:"若药弗瞑眩,厥疾弗瘳。"眩,昏花无神。逆,不适。

〔18〕"是乃"句:《孔子家语·六行》:"良药苦口而利于病。"

【今译】

　　岁月流逝如掉落滚动的球丸,养生好比讨厌要塌的泥墙,时光不能一齐得到，年月有延长的妙方。闪烁的水晶升出轻烟，神灵的飞动放射光芒，开裂的龟壳印着闪电，腾翔的瑞龙披了彩云。九茎、金芝八种奇石，扶助正气扫除邪风；二脂内外六体上下，改变衰老恢复青春。宫人毛女采食松叶，神仙凤子藏身花丛。苍龙在日光中不见了身影，祥气隐伏在红色的霞间。深藏的神明很少差别，奇妙的效应不引人注目。有的多用了虎杖，有的乱投了蛇床。所以不是世代良医不可服其所开之方，不知药性不可以冒失品尝。能使眼睛晕眩昏乱，才是于病有利的苦口良药。

团 扇 铭

[梁] 庾肩吾

【题解】

在酷热难当的夏日，能手持一把团扇，牵来一阵清风，那种心旷神怡的快意令古往今来有此同感的人无不铭记在心。因此很久以来，人们对扇的形容和称颂接连不断。

庾肩吾的这篇铭文以精练的语言描写了团扇的制作、形态、作用，并寓以"恩深难恃，爱极则迁"的深意，不失为咏物示警的佳作。如果说汉代才女班昭的《怨歌引》咏叹夏扇秋捐是出于个人始宠终弃的经历，那么齐梁文人庾肩吾的荐铭夏筵，亦可看作是对自身遭际乃至一代士人的垂诚。

许梿颇推赏此铭，说它"值物赋象，姿致极佳"，又说"吾当以新制齐纨，倩羊欣(南朝宋书法家，尤善行书)书此，庶几清吹徐来，秀采繁会"。谭献也说它为"人意中语，故自大雅"(《骈体文钞》卷二十二)。

武王元览，造扇于前[1]。班生赡博，《白绮》仍传[2]。裁筠比雾[3]，裂素轻蝉[4]。片月内掩，重规外圆[5]。炎隆火正[6]，石烁沙煎[7]。清逾蘋末[8]，莹等寒泉[9]。恩深难恃，爱极则迁。秋风飒至，箧笥长捐[10]。勒铭华扇，敢荐夏筵[11]。

【注释】

〔1〕"武王"二句：语本晋陆机《羽扇赋》。《广博物志》引《世本》："武王作翣。"《礼记·明堂位》孔颖达疏："翣，扇也。"元览，当作"玄览"，此为避清康熙玄烨讳改。《老子》河上公注："心居玄冥之处，览知万物，故谓之玄览。"

〔2〕班生：指汉代班固。 赡博：指才学广博。 《白绮》：班固有《白绮扇赋》。 仍：因而，乃。

〔3〕筠：青竹皮。

〔4〕裂素：汉班昭《怨歌行》："新裂齐纨素，皎洁似霜雪。" 轻蝉：指扇轻薄如蝉翼。据《古今注》载，汉成帝曾赐赵飞燕蝉翼扇。

〔5〕"片月"二句：汉徐幹《圆扇赋》："仰明月以取象，规圆体之仪度。"

〔6〕火：星名，又称大火，即心宿二。每年夏历五月黄昏出现在南方，方向最正，位置最高。

〔7〕"石烁"句：汉贾谊《旱云赋》："隆盛暑而无聊兮，煎沙石而烂煟。"

〔8〕蘋末：谓风。战国楚宋玉《风赋》："夫风生于地，起于青蘋之末。"蘋，浅水生草本植物。

〔9〕"莹等"句：语本晋左思《招隐诗》："前有寒泉井，聊可莹心神。"莹，本为似玉美石，此含清凉意。

〔10〕"秋风"二句：意本汉班昭《怨歌行》："常恐秋节至，凉飙夺炎热。弃捐箧笥中，恩情中道绝。"飒，风声。箧笥，竹制盛器，箱奁之类。

〔11〕敢：自言冒昧之词。 筵：竹席。

【今译】

武王深察幽玄，很久前就制作了扇子。班固才学渊博，《白绮扇赋》才得以流传。裁出竹皮薄如云雾，剪开白绢轻似蝉翼。内中掩了一片明月，外面围出一个团圆。酷热盛炽"火"星正南，沙石受煎闪烁冒烟。清凉胜过青蘋梢尖的微风，莹爽心神好比寒泉之水。恩宠深厚难以久依，爱眷至极便会迁移。秋风送爽飒然而至，被藏箱奁长久抛弃。为精美的团扇刻写铭文，冒昧献上夏日的筵席。

后堂望美人山铭

[北周] 庾 信

【题解】

从铭文的内容看，题中的所谓"美人山"，是指从作者所在的后堂中，能望见的对面一座居住着歌舞美女的山林。文中所谓"五妇"、"三侯"、"险逾"、"危凌"，不过是因山而及的想象与夸张。而篇首"高唐"、"洛浦"和篇末"织女"，也是就"美人"而生发，以虚化实。

作者庾信早年为梁朝宫廷作家，其诗文对女性姿容多有传神的描写。此铭"禁苑"诸句，被许梿评作"不必作时世妆，挽飞仙髻，而一种妩媚之态，当不减画里唤真真也"，即是一例。

高唐疑雨[1]，洛浦无舟[2]。何处相望？山边一楼。峰因五妇[3]，石是三侯[4]。险逾地肺[5]，危凌天柱[6]。禁苑斜通[7]，春人恒聚。树里闻歌，枝中见舞。恰对妆台，诸窗并开。遥看已识，试唤便回。岂同织女，非秋不来[8]。

【注释】

〔1〕"高唐"句：战国楚宋玉《高唐赋》记楚怀王昼寝，梦有神女前来荐席，并自称"旦为朝云，暮为行雨"。高唐为楚云梦泽中台馆名。

〔2〕"洛浦"句：三国魏曹植《洛神赋》记在洛水边遇神女宓妃，后因思念又"御轻舟而上溯"。

〔3〕"峰因"句：《述异记》载秦惠王献五美女于蜀王，蜀王派五丁前去迎接。途中见大蛇入山穴，五丁曳蛇，山崩，五女上山都化为石。

〔4〕"石是"句：《南中志》载汉代夷濮（今云贵地区）有竹王曾以剑破石得水，其三子后被牂柯太守吴霸表封列侯，配食父祠。

〔5〕地肺：即终南山。《括地志》："终南山一名地肺山。"在陕西西安南。

〔6〕天柱：即天柱山，在安徽潜山西北，山南为皖南，山北为皖北。

〔7〕禁苑：古代皇家园林。

〔8〕"岂同"二句：相传牛郎、织女二星隔银河相望，每年仅七月七日为相会之夕。事见《荆楚岁时记》等。

【今译】

高唐观前疑是行雨，洛河岸边不见渡舟。彼此相望在什么地方？山旁耸立一座小楼。峰由五个美女所化，石是三个受封王侯。险要胜过地肺之山，高峻超越天柱之峰。禁地苑围有路斜通，如春佳人经常集聚。绿树丛里可闻清歌，红花枝中能见曼舞。恰巧面对梳妆镜台，多扇绣窗一起打开。远远望见自己的相识，一声传唤便有应回。怎么会像织女那样，不到秋夜不能前来。

至仁山铭

[北周] 庾　信

【题解】

　　由文中"真花暂落，画树长春"一语推测，作者为其作铭的所谓"至仁山"当在画中，并由孔子"仁者乐山"的名言而来。文中所写种种秋景，皆为画中所见。

　　许梿非常欣赏铭中"三秋云薄，九日寒新"数语，以为是"有语必新，无字不隽"，甚至表示"吾于开府，当铸金事之矣"，可见推崇之至。

　　山横鹤岭[1]，水学龙津[2]。瑞云一片[3]，仙童两人[4]。三秋云薄[5]，九日寒新[6]。真花暂落，画树长春。横石临砌，飞檐枕岭。壁绕藤苗，窗衔竹影。菊落秋潭，桐疏寒井。仁者可乐[7]，将由爱静。

【注释】

　　〔1〕鹤岭：《豫章记》："（江西）鸾冈西有鹤岭，王子乔控鹤所经。"

　　〔2〕龙津：即龙门、禹门口，在山西河津西北、陕西韩城东北。黄河至此，两岸峭壁对峙。

　　〔3〕瑞云：据《洞冥记》载，东海釜山出瑞云，应王者符命。

　　〔4〕"仙童"句：三国魏曹丕《折杨柳行》："西山一何高……上有

两仙童，不饮亦不食。"

　　〔5〕三秋：指秋季第三月，即阴历九月。
　　〔6〕九日：指九月九日重阳节。
　　〔7〕"仁者"句：语本《论语·雍也》："知者乐水，仁者乐山。"

【今译】

　　山横着鸾冈鹤岭，水学了龙门河津。飘过祥瑞彩云一片，走出绰约仙童两人。三秋季节天高云薄，九月初九寒意新添。自然界的真花暂已凋落，图画中的绿树永葆长青。靠近台阶岩石横卧，依枕峰岭屋檐飞腾。壁上缠绕着野藤的枝蔓，窗前蕴含了山竹的疏影。菊花落入秋日的深潭，梧桐疏朗伴着寒井。仁者自可观赏愉悦，由此悟入喜爱沉静。

梁东宫行雨山铭

〔北周〕庾　信

【题解】

　　从题来看，所谓"行雨山"当在梁东宫即晋安王萧纲（后即位为简文帝）府第。今以简文帝亦有《行雨山铭》而不出"梁东宫"三字证之，愈觉可信。

　　与萧纲的铭文多写实形容不同，庾信此作从山名"行雨"两字生发，引凡入神，将景与人融合在一起描写，故显得笔意轻灵、情思流动，别具一格。

　　许梿曾以庾信与鲍照比较，说"兰成诸铭，直可与明远竞爽。明远以峭胜，兰成以秀胜，蹊径自别耳。然兰成要未肯作小巫也"。今观两人之铭，确如其说，他人则难以比肩。

　　山名行雨，地异阳台[1]。佳人无数，神女看来。翠幔朝开，新妆旦起。树入床头，花来镜里。草绿衫同，花红面似。开年寒尽，正月游春。俱除锦帔[2]，并脱红纶[3]。天丝剧藕，蝶粉生尘[4]。横藤碍路，弱柳低人。谁言洛浦，一个河神[5]？

【注释】

　　〔1〕"山名"二句：战国楚宋玉《高唐赋》记巫山神女自言"旦为

朝云，暮为行雨，朝朝暮暮，阳台之下"。

　〔2〕帔：披肩。《释名·释衣服》："帔，披也，披之肩背，不及下也。"

　〔3〕纶(guān 关)：纶巾，古代丝带头巾。梁徐君蒨《初春》："树斜牵锦帔，风横入红纶。"

　〔4〕"天丝"二句：倪璠注云："言行雨山游丝相折藕，飞蝶拟香尘，若有人也。"天丝，即游丝，飘荡于空中蜘蛛等昆虫所吐之丝。剧，繁多。

　〔5〕"谁言"二句：三国魏曹植《洛神赋》："黄初三年，余朝京师，还济洛川。古人有言，斯水之神，名曰宓妃。"

【今译】

　　山起名为行雨，地却不在阳台。佳人难计其数，神女看着前来。清晨揭开翠色帘幔，早上起身梳妆打扮。横斜的树枝探入床头，娇艳的花儿来到镜里。衣衫与芳草一样碧绿，面容红润与鲜花相似。新年伊始寒意退尽，时值正月已可游春。一起除了锦缎披肩，共同脱去红丝头巾。空中游丝像折了鲜藕，蝴蝶翅粉扬起轻尘。横生的藤蔓挡住了道路，柔弱的柳枝让行人低头。谁说景色宜人的洛河岸边，只有一个艳丽的女神？

卷十一

碑

相宫寺碑

梁简文帝

【题解】

题中的"相宫寺"一作"相宫寺",其具体所在已不可考。从碑文的内容来看,当是简文帝萧纲为其已故的叔父、南平元襄王萧伟(文中误作"纬"),在寺庙中捐刻的一座石碑,既颂佛事,亦慰亡灵。

梁朝是历史上一个著名的崇佛时代,不仅礼佛之事不绝于时,而且广建寺庙,以至佛寺至今仍有"萧寺"之称。因此梁朝宫室成员,几乎都精通佛理。简文帝的这篇碑文,除文采富丽外,即很好地展示了他的佛学造诣。

许梿评"是以"诸句说:"随手拈花,千载下见之,无不破颜微笑。不知正法眼藏,可能付迦叶否?"又评"银铺"诸句说:"情思隽远,华采端斓。寻绎数四,几有菩提非树、明镜非台之妙。"

真人西灭[1],罗汉东游[2]。五明盛士,并宣北门之教[3];四姓小臣,稍罢南宫之学[4]。超洙泗之济济[5]，比舍卫之洋洋[6]。是以高檐三丈，乃为祀神之舍；连阁四周，并非中官之宅[7]。雪山忍辱之草[8]，天宫陀树之花[9]，四照芬吐[10]，五衢异色[11]。能令扶解说法，果出妙衣[12]。鹿苑岂殊[13]，祇林何远[14]。

【注释】

　　〔1〕真人：道家称存养本性的得道之人。《庄子·大宗师》："且有真人而后有真知。何谓真人？古人真人，不逆寡，不雄成，不谟士。"西灭：或指老子西入夷狄，化为浮屠。事见《后汉书·襄楷传》。

　　〔2〕罗汉：佛教名阿罗汉的略称。此指修得上座部佛教（小乘）最高果位的和尚。《修行本起经》："罗汉者，真人也。声色不能污，荣位不能屈，难动如地，已免忧苦，存亡自在。"

　　〔3〕"五明"二句：据《南史·梁武帝纪》载，太清元年（547）三月庚子，武帝幸同泰寺，设无遮大会……"以五明殿为房，设素木床、葛帐、土瓦器，乘小舆，私人执役。乘舆法服一皆屏除"。五明，佛教称声明（明语言文字）、工巧明、医方明、因明（明考定正邪、真伪）、内明（明自家宗旨）为"五明"，见《天竺大论》。

　　〔4〕"四姓"二句：据《南史·张弘策传》附子张缵传载，张缵出为豫章内史，"在郡述制旨《礼记》正言义，四姓衣冠、士子听者常数百人"。南宫之学，指儒学。《汉书·儒林传》载高祖过鲁，申公曾从师入见于南宫。

　　〔5〕洙泗：春秋时鲁国孔子教授弟子的地方，在今山东曲阜北，洙水在北，泗水在南。《礼记·檀弓上》："吾与女事夫子于洙泗之间。"济济：形容人才众多。相传孔子有十二贤人、七十二弟子。

　　〔6〕舍卫：本为城名，后用作国号，内有祇园精舍，"本有七层，诸国王人，竞兴供养，悬缯幡盖，散花烧香，燃灯续明，日日不绝"（见《佛国记》）。地在今印度西北拉普的河南岸。　洋洋：盛大，众多。

　　〔7〕中官：朝内宦官。

　　〔8〕"雪山"句：《涅槃经》："佛言善男子：雪山有草，名曰忍辱。牛若食之，则成醍醐。"

　　〔9〕"天宫"句：佛经中载天宫有见月光开花的宝树叫麒麟陀树、拘尼陀树，见《酉阳杂俎》前集卷三《贝编》。

　　〔10〕四照：《山海经·南山经》："南山之首曰鹊山……有木焉，其

状如榖而黑理，其华四照，其名曰迷榖，佩之不迷。"

〔11〕五衢：《山海经·中山经》：少室之山"其上有木焉，其名曰帝休，叶状如杨，其枝五衢，黄华黑实，服者不怒"。

〔12〕"能令"二句：据《百缘经》载，波罗奈国梵摩达王生女，身被袈裟，年渐长大，衣亦随大。后到野鹿苑中听佛说法，得须陀洹果；出家为比丘尼，又得阿罗汉果。诸比丘问佛所缘，佛告其前身乃加那牟尼，因游行教化而得王女所施妙衣一领。扶，礼拜。《释名·释姿容》："拜……于妇人为扶，自抽扶而上下也。"

〔13〕鹿苑：即野鹿苑，佛经中说上古有金仙修道石室，有母鹿生鹿女极美，金仙养之，因名鹿苑，为佛成道初转法轮处。

〔14〕祇林：即祇园、祇树园。佛经言给孤独与太子祇陀共立精舍，名太子祇陀树给孤独食园，故址在今中印度舍卫城南。

【今译】

　　西方不见得道的真人，东方来了游历的罗汉。修成五明的贤人高士，一起传布北门的佛教；四个姓氏的小官微臣，暂时停了南宫的儒学。那盛况超过了孔子游学洙泗的人才济济，就好像舍卫城中佛事的兴旺盛大。所以三丈高的屋檐，是祭祀天神的场所；四周相连的楼阁，不是宦官居住的地方。雪山上有名叫忍辱的奇草，天宫中开着陀树的异花，辉映四方喷吐芳香，五枝重出色彩变化。能使礼拜领悟佛的说法，修成正果而得妙衣。这和野鹿苑受法有什么不同，那祇园精舍也并不遥远。

　　皇太子萧纬，自昔藩邸，便结善缘[1]。虽银藏盖寡，金地多阙[2]，有惭四事[3]，久立五根[4]。泗川出鼎，尚刻之罘之石[5]；岷峨作镇，犹铭剑壁之山[6]。矧伊福界[7]，宁无镌刻？铭曰：

　　洛阳白马[8]，帝释天冠[9]，开基紫陌[10]，峻极云端。实惟爽垲[11]，栖心之地。譬若净土[12]，长为佛事。银铺曜色[13]，玉碣金光[14]。塔如仙掌[15]，楼疑凤皇〔16〕。珠生月魄〔17〕，钟应秋霜〔18〕。鸟依交露〔19〕，幡承杏梁〔20〕。窗舒意蕊，室度心香〔21〕。天琴夜下〔22〕，绀马朝翔〔23〕。生灭可度〔24〕，离苦获常〔25〕。相续有尽，归乎道场〔26〕。

【注释】

〔1〕"皇太子"三句：萧纬当作萧伟，齐高帝族弟萧顺之（后追尊梁文帝）第八子，天监十七年（518）封南平元襄王。史载其少好学笃诚，所治第为"梁世藩邸之盛"，又"性多恩惠，尤愍穷乏，常遣腹心左右历访闾里人士，其有贫困吉凶不举者，即遣赡恤之"；"晚年崇信佛理，尤精玄学"（《梁书·太祖五王传》）。藩邸，分封国的府邸。

〔2〕金地：以金为底子，多用以装饰佛塔寺庙。

〔3〕四事：指衣服、饮食、卧具、汤药，或房舍、衣服、饮食、汤药，见《无量寿经》。

〔4〕五根：《诸法本无经》："何当见五根？佛言：若信诸法不生，以本性不生，故此是信根；若诸法中心不发遣，以近想远想离，故此是精进根；若于诸法不作念，意以攀缘性离，故念不系缚，此是念根；若于诸法不念不思，如幻不可得，故此是定根；若见诸法离生离无，智本性空，故此是慧根。"

〔5〕"泗川"二句：据《史记·秦始皇本纪》载，二十八年始皇"过彭城，斋戒祷祠，欲出周鼎泗水"；二十九年，"登之罘刻石"。泗川，即泗水，在山东中部，相传周显王时沉鼎于此（见《鼎录》）。之罘（fú 浮），山名，在山东福山东北。

〔6〕"岷峨"二句：晋张载《剑阁铭》："岩岩梁山，积石峨峨。远属荆衡，近缀岷嶓。……惟蜀之门，作固作镇。是曰剑阁，壁立千仞。"岷峨，岷山和峨眉山，在四川北部和中部。剑壁之山，指剑阁县北的剑门关，自古以"剑门天下险"著称。

〔7〕矧（shěn 审）：何况。 福界：指寺庙圣地。

〔8〕白马：指白马寺，在洛阳西阳门外三里，汉明帝所立。当时佛经由西域传入东土，有白马负经而来，因以名寺。

〔9〕帝释：《因本经》："须弥山顶为帝释天。"帝，天帝。释，释迦。 天冠：寺名。梁元帝《荆州长沙寺阿育王像碑》："才渡莲河，即处天冠之寺。"

〔10〕紫陌：指京城的道路。

〔11〕爽垲(kǎi 凯)：高旷干燥。《左传·昭公三年》："子之宅近市，湫隘嚣尘，不可以居，请更诸爽垲者。"

〔12〕净土：佛教指无五浊(即劫浊、见浊、烦恼浊、众生浊和命浊)垢染的清静世界。

〔13〕银铺：银制衔门环的底座。

〔14〕玉碣：碣一作"础"，白石柱磉。

〔15〕"塔如"句：《洛阳伽蓝记》："瑶光寺有五层浮屠一所，去地五十丈，仙掌凌虚，铎垂云表。"

〔16〕"楼疑"句：《晋宫阁名》："洛阳有凤凰楼。"

〔17〕"珠生"句：《淮南子·墬形训》："蛤蟹珠龟，与月盛衰。"

〔18〕"钟应"句：《山海经·中山经》：丰山"有九钟焉，是知霜鸣"。郭璞注："霜降则钟鸣，故言知也。"

〔19〕"鸟依"句：《妙法莲花经·序品》："一一塔庙若千幢幡，珠交露幔，宝铃和鸣。"

〔20〕杏梁：以杏木为梁。

〔21〕"窗舒"二句：旧注："二语出佛经。"

〔22〕"天琴"句：未详。

〔23〕"绀马"句：《起世经》中转轮王有宝马名婆罗诃，色青，披黑鬣，腾空而行。王日出时乘其跨越大地，还宫朝食。绀，天青色。

〔24〕"生灭"句：佛教认为生和灭可以相互转换。《金刚三昧经》："本生不灭，本灭不生，不灭不生，不生不灭。"

〔25〕"离苦"句：即佛经所谓"苦海无边，回头是岸"之意。

〔26〕道场：成道及修道之地，亦指佛寺。

【今译】

现有皇太子萧伟，自从过去在所封之国，就有乐善好施的因缘。虽然持有的银两很少，贡献的黄金不多，有惭于四事的日常供应，但早存崇信佛法的五根。从泗水中打捞九鼎，尚且在之罘山刻石纪功；以岷峨山作为屏障，还为壁立的剑门关作铭，何况这普度众生的福地，怎能没有恭敬的镌刻？铭文说：

京城洛阳的白马，天帝释迦的天冠，奠基于都市的大道，雄伟壮丽高入云端。实在是宽敞高爽，心灵的安息之地。好比一个清静世界，能长久敬从佛事。银制的环座色彩耀眼，白洁的柱礅闪着金光。寺塔宛如仙人的手掌，楼阁好比飞来的凤凰。佛珠来自明亮的月魄，院钟鸣和秋日的霜降。晨鸟伴着零落的清露，旗幡飘在杏木屋梁。窗户舒展着意念的花蕊，室内飘浮起心虔的幽香。天上的琴声夜间传来，青色的宝马黎明腾翔。生生灭灭相互轮转，脱离苦海获得久常。来回相续有了穷尽，归宿就在寺院道场。

卷十二

诔

陶征士诔 并序

【题解】

晋末名士陶渊明，是一个以其任真自得、耿介狷洁、平和实际的鲜明人格，影响了以后历代文士处世行事的重要人物。尽管几乎与他同时的颜延之对此不可能有更深的认识，但是凭着与渊明交往的直觉，他还是对友人的一生品行作了真实的描写和很高的评价。

这篇诔文，正像后来刘勰在《文心雕龙·诔碑》中所说"诔者，累也。累其德行，旌之不朽也。……论其人也，暧乎若可睹；道其哀也，凄焉如可伤"那样，使后人不仅看到了陶渊明为人处世的生动写照，同时也感受到由此所作品概的确切和精当。所以许梿在评论"廉深简絜"诸语时说："将渊明本领摹拟写出，犹顾长康(东晋名画家顾恺之)画人，尽在阿堵中矣。"又在评论"深心追往"一段时说："追往念昔，知己情深。而一种幽闲贞静之致，宣露行间，尤堪讽咏。"

本文由序和诔两部分组成，散、韵结合，有议论，有记事，有追思，有赞美，前后映照，相得益彰。谭献称"文章之事，味如醇醪，色若球璧。有道之士，知己之言"，又说"予尝言文辞不外事理，而运动之者，情也。似此情、事、理交至，六经九流而外，此类文事古今数不盈百"（《骈体文钞》卷二十六）。

　　作者颜延之(384—456)字延年，琅玡临沂(今属山东)人。官至金紫光禄大夫。史载其少孤贫，好读书，无所不览。"文章之美，冠绝当时"（《宋书》本传）。又何法盛《晋中兴书》记其"为始安郡，道经寻阳，常饮渊明舍，自晨达昏。及渊明卒，延之为诔，极其思致"。

　　夫璇玉致美[1]，不为池隍之宝[2]；桂椒信芳[3]，而非园林之实。岂期深而好远哉，盖云殊性而已。故无足而至者，物之藉也[4]；随踵而立者，人之薄也[5]。

　　若乃巢、高之抗行[6]，夷、皓之峻节[7]，故已父老尧、禹[8]，锱铢周汉[9]。而绵世浸远，光灵不属[10]，至使菁华隐没[11]，芳流歇绝，不其惜乎[12]！虽今之作者，人自为量，而道路同尘、辍途殊轨者多矣[13]，岂所以昭末景、泛馀波[14]！

【注释】

　　[1]璇：次玉之石。《山海经·中山经》："又东北二十里，曰升山……黄酸之水出焉，而北流注于河，其中多璇玉。"

　　[2]隍：无水护城壕。

　　[3]椒：花椒。《春秋运斗枢》："椒桂连，名士起。"

　　[4]"故无足"二句：言物以稀为贵。《韩诗外传》："夫珠出于江海，玉出于昆山，无足而至者，由主君之好也。"

　　[5]"随踵"二句：言人以众为贱。踵，脚后跟。

　　[6]巢：巢父，尧时隐者。　高：伯成子高，禹时弃诸侯而耕。　抗行：高尚的品行。魏曹丕《连珠》："节士抗行，则荣名至。"抗，通"亢"。

　　[7]夷：伯夷，孤竹君之子，与叔齐在周武王灭商后隐居首阳山，不食周粟而死。　皓：指商山四皓，秦末隐居商山的四个老人东园公、甪里先生、绮里季和夏黄公。

〔8〕父老尧、禹：语本《后汉书·郅恽传》："子从我为伊、吕乎，将为巢、许乎，而父老尧、舜乎？"注："若为巢父、许由，则以尧、舜为父老之人也。"

〔9〕锱铢：比喻因微小而轻视。锱、铢都是古代很小的重量单位。

〔10〕"而绵世"二句：《东观汉纪》："上赐东平王苍书曰：岁月骛过，山陵浸远。今鲁国孔氏尚有仲尼车舆冠履，明德盛者光灵远也。"浸远，渐远。属，连接延续。

〔11〕菁华：同"精华"。

〔12〕不其：难道不。其，同"岂"。此为倒装语。

〔13〕同尘：混同世俗，不标新立异。《老子》四章："和其光，同其尘。" 辍途：中途停顿。

〔14〕末景：暮色，夕阳。

【今译】

璇石和玉质地可称精美，不是水池城壕的宝藏；桂树花椒气息确实芬芳，并非园林栽培的结果。这哪是向往幽深喜爱遥远，全是由于秉性不同而已。所以不长腿而前来的，是物的凭借；脚碰脚而站立的，为人所轻视。

至于巢父、子高的高尚品行，夷、齐、四皓的坚贞节操，已把尧与禹当作父老村民，将周和汉看成轻如锱铢。然而世代绵长久远，光芒灵气不再延续，以至使精华因此隐没，芳泽从而断绝，难道不感到愧惜吗！虽然现在这样做的，人有各自的限度，而混迹于世俗、半途变卦改道的多了，怎能以此来使暮色光明、馀波重振！

有晋征士寻阳陶渊明[1]，南岳之幽居者也[2]。弱不好弄[3]，长实素心[4]。学非称师，文取指达[5]。在众不失其寡，处言愈见其默。少而贫病，居无仆妾。井臼弗任，藜菽不给[6]。母老子幼，就养勤匮[7]。远惟田生致亲之议[8]，追悟毛子捧檄之怀[9]。初辞州府三命，后为彭泽令[10]。道不偶物，弃官从好[11]。

【注释】

〔1〕征士：旧称曾为朝廷征聘而不就职的隐士。 寻阳：陶渊明的故乡，今江西九江。

〔2〕南岳：即南山。陶渊明《饮酒二十首》之五："采菊东篱下，悠然见南山。"

〔3〕"弱不"句：语见《左传·僖公九年》："夷吾弱不好弄，长亦不改。"弄，戏。

〔4〕素心：心地纯朴，不知矫饰。

〔5〕指达：意思明了。指，通"恉"，意指。

〔6〕"少而"四句：陶渊明《自祭文》："自余为人，逢运之贫，箪瓢屡罄，绤绤冬陈。"井臼，打水春米，指家务活。藜菽，泛指菜豆类食品。

〔7〕"就养"句：陶渊明《与子俨等疏》："少而穷苦，每以家弊，东西游走。"勤匮，语本《左传·宣公十二年》："民生在勤，勤则不匮。"此谓辛勤奔走，供养仍然匮乏。

〔8〕"远惟"句：据《韩诗外传》载，齐宣王曾问田过君与父谁重，田过对以父重，并说："非君之土地，无以处吾亲；非君之禄，无以养吾亲；非君之爵，无以尊显吾亲。受之于君，致之于亲，凡事君者以为亲也。"

〔9〕"追悟"句：据《后汉书·刘赵淳于江刘周赵传》载，庐江人毛义家贫，以孝称。南阳志士张奉前往拜见，坐间有府檄恰到，以义为守令，义捧檄喜形于色。张奉鄙之。后义母丧，遂去官，屡辟不就。张奉叹曰："贤者固不可测。往日之喜，为亲屈也。"檄，官方任命文书。

〔10〕"初辞"二句：史载渊明初仕江州祭酒，后历任桓玄幕僚、刘裕镇军参军、刘敬宣建威参军，最后为彭泽（江西北部，近安徽）令。

〔11〕"道不"二句：渊明任彭泽令八十馀日，即辞官归隐，不复出仕。《归去来兮辞》序云："及少日，眷然有归与之情。何则？质性自然，非矫厉所得。饥冻虽切，违己交病。尝从人事，皆口腹自役。于是怅然慷慨，深愧平生之志。……因事顺心，命篇曰《归去来兮》。"

【今译】

近有晋代征聘不仕的寻阳人陶渊明，是南山下的隐居者。他从小就不喜欢戏玩，长大了心地纯朴。求学没有名师指点，作文只望意思明白。身在人群不失他的独立，处于言谈更见他的沉静。

早年贫穷多病，家中没有童仆婢妾。汲水舂米无人役使，粗饭淡菜时常不接。母亲年老子女幼小，供养辛劳仍感缺乏。只是远慕田过事君为亲的议论，追悟毛义喜捧官文的情怀。最初曾三次辞去州府的任命，后来做了彭泽县令。品性不能与世态相合，放弃做官顺从心愿。

遂乃解体世纷[1]，结志区外[2]，定迹深栖，于是乎远。灌畦鬻蔬[3]，为供鱼菽之祭[4]；织绚纬萧[5]，以充粮粒之费。心好异书，性乐酒德[6]。简弃烦促，就成省旷[7]。殆所谓国爵屏贵、家人忘贫者与[8]？有诏征为著作郎，称疾不到[9]。春秋若干[10]，元嘉四年月日[11]，卒于寻阳县某里。近识悲悼，远士伤情。冥默福应[12]，呜呼淑贞！

夫实以诔华[13]，名由谥高[14]，苟允德义，贵贱何算焉。若其宽乐令终之美、好廉克己之操[15]，有合谥典，无愆前志[16]。故询诸友好，宜谥曰靖节征士[17]。

【注释】

〔1〕解体：犹言脱身。

〔2〕区外：指远离世俗的地方。

〔3〕"灌畦"句：晋潘岳《闲居赋》："灌园鬻蔬，供朝夕之膳。"畦，菜圃中的田垅。鬻(yù 育)，通"育"，栽培。

〔4〕"为供"句：《左传·哀公六年》："常之母，有鱼菽之祭。"古代主妇设祭，本当水陆并陈，只言鱼菽(豆类)，示其薄陋。

〔5〕绚(qú 渠)：古时鞋头可系带的装饰。　纬萧：言织蒿为薄(通"箔"，帘子)。萧，蒿，草名。

〔6〕酒德：晋初刘伶有《酒德颂》，略谓酒能令人超凡脱俗。

〔7〕"简弃"二句：晋张华《答何劭》："恬旷苦不足，烦促每有馀。"

〔8〕国爵屏贵：语出《庄子·天运》："夫孝悌仁义，忠信贞廉，此皆自勉以役其德者也，不足多也。故曰：至贵国爵屏（除）焉，至富国财屏焉，至愿名誉屏焉，是以道不渝。" 家人忘贫：语出《庄子·则阳》："故圣人其穷也，使家人忘其贫；其达也，使王公忘爵禄而化卑。"

〔9〕"有诏"二句：《南史·隐逸传》："义熙末，征为著作佐郎，不就。江州刺史王弘欲识之，不能致也。"

〔10〕春秋：犹言享年。

〔11〕元嘉：南朝宋文帝刘义隆年号（424—453）。 四年：即公元427年。

〔12〕冥默：幽暗沉默。汉张衡《灵宪图注》："寂寞冥默，不可为象。" 福应：指天对善人的报应。

〔13〕实：指一生行事。 华：显示华美。

〔14〕谥（shì试）：根据死者生前行事评定称号，最初用于帝王贵族，后也用于士大夫。

〔15〕宽乐：豁达自适。 令终：保持名节而死。《诗经·大雅·既醉》："昭明有融，高朗令终。"

〔16〕愆（qiān牵）：违背。 前志：指前人的著录。志，记录。

〔17〕靖节：《谥法》："宽乐令终曰靖，好廉自克曰节。"靖，通"静"。《左传·昭公二十五年》："靖以待命犹可，动必忧。"

【今译】

于是脱身于纷扰的世务，守志在尘俗之外，择定行迹深居不出，就这样如处僻远。灌溉田垄栽培蔬菜，为了供应主妇鱼菽的祭祀；编织鞋头和草帘，用来充当换回米粮的费用。心中爱好奇异的书籍，生来性喜饮酒自适。起居省略抛弃促迫，以此形成简约旷达。这恐怕就是所说国家爵禄不足为贵、家中亲人乐而忘贫的人吧？有诏书征聘他出任著作郎，他称有病不去任职。一生享年若干，元嘉四年某月某日，死在寻阳县某个乡里。身旁熟人悲痛悼念，远方士人情怀哀伤。福的报应晦暗不灵，多可叹啊善良正直的人！

生前行事用诔加以称扬，身后名节由谥予以褒奖，如果符合道德礼义，贵贱怎能区别计较。像他这样豁达守节的美德、廉洁自律的操行，符合谥法的经典，不违背前人的书录。所以征询于各位友人，适合定谥号为靖节征士。

其辞曰：

物尚孤生，人固介立[1]。岂伊时遘[2]，曷云世及？嗟乎若士，望古遥集。韬此洪族[3]，蔑彼名级。睦亲之行[4]，至自非敦[5]；然诺之信，重于布言[6]。廉深简洁[7]，贞夷粹温[8]。和而能峻，博而不繁。依世尚同，诡时则异，有一于此，两非默置[9]。岂若夫子，因心违事，畏荣好古，薄身厚志[10]。世霸虚礼，州壤推风[11]。孝惟义养[12]，道必怀邦。人之秉彝[13]，不隘不恭[14]。爵同下士，禄等上农[15]。度量难钧[16]，进退可限。长卿弃官[17]，稚宾自免[18]。子之悟之，何悟之辨[19]！赋诗归来[20]，高蹈独善[21]。

【注释】

〔1〕介：独特。汉张衡《思玄赋》："子不群而介立。"

〔2〕遘：遭遇。

〔3〕韬：掩藏。　洪族：名门大族。渊明曾祖陶侃为晋大司马，故云。

〔4〕睦亲：指渊明为供养家人，曾听从亲友的劝告几次出仕。

〔5〕敦：勉强。

〔6〕"然诺"二句：楚人季布最守信义，因有谚曰："得黄金百，不如得季布诺。"（见《汉书·季布传》）

〔7〕"廉深"句：言其生活简朴，不慕荣利。渊明《五柳先生传》："环堵萧然，不蔽风日。短褐穿结，箪瓢屡空，晏如也。"

〔8〕夷：平和，淡泊。　粹：专一。《荀子·非相》："博而能容浅，粹而能容杂。"

〔9〕"依世"四句：言为人依俗而行，必被讥以尚同；诡违于时，必被讥以好异。有一于身，即遭讥议，来自两方面的议论都难默然处之。

〔10〕"岂若"四句：言渊明处世顺从本心，不为俗务虚名所动。

〔11〕"世霸"二句：汉蔡邕《郭有道碑》："州郡闻德，虚己备礼。"世霸，指当权者。

〔12〕义养：合乎礼义地奉养父母。

〔13〕秉彝(yí 夷)：秉性。《诗经·大雅·烝民》："民之秉彝，好是懿德。"

〔14〕"不隘"句：《孟子·公孙丑上》："孟子曰：伯夷隘，柳下惠不恭。"隘，狭隘。不恭，指轻忽时人。

〔15〕"爵同"二句：《礼记·王制》："诸侯之下士视上农夫，禄足以代其耕。"

〔16〕度量：指胸襟气量。 钧：原为古代重量单位，此用作动词，犹衡量。

〔17〕长卿：汉代司马相如字长卿，景帝时为武骑常侍，梁孝王来朝，即称病去职，从游梁孝王门下。事见《史记》本传。

〔18〕稚宾：汉成帝至王莽时名士郇相字稚宾，曾举州郡孝廉茂材，"数病去官"（《汉书·王贡两龚鲍传》）。

〔19〕辨：辨析，明察。

〔20〕归来：指辞官归隐。渊明辞官彭泽令，作有《归去来兮辞》。

〔21〕高蹈：指出世，超然尘俗。 独善：意本《孟子·尽心上》"穷则独善其身"。

【今译】

诔文说：

物尚且孤单而生，人本当独特而立。怎么能时时遇到，岂可说代代都有？感叹这样的隐士，与古人遥相呼应。不炫耀出自名门大族，看轻那名位等级。供养亲人的行为，自然顺理并不勉强；恪守诺言的信义，比季布的话还要贵重。方正沉挚简朴高洁，坚定淡泊专一通达。谦和平静而超拔脱俗，见识渊博而不繁杂。随从世俗与人苟同，违背时风标新立异，有这中间的一点，两种议论都难默然处之。哪能像这位老先生，顺着本心背弃世事，惧怕虚荣仰慕古风，淡漠进身看重志愿。当权的人虚心礼待，州郡乡里推崇高风。尽孝只求以义供养，行道必定怀念家乡。为人的品格秉性，既不狭隘也不卑屈。位低如同下层士人，禄微好比上等农夫。气度胸襟难以估量，出仕隐退自有操守。这就像司马长卿的称病弃官，邴稚宾的自行去职。先生领悟了其中的道理，那种领悟是多么透彻！于是写了诗辞归隐家园，脱出尘世独善其身。

亦既超旷，无适非心[1]。汲流旧巚[2]，葺宇家林[3]。晨烟暮霭，春煦秋阴，陈书缀卷，置酒弦琴。居备勤俭，躬兼贫病[4]。人否其忧，子然其命[5]。隐约就闲[6]，迁延辞聘[7]。非直也明[8]，是惟道性[9]。

【注释】

〔1〕"无适"句：《庄子·达生》："知忘是非，心之适也。"

〔2〕汲：吸引。旧巚(yǎn 演)：旧日家山。

〔3〕葺(qì 弃)：用草覆盖房屋。　宇：房屋。

〔4〕躬：身体。

〔5〕"人否"二句：意本《论语·雍也》："子曰：贤哉，回也！一箪食，一瓢饮，在陋巷，人不堪其忧，回也不改其乐。"

〔6〕隐约：穷困。《后汉书·冯衍传》："盖隐约而得道兮。"李贤注："盖隐居困约，而反得道之精。"

〔7〕迁延：犹徜徉，逍遥自在。

〔8〕非直：不但。　明：明哲。

〔9〕道性：指无贪欲的秉性。

【今译】

既然已经超然旷达，就没有不顺心适意的。在旧日的山前引流汲水，在家园的树林边修缮茅屋。晨烟袅袅暮气弥漫，春光和煦秋色阴沉，案置书籍吟诵成卷，设下薄酒弹起琴弦。居家全靠辛勤节俭，一身兼有贫困疾病。人不能忍受这种忧患，您却乐于命运的安排。生活清苦隐居得闲，逍遥自在辞去征聘。不单是为了明哲保身，只因出于知道寡欲的本性。

纠缠斡流[1]，冥漠报施[2]，孰云与仁[3]，实疑明智。谓天盖高[4]，胡愆斯义[5]？履信遏凭，思顺何寘[6]？年在中身[7]，疢惟痁疾[8]，视死如归[9]，临凶若吉。药剂弗尝，祷祀非恤[10]。傃幽告终[11]，怀和长毕。呜呼哀哉！

敬述靖节，式尊遗占[12]。存不愿丰，没无求赡。省讣却赙[13]，轻哀薄敛。遭壤以穿[14]，旋葬而窆[15]。呜呼哀哉！

【注释】

〔1〕纠缠：语本汉贾谊《鹏鸟赋》："夫祸之与福兮，何异纠缠？"缠当作"缰"，三股线拧成的绳。　斡（wò卧）流：亦出《鹏鸟赋》："斡流而迁兮，或推而还。"言事物变化旋转流动。

〔2〕冥漠：渺茫难测。　报施：指天对人的报应。

〔3〕与仁：《老子》七十九章："天道无亲，常与善人。"此反问之。仁，借为"人"。《论语·雍也》："井有仁焉。"下句"明智"即指老子。

〔4〕"谓天"句：语出《诗经·小雅·正月》："谓天盖高，不敢不局。"

〔5〕愆（qiān千）：违反。斯义：指上述天与善人之义。

〔6〕"履信"二句：《周易·系辞上》："人之所助者，信也。"又："天之所助者，顺也。"这里对此提出疑问。寘，同"置"，指弃置。

〔7〕中身：古以百年为人生之期，中身指五十左右。

〔8〕疢（chèn趁）：热病。此泛指病。　痁（shān苫）：疟疾。

〔9〕"视死"句：语见《韩非子·外储说左下》："三军既成陈（阵），使士视死如归。"渊明病重时曾作《自祭文》，对死表现出少见的坦然。

〔10〕恤：顾及。

〔11〕傃（sù素）：向。

〔12〕式：发语词。　尊：通"遵"。　占：口述。

〔13〕讣：讣告，报丧信。　赙（fù付）：助人办丧事的礼物。

〔14〕遭壤：指随处找个地方。　穿：挖掘。

〔15〕旋：即刻。　窆(biǎn 扁)：落葬。

【今译】

　　祸福如绳拧结变化不定，因果报应渺茫难测，谁说恩惠常给善人，明智者的话值得怀疑。都说天高高在上，怎么违反这个道义？凭什么来实行信诺，盼望天助怎被弃置？到了人生的中年，身患疟疾等疾病，把死看得如同回归，碰上凶险好像吉利。不吃治病延寿的药剂，不顾祷求神灵和祭祀。向着幽冥走完了人生，怀了平和与世长辞。多么悲痛哀伤啊！

　　恭敬地陈述宽乐好廉的靖节之意，一切都按遗留的嘱咐去办。生前不愿丰盛富庶，死后不求铺张奢侈。省去讣告不受丧礼，减轻哀伤从俭收敛。随处找地挖掘坟穴，立即埋土下棺落葬。多么悲痛哀伤啊！

　　深心追往，远情逐化〔1〕。自尔介居〔2〕，及我多暇。伊好之洽〔3〕，接阎邻舍〔4〕。宵盘昼憩，非舟非驾。念昔宴私，举觞相诲。独正者危，至方则阂〔5〕。哲人卷舒〔6〕，布在前载。取鉴不远，吾规子佩〔7〕。尔实愀然〔8〕，中言而发〔9〕。违众速尤〔10〕，迕风先蹶〔11〕。身才非实〔12〕，荣声有歇。睿音永矣〔13〕，谁箴余阙〔14〕？呜呼哀哉！

　　仁焉而终，智焉而毙。黔娄既没〔15〕，展禽亦逝〔16〕。其在先生，同尘往世。旌此靖节〔17〕，加彼康惠〔18〕。呜呼哀哉！

【注释】

　　〔1〕逐：追随。　化：指由生至死。

　　〔2〕尔：指渊明。　介居：独居，即隐居。

〔3〕伊：语首词。　洽：和睦融合。

〔4〕阎：间里。

〔5〕阂（hé 核）：阻碍。

〔6〕卷舒：指隐退仕进。语本晋潘岳《西征赋》："蓬兴国而卷舒。"

〔7〕规：模仿。　佩：佩带，犹言行为举止。

〔8〕愀然：变色的样子。

〔9〕中言：犹肺腑之言。

〔10〕尤：怨恨。

〔11〕迕（wǔ 午）：违逆。　蹶（jué 决）：倒伏。

〔12〕身才：人身和才学。

〔13〕睿（ruì 锐）：明智。

〔14〕箴（zhēn 贞）：规劝。　阙：过失，欠缺。

〔15〕黔娄：春秋时高士。

〔16〕展禽：即柳下惠，春秋时鲁国大夫，因食邑柳下，谥惠，故称。

〔17〕旌：称扬，表彰。

〔18〕加：超过。　康：即黔娄，死后谥康。晋皇甫谧《高士传》载其妻谓其生前有馀贵馀富，"求仁而得仁，求义而得义"，故宜谥为康。　惠：即柳下惠。

【今译】

心中深深地追念往昔，情思跟随逝者远去。自从您辞官隐居，正逢我时有空闲。彼此往来和谐融洽，屋舍相接住得很近。夜来盘桓白天休憩，不用舟船无须车驾。想起过去设宴小酌，举着酒杯相互劝勉。独立刚直处境险恶，太守方正易遇阻碍。通达的人可隐可仕，这些前人都有记载。可以借鉴的例子就在眼前，我将遵行您的方式行事。您听后却变了颜色，说出自己的肺腑之言。与众相背招怨迅速，逆风的草木最先倒伏。人身才学并不坚实，荣华名声终会消失。明智的谈论永远沉寂，又有谁来规劝我的过失？多么悲痛和哀伤！

守仁终身而与世长辞，一生怀智而撒手人寰。淡泊的黔娄已经不在，通达的展禽也一去难回。先生将和他们一起，在过去的岁月中同道并行。表彰这种靖节的美德，将胜过谥康和谥惠。多么悲痛哀伤啊！

宋孝武宣贵妃诔

[宋] 谢 庄

【题解】

南朝宋孝武帝与宣贵妃的恋情，恰如汉武帝与李夫人往事的重演。

据《南史·后妃传》载，殷淑仪为南郡王义宣女，"丽色巧笑"，义宣败后，为帝密取，"宠冠后宫，假姓殷氏"。"及薨，帝常思见之"，追赠贵妃，谥宣。"及葬，给辒辌车，虎贲班剑，銮辂九旒，黄屋左纛，前后部羽葆鼓吹。上自于南掖门，临过丧车，悲不自胜"。又仿汉武故事，召巫者于帐中作贵妃形，并拟《李夫人赋》以寄意。及谢庄作为此诔奏之，"帝卧览读，起坐流涕"，以至"都下传写，纸墨为之贵"。

今观此诔，不仅"陡起绝奇"，而且"由生而卒，由卒而葬，叙次不紊，综核有法；而一句一词，于严峻中仍有逸气，所以不可及"（以上许梿评语）。谭献也以"工绝"称之，并说"殊有宕逸之气"（《骈体文钞》卷五）。至于全文情辞并茂、潜气内转，更可见六朝骈文的独特好处。

关于宣贵妃的出身，《南史·后妃传》又引当时一则传说，谓"或云贵妃是殷琰家人，入义宣家，义宣败，入宫"，多少带有几分神秘色彩。

惟大明六年^[1]，夏四月壬子^[2]，宣贵妃薨^[3]。

律谷罢暖[4]，龙乡辍晓[5]。照车去魏[6]，联城辞赵[7]。皇帝痛掖殿之既阒[8]，悼泉途之已宫[9]。巡步檐而临蕙路[10]，集重阳而望椒风[11]。呜呼哀哉！

天宠方隆[12]，王姬下姻[13]，肃雍揆景[14]，陟岵爰臻[15]。国轸丧淑之伤[16]，家凝贾庇之怨[17]。敢撰德于旂旐[18]，庶图芳于钟万[19]。

【注释】

〔1〕大明：南朝宋孝武帝刘骏年号（457—464）。　六年：即公元462年。

〔2〕壬子：古人用干支纪日，壬是天干中的第九位，子是地支中的首位。

〔3〕薨（hōng 轰）：旧称诸侯或王妃之死。

〔4〕律谷：即黍谷，因相传邹衍曾在燕吹律（古正音器）使寒谷生黍（见刘向《别录》）而称。

〔5〕龙乡：种龙乡，相传出报晓雄鸡（见《陈留风俗传》）。　辍：中断。

〔6〕照车：战国时魏国"有径寸之珠，照车前后十二乘者十枚"（见《史记·田敬仲完世家》）。

〔7〕联城：指和氏璧。战国时秦昭王闻赵惠文王得楚和氏璧，"愿以十五城请易璧"（见《史记·廉颇蔺相如列传》）。

〔8〕掖殿：皇宫中的旁殿，为王妃所居。　阒（qù 去）：寂静。

〔9〕泉途：犹地下。　宫：指梓宫，以梓木为棺。《风俗通》："宫者，存时所居，缘生事死，因以为名。"

〔10〕步檐：指檐下走廊。　蕙路：长着香草的道路。

〔11〕重阳：指天。语出《楚辞·远游》"集重阳入帝宫兮"，洪兴祖补注："积阳为天，天有九重，故曰重阳。"　椒风：汉代董贤女弟为昭仪时所居殿名，见桓谭《新论·谴非》。

〔12〕天宠：指受皇帝恩宠。

〔13〕王姬：犹王女。　下姻：即下嫁。

〔14〕肃雍：庄重和顺。《诗经·召南·何彼秾矣》："曷不肃雍，王姬之车。"　揆景：估算时光。

〔15〕陟屺(qǐ 起)：登山。《诗经·魏风·陟岵》："陟彼屺兮，瞻望母兮。" 爰臻：至于，到达。《文选》李善注上二句曰："言王姬将降至而贵妃遽薨。"

〔16〕轸：盛集的样子。 丧淑：指宣贵妃之死。《穆天子传》："天子为盛姬谥，曰哀淑人。"

〔17〕霣(yǔn 允)：通"陨"，坠落。 庇：覆盖，庇护。晋潘岳《秦氏从姊诔》："家失慈覆，世丧母仪。"

〔18〕旍旒(liú 流)：有飘带之旗。汉扬雄《元后诔》："著德太常，注诸旒旌。"

〔19〕庶：幸，希冀之词。 钟：铜制报时器，古人多在上勒铭颂德。 万：舞名，即万舞。《诗经·邶风·简兮》毛传："以干羽为万舞，用之宗庙山川。"

【今译】

大明六年，夏四月壬子日，宣贵妃去世。

寒谷停止了律管的吹暖，龙乡中断了雄鸡的报晓。照车的宝珠离开魏国，连城的玉璧辞别赵地。皇帝痛惜内宫旁殿近来寂静无声，哀悼黄泉路上棺木已成。沿着檐下走廊来到蕙草道旁，止息在九天之上遥望淑风仙宫。啊呀多么令人悲哀！

皇上正怀着深深的眷恋，皇女就要下嫁出阁。估算时辰庄重静谧，登上山岭共同眺望。国内汇集了失去淑仪的悲伤，家中聚合着没了庇护的哀怨。恭敬地把美德写上旌旗飘带，希望靠钟鼎万舞百世流芳。

其辞曰：

元丘烟煴[1]，瑶台降芬[2]。高唐溓雨，巫山郁云[3]。诞发兰仪[4]，光启玉度[5]。望月方娥[6]，瞻星比婺[7]。毓德素里[8]，栖景宸轩[9]。处丽绨绤[10]，出懋蘋繁[11]。修诗贲道[12]，称图照言[13]。翼训姒幄[14]，赞轨尧门[15]。绸缪史馆[16]，容与经闱[17]。陈风缉藻[18]，临彖分微[19]。游艺殚数[20]，抚律穷机[21]。踌躇冬爱[22]，怊怅秋晖。展如之华，实邦之媛[23]。敬勤显阳，肃恭崇宪[24]。奉荣维约，承慈以逊。逮下延和，临朋违怨。祚灵集祉[25]，庆蔼迎祥[26]。皇胤璇式[27]，帝女金相[28]。联跗齐颖，接萼均芳[29]。以蕃以牧[30]，烛代辉梁[31]。视朔书氛[32]，观台告祲[33]。八颂扃和[34]，六祈辍渗[35]。衡总灭容[36]，翚翟毁衼[37]。掩采瑶光[38]，收华紫禁[39]。呜呼哀哉！

【注释】

〔1〕元丘：即玄丘。相传有娀氏长女简狄，浴于玄丘之水，误吞玄鸟所衔五色卵，生契（见《列女传》）。 烟煴：同"絪缊"，天地间的蒸气。

〔2〕瑶台：传说中的神仙居处。屈原《离骚》："望瑶台之偃蹇兮，见有娀之佚女。"

〔3〕"高唐"二句：用宋玉《高唐赋》记楚怀王昼寝梦巫山神女自谓"旦为朝云，暮为行雨"典。高唐，战国时楚国观名，在云梦泽。渫（xiè 谢），分散。

〔4〕兰仪：指女子品格风范。

〔5〕玉度：指女子处世准则。古人常以兰玉喻女子的贞操。

〔6〕方：比拟。 娥：嫦娥，神话中后羿之妻，因偷吃不死之药奔月（见《淮南子·览冥训》及高诱注）。

〔7〕婺（wù 务）：古星名，即"女宿"，古时多用于对妇人的称颂。

〔8〕毓（yù 育）：孕育，产生。 素里：犹民间。

〔9〕景：光彩。 宸轩：指皇宫。

〔10〕绤綌（chī xì 痴隙）：此代指后妃俭德。《诗经·周南·葛覃》："为绤为绤，服之无斁。"毛传："此诗后妃所自作，……可以见其已贵而能勤，已富而能俭。"绤，细葛布。綌，粗葛布。

〔11〕懋（mào 茂）：通"茂"，盛大。 蘋繁：代指妇仪。《诗经》有《采蘋》《采蘩》，毛传："公侯夫人，执蘩菜以助祭"，"所以成妇顺也"。蘋，草木蕨类植物。繁，即蘩，白蒿。

〔12〕贲(bì 闭)：修饰。

〔13〕称图：谓形象端庄宜画入图。　照言：犹明白能言。

〔14〕翼：辅助。　姒(sì 四)：传为夏禹之后，涂山氏之女，生启，"独明教训"(见《列女传》)。

〔15〕尧门：据《汉书·外戚传》载，武帝钩弋赵健仔怀孕十四月乃生，因传说尧也十四月而生，"乃命其所生门曰尧母门"。

〔16〕绸缪：此指专注、留意。

〔17〕容与：从容自得的样子。　经：指儒家典籍。

〔18〕风：指《诗经》中的"国风"，此代指《诗经》。

〔19〕彖(tuàn 褖)：《易经》中总论各卦的话，此代指《易经》。

〔20〕艺：指孔子传授弟子礼、乐、射、御、书、数六艺。　殚：尽。

〔21〕律：指黄钟、太蔟、姑洗、蕤宾、夷则、亡射六律。

〔22〕冬爱："冬日可爱"的缩语，见《左传·文公七年》。此指冬日。

〔23〕"展如"二句：语本《诗经·鄘风·君子偕老》："展如之人兮，邦之媛也。"媛，美女。

〔24〕"敬勤"二句：据《宋书·后妃传》载，孝武帝即位后奉生母文帝路淑媛为太后，居崇宪宫显阳殿。

〔25〕祚灵：祈求神灵保佑。　祉：福。

〔26〕蔼：和睦。　迎祥：晋潘尼《上巳日会天渊池》："外迎休祥，内和天人。"

〔27〕皇胤：皇室后代。　璇式：语本《左传·昭公十二年》："式如玉，式如金。"璇，美玉。

〔28〕金相：语出《诗经·大雅·棫朴》："金玉其相。"相，实质。

〔29〕"联跗"二句：指皇子皇女齐秀并美。跗，通"柎"，花萼房。颖，秀出。

〔30〕以：语助词。　蕃：生育。　牧：管教。

〔31〕代、梁：汉文帝立刘参为代王，刘武为梁王。此代指孝武帝子所封诸王。

〔32〕视朔：古时天子和诸侯每月初一祭告明堂和祖庙后听政之称。氛：古指预示凶吉的云气。

〔33〕祲(jīn 今)：旧谓阴阳相侵的灾祸之气。《左传·僖公五年》："公既视朔，遂登观台以望而书，礼也。"

〔34〕八颂：指用八筮(以蓍草占卦)占八颂，以视吉凶，见《周礼·占人》。　扃：关闭，锁住。

〔35〕六祈：指古代巫官所掌类、造、禬、禜、攻、说六种祷神方式，见《周礼·大祝》。　辍：中止。　渗：渗漉，喻恩泽。

〔36〕衡：车辕前横木。　总：聚束马匹的勒口缰绳。　容：车盖。此指王后所乘之车，见《周礼·巾车》。

〔37〕翚(huī挥)：五彩羽毛的野鸡，多画于王后所穿袆服。　翟(dí敌)：长尾野鸡。在《周礼·内司服》中记王后有"袆衣、揄狄、阙狄、鞠衣、展衣、缘衣"六服，都为祭祀时穿。其中狄通"翟"，即野鸡的长尾羽。　袂：衣袖。

〔38〕瑶光：殿名，贵妃所居。

〔39〕紫禁：皇宫，因以紫微星垣喻皇帝居处而称。

【今译】

诔文说：

玄丘水边烟雾升腾，琼瑶台上落花缤纷。高唐观前细雨飘散，巫山峰下行云密集。幽兰的风仪由此诞生，碧玉的准则于是光大。望去可比月内嫦娥，看来能拟星中婺女。在贫寒的乡间培育美德，在高贵的皇宫集聚光彩。居处能扬美后妃的俭德，对外能光大国妇的仪行。披阅诗书修养道行，貌美可图明白善言。姒女帐中辅佐训导，尧母门内称扬轨范。流连不倦于史籍馆藏，徘徊漫步在经典书库。陈述《风》《雅》搜集辞藻，对着《易》象分析细微。游览六艺无不通晓，抚弄乐律尽得机巧。对着冬日从容自得，迎来秋光怅然若失。显示出这样的美貌，确实是国内无双的佳丽。显阳殿里孝敬勤勉，崇宪宫中庄重谦和。接受恩宠只求简约，蒙承慈爱虚心辞让。对待下人和颜悦色，见了朋友不结嫌怨。祈求神灵广集善福，内庆和睦，外迎安详。皇子以美玉为楷模，帝女用纯金作榜样。连着花蒂一起秀丽，接了荪房共同芬芳。不断受到培育和管教，已能光耀代和梁。谁知祭后听政书写云气，观天台上传告不祥。八颂占卜不见和顺，六祈祷神福恩中断。王后车乘没了幨盖，贵妃祭服坏了衣袖。于是瑶光殿里风采被掩，紫禁宫中华光顿收。啊呀多么令人悲哀！

帷轩夕改[1]，辒辌晨迁[2]。离宫天邃[3]，别殿云县[4]。灵衣虚袭[5]，组帐空烟[6]。巾见馀轴[7]，匣有遗弦。呜呼哀哉！

移气朔兮变罗纨[8]，白露凝兮岁将阑[9]。庭树惊兮中帷响，金钉暧兮玉座寒[10]。纯孝擗其俱毁[11]，共气摧其同栾[12]。仰昊天之莫报[13]，怨凯风之徒攀[14]。茫昧与善[15]，寂寥馀庆[16]。丧过乎哀[17]，毁实灭性[18]。世覆冲华[19]，国虚渊令[20]。呜呼哀哉！

【注释】

〔1〕帷轩：即容车，古代妇女所乘有盖和帷的小车。

〔2〕辎軿：亦指有帷之车。《列女传》："妃后逾阈（门槛），必乘安车辎軿。"

〔3〕离宫：帝王在正宫以外的居处。　邃：深远。

〔4〕县（xuán 玄）：同"悬"，远隔。

〔5〕灵衣：犹丧服、寿衣。　袭：衣上加衣。

〔6〕组帐：丝织帐幔。

〔7〕巾：巾箱，装头巾的小箧。　轴：指装成卷轴的书籍字画。

〔8〕气：节气。　朔：阴历初一。　罗：丝织物。　纨：细白薄绸。

〔9〕阑：晚，将尽。

〔10〕金钉：古代宫室壁带上的环形金属饰物。《汉书·外戚传》："壁带往往为黄金钉。"　暧：晦暗。

〔11〕纯孝：与下句"共气"同指皇子。《左传·隐公元年》："颍考叔，纯孝也。"　擗（pǐ 匹）：擗踊，捶胸跺脚。

〔12〕共气：《吕氏春秋·季秋纪·精通》："父母之于子也，子之于父母也，一体而两分，同气而异息。"　栾：瘦瘠。

〔13〕昊（hào 号）天：上天，语出《尚书·尧典》。

〔14〕凯风：和煦的南风。《诗经·邶风》中用来喻指母爱。

〔15〕茫昧：此指天道幽暗不明。　与善：《老子》七十九："天道无亲，常与善人。"

〔16〕馀庆：语出《周易·坤·文言》："积善之家，必有馀庆。"

〔17〕"丧过"句：语出《周易·小过》："君子以行过乎恭，丧过

乎哀。"

〔18〕"毁实"句：《孝经·丧亲》："毁不灭性。"此反其意而言之。

〔19〕冲：谦和。古人以为坤(女性)德尚冲。

〔20〕渊：深远。《诗经·邶风·燕燕》"其心塞渊"孔颖达疏："其心诚实而深远也。" 令：善，美。

【今译】

　　垂帷小车晚间改常，带幕乘驾凌晨离去。离宫渺茫已远隔天壤，别殿依稀如在云外。虚披了一身殓服，丝帐内空无轻烟。巾箱还见留下的书轴，玉匣仍有遗存的琴弦。啊呀多么令人悲哀！

　　随着节令的推移改换了身穿的丝绸，眼见白露凝结一年又将过完。庭前树木惊动室内帷幔作响，壁带金环晦暗白玉宝座生寒。孝子捶胸顿足一起哀毁，亲儿心肺摧伤共同消瘦。仰叹上天没有报应，埋怨南风再难追攀。天道幽昧不与善人，人间寂寞哪有馀庆。丧亡过于悲哀，毁伤实能泯灭灵性。世上失去谦和的美德，国中没了深远的善行。啊呀多么令人悲哀！

　　题凑既肃[1]，龟筮既辰[2]，阶撤两奠，庭引双辒[3]。维慕维爱，曰子曰身[4]。恸皇情于容物[5]，崩列辟于上旻[6]。崇徽章而出寰甸[7]，照殊策而去城闉[8]。呜呼哀哉！

　　经建春而右转[9]，循闾阖而径度[10]。旌委郁于飞飞[11]，龙逶迟于步步[12]。锵楚挽于槐风[13]，喝边箫于松雾[14]。涉姑繇而环回，望乐池而顾慕[15]。呜呼哀哉！

　　晨辒解凤[16]，晓盖俄金[17]。山庭寝日[18]，隧路抽阴[19]。重扃闷兮灯已黯[20]，中泉寂兮此夜深[21]。销神躬于壤末[22]，散灵魄于天浔[23]。响乘气兮兰驭风，德有远兮声无穷[24]。呜呼哀哉!

【注释】

〔1〕题凑:古代葬殓棺外套棺,用厚木积成,至上为题凑,木皆向内为盖,上尖下方如檐四垂。

〔2〕龟筮(shì 誓):指用龟甲和蓍草占卜吉凶。《尚书·大禹谟》:"鬼神其依,龟筮协从。"

〔3〕辒(chūn 春):载棺柩的车。

〔4〕"曰子"句:晋潘岳《妹哀辞》:"庭祖两枢,路引双辒。尔身尔子,永与世辞。"据《宋书·后妃传》载,淑仪和子子云都于大明六年薨。曰,语助词。

〔5〕容物:指仪容衣物。

〔6〕列辟:指霹雳闪电。 旻(mín 民):天空。

〔7〕徽章:此指出殡时的旗帜。 寰甸:指距京都千里以内的区域。

〔8〕殊策:指表彰哀悼贵妃的文书。 城闉(yīn 因):城门外的曲城。

〔9〕建春:洛阳县东城第一门。

〔10〕阊阖:传说中的天门,洛阳城有阊阖门。此皆借指南朝宋都城建康(今南京)城门。

〔11〕委郁:聚集叠合的样子。 飞飞:迎风飘动的样子。

〔12〕龙:喻指出殡的队形。 逶迟:曲折蜿蜒的样子。 步步:缓慢行进的样子。

〔13〕锵:鸣声。 楚:辛楚,悲苦。 挽:指挽歌、丧乐。

〔14〕喝(yè 夜):声音幽咽。 边箫:指箫声悠远。

〔15〕"涉姑繇(yáo 姚)"二句:《穆天子传》载,天子西征至玄池,奏乐三日,遂命乐池。后盛姬亡,天子殡姬于榖丘之庙,葬乐池之南;又周姑繇之水,以圜丧车。

〔16〕辒:辒辌车。《汉书·霍光传》"载光尸柩以辒辌车"颜师古注:"辒辌,本安车也,可以卧息,后因载丧,饰以柳翣,故遂为丧车耳。" 凤:指辒辌车所饰凤凰羽。

〔17〕盖:车盖。 俄:倾斜。 金:汉蔡邕《独断》:"凡乘舆皆羽盖,金华爪。"

〔18〕山庭:指陵冢。

〔19〕隧路:指墓道。

〔20〕闳：关闭。

〔21〕中泉：犹地下。

〔22〕躬：躯体。 壤末：尘土。

〔23〕浔：边际，涯端。

〔24〕"响乘气"二句：《文选》李善注："言惠问（通"闻"，声誉）乘四气而靡穷，其芳誉驭六风而弥远。"

【今译】

棺殓的题凑已备严，占卜的龟筮也决定了时辰，阶上撤了两个奠位，庭前驶出一双灵车。又是恋慕又是疼爱，为了你的儿子你的玉体。见了容貌衣物皇上神情悲恸，霹雳闪电在上空划过。旗幡高张出了京郊，策书传布离了城门。啊呀多么令人悲哀！

经过建春门向右转出，直接沿着阊阖门走去。幛帜层叠翻飞飘动，队形蜿蜒缓步前行。悲苦的哀乐在槐树风中响起，幽咽的箫声在松柏雾间远播。来到姑繇水边环绕停留，望着奏乐池恋恋不舍。啊呀多么令人悲哀！

丧车在晨风中解了凤羽，乘舆带着晓露卸下金爪。陵冢幽闭了日光，墓道不见了阴湿。穴门层层关闭灯火熄灭，地下静静无声长夜深沉。神志体形在尘土中分解消失，灵魂幽魄在天涯间游荡飘散。美名与芳泽随风四布，德行与令誉远传不尽。啊呀多么令人悲哀！

祭　文

祭屈原文

〔宋〕颜延之

【题解】

此文之作，据《宋书》《南史》颜延之本传载，系颜延之在少帝即位后，被任命为始安(三国吴置郡名，治所在今桂林。许梿评语误作"始平")太守，赴任途中路经汨罗江，为湘州刺史张邵(《宋书》本传作"张纪"，非，见两史张邵本传及《南史·颜延之传》)所作。其文并载史乘。

屈原是战国时楚国的贵族，年轻时即以才干深受怀王器重。后被小人离间，流放汉北，作《离骚》《九歌》《九章》等自明心迹，终因难容于世，投江自沉。他的高洁志行和遭遇，历来为文人志士所仰慕和惋惜。继汉代贾谊作《吊屈原赋》后，颜延之又以此文遥祭古楚先贤，文情并美。

许梿评"物忌"数语说："古来文士之厄，大都如此。每读一过，为凄咽久之。"又评"声溢"二句说："文词之美，行谊之洁，二语尽之矣。"以此观史书所谓延之"文章冠绝当时"、"傅亮自以文义一时莫及，延之负其才，不为之下"(《南史》本传)，良有以矣。

惟有宋五年月日[1]，湘州刺史吴郡张邵[2]，恭承帝命，建旟旧楚[3]。访怀沙之渊[4]，得捐珮之浦[5]。弭节罗潭[6]，舣舟汨渚[7]。乃遣户曹掾某[8]，敬祭故楚三闾大夫屈君之灵〔9〕。

【注释】

〔1〕有宋五年：指文帝刘义隆元嘉元年（424）。

〔2〕湘州：晋置州名，治所临湘（今湖南长沙）。　吴郡：东汉置郡名，治所吴县（今江苏苏州）。　张邵：字茂宗，吴郡人。武帝时"以佐命功封临沮伯，分荆州立湘州，以邵为刺史"（《宋书》本传）。

〔3〕旟（yú 与）：古代一种画有鸟隼的旗。　旧楚：湘州古属楚地。

〔4〕怀沙之渊：《史记·屈原贾生列传》："乃作《怀沙》之赋……于是怀石遂自沉汨罗以死。"

〔5〕捐珮之浦：屈原《九歌·湘君》："捐余玦兮江中，遗余佩兮澧浦。"

〔6〕弭节：犹按节，指缓行。　罗潭：与下句"汨渚"同指屈原自沉的汨罗江。

〔7〕舣（yǐ 蚁）：附船着岸。

〔8〕户曹掾：汉置公府属官。

〔9〕三闾大夫：楚国官名，掌王族三姓，"序其谱属，率其贤良，以厉国士"（见汉王逸《离骚经》注）。　屈君：战国时楚国大夫屈原，字灵均，因政见与楚王和权贵不合，怀忠被谗，流放汉北，后投江自沉。

【今译】

宋建国五年某月某日，湘州刺史吴郡人张邵，恭奉皇上的任命，到以前的楚地来治理一方。寻访前人怀沙自沉的深渊，来到他当年丢弃玉珮的水边。沿着汨罗江缓缓前行，把船停靠在岸前。于是派遣户曹掾某某，崇敬祭祀原楚国三闾大夫屈原君的亡灵。

　　兰薰而摧，玉缜则折〔1〕。物忌坚芳〔2〕，人讳明洁〔3〕。曰若先生，逢辰之缺〔4〕。温风怠时〔5〕，飞霜急节〔6〕。嬴、芈遘纷〔7〕，昭、怀不端〔8〕。谋折仪、尚〔9〕，贞蔑椒、兰〔10〕。身绝郢阙〔11〕，迹遍湘干〔12〕。比物荃荪，连类龙鸾〔13〕。声溢金石，志华日月〔14〕。如彼树芳，实颖实发^[15]。望汨心欷^[16]，瞻罗思越^[17]。藉用可尘^[18]，昭忠难阙^[19]。

【注释】

〔1〕"兰薰"二句：语本《世说新语·言语》记毛伯成称"宁为兰摧玉折，不作萧敷艾荣"，后多用为哀悼人不幸早死之辞。薰，气味芳香。缜，质地严密。

〔2〕坚芳：指玉坚固、兰芳香。

〔3〕明洁：指坦诚单纯。

〔4〕"逢辰"：言生不逢时。宋玉《九辩》："悼余生之不时兮，逢此世之俇攘。"

〔5〕温风：《礼记·月令》："季夏之月……温风始至。"

〔6〕急节：催促时令。

〔7〕嬴：战国时秦国之姓。　芈（mǐ 米）：春秋时楚国祖先的族姓。　遘：通"构"，造成。

〔8〕昭：秦昭王。　怀：楚怀王。史载秦惠王使张仪诈楚怀王，使齐楚绝交；昭王又诱其至武关，胁迫俱归，拘留不遣，怀王遂客死于秦。事见《史记·楚世家》。

〔9〕仪：张仪，战国时魏国贵族后代，曾入秦为相，助秦瓦解齐楚联盟。尚：靳尚，曾与屈原同列大夫，因争宠而谗之。此谓张仪入楚被执，与靳尚私议，以秦六县和美人诓骗怀王和郑袖，于是得脱。时屈原从齐回，揭穿他们的阴谋，但为时已晚。事见《史记·楚世家》。

〔10〕椒：子椒，楚大夫。　兰：子兰，怀王少子，顷襄王之弟。屈原《离骚》："余以兰为可恃兮，羌无实而容长。……椒专佞以慢慆兮，樧又欲充夫佩帏。"

〔11〕郢：楚都，在今湖北江陵西北。

〔12〕湘干：湘江岸边。

〔13〕"比物"二句：汉王逸《楚辞序》："善鸟、香草，以配忠贞；虬龙、鸾凤，以托君子。"荃荪，香草。

〔14〕"声溢"二句：言其名声比金石华美，志向可与日月争光。金石，乐器，金指钟，石指磬，此喻文辞优美。志华日月，《史记·屈原贾生列传》评《离骚》曰："推此志也，虽与日月争光可也。"

〔15〕"实颖"句：语本《诗经·大雅·生民》："实发实秀……实颖实栗。"实，语助词。颖，秀出。发，舒展。

〔16〕欷：欷歔，抽噎。

〔17〕越：远扬。

〔18〕藉用：语本《周易·大过》"藉用白茅"。本意以物衬垫，此谓引以为鉴。　尘：踪迹。

〔19〕昭忠：显明忠信。　阙：通"缺"。

【今译】

　　幽兰清香而被摧折，美玉缜密而遭破碎。物忌坚实芬芳，人怕坦然纯洁。说到这位先生，真是生不逢时。温和的风使时光懈怠，飘零的霜令节气仓迫。嬴秦、芈楚彼此纷争，昭王、怀王行为不端。揭穿张仪、靳尚的阴谋，蔑视子椒、子兰的不贞。孤身永离郢都宫阙，行迹遍及湘江两岸。用香草、荃荪来比喻事物，以虬龙、鸾凤来类指君子。名声从钟磬般的文辞中溢出，志向在日月的辉映间放光。就像那伟岸挺拔的芳树，枝叶舒展花朵秀美。望着汨水心中抽噎，见了罗江情思远扬。以此为鉴可以追踪，昭示忠信难以忽缺。

祭颜光禄文

[宋] 王僧达

【题解】

颜光禄即颜延之，因孝武帝时为金紫光禄大夫，故称。

颜延之在刘宋建国初期，不啻是独领风骚的文坛翘楚。他不仅文章写得好，以《赭白马赋》名世，本集收有他《陶征士诔》、《祭屈原文》二文，诗也与谢灵运齐名，时称"颜谢"，而且为人狂放，喜饮酒，不拘细行，有魏晋名士遗风。这篇祭文，即以简约的笔墨，称叹了他的为人和为文，哀思低回，情有独钟。

作者王僧达（423—458），琅玡临沂（今属山东）人。少好学，善属文，早年就因早慧受到太祖文帝的赏识，后官至中书令。由于他出身显要，又自负才气，以至屡犯上颜，入狱后又被赐死。僧达为人疏旷，许梿说他"以贵公子睥睨一切，乃独倾心光禄，益想见其居身清约"；又说此文写得"冲淡有真味"，"追感恺凄，错落尽致，绝无支蔓之笔，故佳"。

维宋孝建三年九月癸丑朔[1]，十九日辛未[2]，王君以山羞野酌[3]，敬祭颜君之灵：

呜呼哀哉！夫德以道树，礼以仁清。惟君之懿，早岁飞声[4]。义穷几象[5]，文蔽班扬[6]。性婞刚洁[7]，志度渊英[8]。登朝光国，实宋之华。才通汉魏，誉浃龟沙〔9〕。服爵帝典〔10〕，栖志云阿〔11〕。清交素友，比景共波〔12〕。气高叔夜〔13〕，严方仲举〔14〕。逸翮独翔〔15〕，孤风绝侣。流连酒德〔16〕，啸歌琴绪〔17〕。游顾移年，契阔宴处〔18〕。春风首时，爰谈爰赋〔19〕；秋露未凝，归神太素〔20〕。明发晨驾〔21〕，瞻庐望路，心凄目泫〔22〕，情条云互〔23〕。凉阴掩轩，娥月寝耀〔24〕。微灯动光，几筵谁照〔25〕？衾衽长尘〔26〕，丝竹罢调。掔悲兰宇〔27〕，屑涕松峤〔28〕。古来共尽，牛山有泪〔29〕。非独昊天，殄我明懿〔30〕。以此忍哀，敬陈奠馈〔31〕。申酌长怀〔32〕，顾望歔欷〔33〕。呜呼哀哉！

【注释】

〔1〕孝建：南朝宋孝武帝刘骏年号（454—456）。 三年：即公元456年。癸丑：指九月朔日的干支纪日。 朔：初一日。

〔2〕辛未：十九日的干支纪日。从癸丑朔到辛未，正是十九。

〔3〕王君：作者自称。 山羞：山间食品。羞，食品。

〔4〕"惟君"二句：史载延之少孤贫，好读书，文章冠绝当时，又面折名儒周续之、负才不为傅亮下（见《宋书》本传）。懿（yì意），美好。

〔5〕幾象：指《周易》。象是《易传》中总论各卦的话。幾一作"机"。

〔6〕班扬：汉代以文章著称的作家班固、扬雄。

〔7〕婞（xìng幸）：婞直，倔强。屈原《离骚》："鲧婞直以亡身分。"

〔8〕度：胸襟、器量。 渊英：深远卓异。

〔9〕浃：遍及。 龟（qiū秋）沙：指远在西域的龟兹、流沙等地。

〔10〕服爵：指出仕为官。

〔11〕阿：山岭。

〔12〕景：日光。 共波：谓连波。

〔13〕叔夜：三国魏嵇康字叔夜，"竹林七贤之一"。颜延之《五君咏》咏嵇康有句云："鸾翮有时铩，龙性谁能驯。"

〔14〕仲举：汉代陈蕃字仲举，史载其"出为豫章太守，性方峻，不

接宾客，士民亦畏其高”（《后汉书》本传）。

〔15〕逸翮：高飞的鸟。翮，羽根，代指鸟翼或鸟。

〔16〕酒德：指酒，因晋刘伶作有《酒德颂》而称。史载延之“好饮酒，不护细行”，说他好骑马“遨游里巷，遇知旧辄据鞍索酒，得必倾尽，欣然自得”（《宋书》本传）。

〔17〕绪：引绪，代指乐曲。

〔18〕契阔：辛勤劳苦，此指生活俭约。　宴处：闲居。

〔19〕爰：语助词。

〔20〕太素：指形成天地万物的元素。此指延之因病而卒。

〔21〕明发：破晓。语本《诗经·小雅·小宛》“明发不寐”。

〔22〕泫（xuàn 渲）：落泪的样子。

〔23〕条：悠长。　云互：汉李陵《与苏武三首》之一：“仰视浮云驰，奄忽互相逾。”

〔24〕娥月：传说嫦娥奔月，化为月精。　寝耀：失去光芒。

〔25〕几牍：指案上书卷。

〔26〕衾衸：即被服。

〔27〕擥：同“揽”，持取。

〔28〕屑涕：谓涕下如碎屑。　峤：高山。

〔29〕“牛山”句：用《晏子春秋·内篇谏上》记“景公游于牛山，北临其国城而流涕曰‘若何滂滂去此而死乎’”典。

〔30〕“非独”二句：化用《诗经·秦风·黄鸟》“彼苍者天，歼我良人”语意。

〔31〕奠馈：祭祀食品。

〔32〕申酌：犹举杯。

〔33〕歔欷：抽泣。

【今译】

　　宋孝建三年九月癸丑为初一，十九日辛未，王某用乡村田野的粗陋酒食，敬献于颜君的灵前：

　　啊呀多么令人悲哀！德因道行而建，礼由仁义而明。想念君子的美好品性，早年已名声传扬。义理穷究《周易》卦象，文章盖过班固扬雄。为人秉性刚直廉洁，志向气度深远超群。入朝做官为国争光，实在是宋代的精英。才学贯通汉魏名家，声誉传遍龟兹流沙。按照帝制出仕理事，本意却在山间云霞。与贫寒的朋友结交往来，情投意合不分彼此。心气高傲就像叔夜，严峻方正好比仲举。独自振翅高高飞翔，古风孤振举世无双。不拘俗礼贪恋饮酒，抚琴弹曲长啸高歌。出游观览累月经年，布衣蔬食闲居自得。每当春风开始吹来，不是谈笑就是赋诗；不料秋露还未凝结，神灵已回归自然原始。天亮时驾车前去，远望见道路房舍，心中凄然眼中落泪，情思悠长浮云交替。清凉的阴影遮掩着门窗，嫦娥的月宫隐去了光辉。低暗的灯光还在闪动，不知仍为谁照着案上书卷？衣被久置暗蒙浮尘，丝竹弦管无人调弄。怀着悲伤漫步兰草庭院，涕泪纷下遥对松林高山。古往今来人都有一死，齐景公当年也曾在牛山泪下潸然。不只是苍茫的上天，独歼了我人间的俊美。用这来节制无限哀痛，恭敬地摆上祭奠的物品。举起杯来寄托深长的思念，看着望着叹息抽泣难禁。啊呀多么令人悲哀！

祭夫徐敬业文

[梁] 刘令娴

【题解】

徐敬业即徐悱，字敬业，东海郯（东晋侨置，治所在今江苏镇江）人。梁仆射徐勉之子。悱幼聪敏，能属文，起家著作佐郎，转太子舍人，掌书记之任，后迁晋安内史卒（《梁书·徐勉传》）。

刘令娴，刘孝绰三妹，嫁徐悱为妻。史载其"文尤清拔"，徐悱卒，"丧还京师（建康，今南京），妻为祭文，辞甚凄怆。（徐）勉本欲为哀文，既睹此文，于是阁（通'搁'）笔"（《梁书·刘孝绰传》）。

祭文称扬敬业道德才学，追忆生前琴瑟和谐，痛悼永诀相见无期，深情无限，哀思缠绵。许梿以"哀艳"两字评之，又说："一弱女子耳，而深情无限，复以简淡出之，自是伟作"；"彩云易散琉璃脆，何痛如之"。谭献也谓其"恻怆中无意琢削而语语工，亦当文事最胜之日也"（《骈体文钞》卷二十六）。徐勉当时睹文搁笔，良有以矣。

惟梁大同五年[1]，新妇谨荐少牢于徐府君之灵曰[2]：

惟君德爱礼智[3]，才兼文雅，学比山成，辨同河泻[4]。明经擢秀[5]，光朝振野。调逸许中[6]，声高洛下[7]。含潘度陆[8]，超终迈贾[9]。二仪既肇[10]，判合始分[11]，简贤依德[12]，乃隶夫君。外治徒奉，内佐无闻[13]。幸移蓬性[14]，颇习兰薰[15]。式传琴瑟[16]，相酬典坟[17]。辅仁难验[18]，神情易促。雹碎春红，霜雕夏绿[19]。躬奉正衾[20]，亲观启足[21]。一见无期，百身何赎[22]。呜呼哀哉！

生死虽殊，情亲犹一。敢遵先好，手调姜橘[23]。素俎空干[24]，奠觞徒溢。昔奉齐眉[25]，异于今日。从军暂别，且思楼中；薄游未反[26]，尚比飞蓬[27]；如当此诀，永痛无穷。百年何几[28]，泉穴方同[29]。

【注释】

〔1〕大同：梁武帝萧衍的年号（535—545）。 五年：即公元539年。

〔2〕少牢：古称用于祭祀的豕（猪）羊。 府君：此为对夫君的敬称。

〔3〕爰：于。

〔4〕"辩同"句：《晋书·郭象传》："王衍每云听象语，如悬河泻水，注而不竭。"辩，通"辩"。

〔5〕明经：通晓儒家经典。 擢秀：喻指人才秀出。晋潘岳《悲邢生辞》："雄州间以擢秀。"

〔6〕调：格调。 逸：超迈。 许中：指今河南许昌一带，春秋许国，秦置县。

〔7〕洛下：指河南洛阳。

〔8〕潘：晋人潘岳，字安仁。诗与陆机齐名，人称"潘陆"。 陆：晋人陆机，字士衡。擅诗能文，才冠当世。

〔9〕终：汉人终军，字子云。以辩博能文为武帝赏识。 贾：汉人贾谊，通诸子百家，文帝时为博士。

〔10〕二仪：指天地。 肇（zhào 兆）：初始。潘岳《为贾谧作赠陆机诗》："肇自初创，二仪细缊。"

〔11〕判合：即"胖合"，两性相配。《周礼·地官·媒氏》"掌万民之判"郑玄注："判，半也，得耦为合，主合其半，成夫妇也。《丧服》

传曰：'夫妻判合。'"

〔12〕简：通"柬"，选择。

〔13〕内佐：即内助，指管理家务。

〔14〕蓬性：指狭窄弯曲的心性。蓬，草名，短而不畅，故有此喻。

〔15〕兰薰：兰香，喻德泽。

〔16〕式：用。 琴瑟：喻指夫妻感情和谐。《诗经·小雅·常棣》："妻子好合，如鼓琴瑟。"

〔17〕典坟：即三坟五典，传说中最古老的书籍。孔安国《尚书序》："伏羲、神农、黄帝之书谓之三坟，言大道也；少昊、颛顼、高辛、唐、虞之书谓之五典，言常道也。"

〔18〕辅仁：语本《论语·颜渊》"以友辅仁"，此谓夫妻互助成仁。

〔19〕雕：通"凋"，凋谢。

〔20〕躬：亲自。 衾：此指装殓的包被。

〔21〕启足：语本《论语·泰伯》"启予足"，谓开衾视其手足。

〔22〕"百身"句：语本《诗经·秦风·黄鸟》"如可赎兮，人百其身"，谓即死百次，也不能使其复生。

〔23〕姜橘：指辛酸二味。

〔24〕素俎(zǔ祖)：指祭祀用的食品。

〔25〕齐眉：用《后汉书·梁鸿传》载鸿"为人赁春，每归，妻为具食，不敢于鸿前仰视，举案齐眉"事。

〔26〕薄游：犹浪游。

〔27〕"尚比"句：用《诗经·卫风·伯兮》"自伯之东，首如飞蓬"之意。

〔28〕百年：指人生。此用曹操《短歌行》"人生几何"意。

〔29〕泉穴：地下墓穴。此用《诗经·王风·大车》"死则同穴"意。

【今译】

梁大同五年，新媳妇在徐府君的灵位前恭敬地献上豕羊祭品说：

夫君的道德在于礼义仁智，才情兼备文采儒雅，学识好比高山累成，口辩如同悬河泻水。通晓经典出类拔萃，光耀朝廷振起民间。格调超迈传颂许地，声誉高卓扬名洛城。含蕴潘岳胜过陆机，超越终军高出贾谊。天地二仪既已起始，择偶而合初可分辨。

挑选贤良依附德义，于是做了夫君之妻。外事治理徒劳侍奉，内务相助默默无闻。所幸可移蓬草心性，颇能习惯兰香熏染。用来传播琴瑟和谐，相互诵读三坟五典。辅助成仁难以应验，神采情貌容易仓促。冰雹击碎了春天的红花，严霜凋谢了夏日的绿树。亲自整理好收殓的衾被，亲眼看了开启的手足。再也没有相见之期，即死百次也无法替代。啊呀多么令人悲哀！

生死尽管迥然不同，亲情还是始终如一。按照生前的爱好，亲手调制了姜橘。素净的祭品白白风干，设奠的酒杯徒然满溢。过去用来举案齐眉，情形与今截然相反。远去从军暂时离别，尚且愁思明月楼中；浪子出游没有回家，还会自比蓬草飘飞；面对这样的永诀，心肺痛彻无穷无尽。百年人生还有多久，死赴黄泉才能同穴。

中国古代名著全本译注丛书